# La Cène secrète

Javier Sierra

# La Cène secrète

*Roman*

Traduit de l'espagnol
par
Carole d'Yvoire

Plon

Titre original
*La Cena secreta*


ISBN original : 84-01-33553-1, Random House Mondadori S.A., Barcelone
ISBN : 2-259-20257-8

*A Eva,*
*qui a éclairé le chemin*
*de ce voyageur, en lui offrant*
*toujours un sanctuaire.*

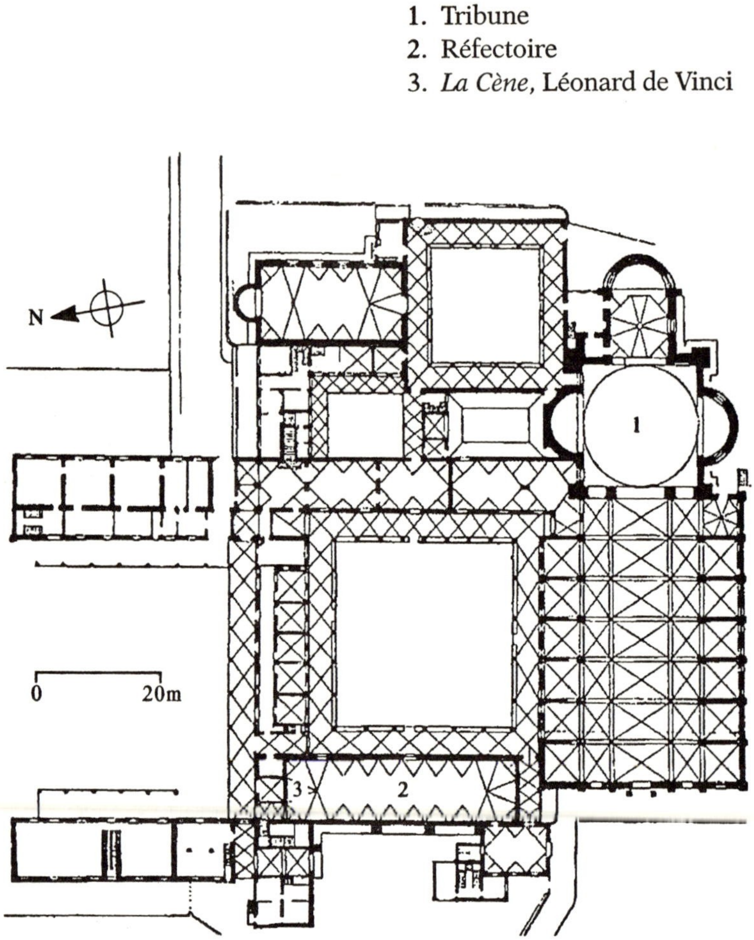


*Plan actuel du monastère et de l'église de Santa Maria delle Grazie, Milan*

# Exordium

Tout au long du Moyen Age et de la Renaissance, l'Europe a pu conserver intacte sa capacité à comprendre les images et les symboles immémoriaux. Les gens savaient à cette époque de quelle manière interpréter tel détail architectural, telle ligne d'un tableau ou tel signe sur un chemin, même si une poignée d'entre eux seulement avaient appris à lire et écrire.

Avec l'avènement du rationalisme, cette faculté d'interprétation s'est perdue, et à sa suite une bonne partie des richesses que nous avaient léguées nos ancêtres.

Ce livre rappelle bon nombre de ces symboles tels qu'ils furent conçus. Il essaie aussi et surtout de nous restituer cette capacité à les comprendre et à bénéficier de leur savoir infini.

# 1

Je ne me souviens pas d'énigme plus compliquée et plus dangereuse que celle que je dus résoudre en l'an neuf de 1497 tandis que les Etats pontificaux observaient avec une grande attention le duché de Lombardie plongé dans la douleur.

Nous vivions alors dans un monde hostile, changeant, un enfer de sables mouvants dans lequel quinze siècles de culture et de foi menaçaient de s'écrouler sous le déluge de nouvelles idées importées d'Orient. Du jour au lendemain, la Grèce de Platon, l'Egypte de Cléopâtre ou les extravagances de la Chine explorée par Marco Polo étaient accueillies avec plus d'enthousiasme que notre propre histoire biblique.

Ce fut une époque agitée pour la chrétienté. Nous avions un pape simoniaque – un diable espagnol, couronné sous le nom d'Alexandre VI, qui avait acheté sans aucune honte sa tiare lors du dernier conclave –, des princes subjugués par la beauté du paganisme, et une masse de Turcs armés jusqu'aux dents qui n'attendaient que l'occasion propice pour envahir la Méditerranée occidentale et nous convertir à l'islam.

Jamais notre foi n'avait paru aussi fragile depuis presque mille cinq cents ans.

Je subissais de plein fouet ces violents remous. Je vivais dans la crainte de ce siècle de changements, alors que le monde ne cessait d'élargir ses frontières, exigeant de nous un effort d'adaptation sans précédent. On aurait dit que, chaque jour qui passait, la Terre s'agrandissait, et nous obligeait à réviser en permanence nos connaissances géographiques. Nous, les ecclésiastiques, devinions que nous ne suffirions pas à prêcher ce monde peuplé de millions d'âmes qui n'avaient jamais entendu parler du Christ. Les plus sceptiques prophétisaient une période de chaos imminent qui amènerait en Europe une nouvelle horde de païens.

En dépit de tout, ce furent des années excitantes. Des années que je contemple avec nostalgie aujourd'hui, alors que je suis vieux, depuis cet exil qui dévore peu à peu ma santé et mes souvenirs. Mes mains ne m'obéissent presque plus, ma vue se trouble, le soleil aveuglant de l'Egypte brouille mon esprit, et seules les heures qui précèdent l'aube me permettent de mettre en ordre mes pensées et de réfléchir sur l'étrange destin qui m'a conduit jusqu'ici. Un destin auquel ni Platon, ni Alexandre VI, ni les païens ne sont étrangers...

Mais ne devançons pas les événements.

Il suffit de dire qu'enfin, maintenant, je suis seul. Des secrétaires que j'eus autrefois, il ne m'en reste aucun. Je n'ai plus qu'Abdul, un jeune garçon qui ne parle même pas ma langue et me prend pour une sorte de saint excentrique venu mourir sur sa terre, pour s'occuper de mes besoins les plus élémentaires. Je vis mal, isolé dans cette ancienne tombe excavée dans la roche, entouré de poussière et de sable, menacé par les scorpions, et je ne peux presque plus marcher. Chaque jour, le fidèle Abdul monte jusqu'à ma grotte avec une galette azyme et les restes du repas de sa famille qu'il peut m'offrir. Il est comme ce corbeau qui, soixante ans durant, présenta dans son bec une demi-once de pain à Paul l'Ermite, qui mourut âgé de plus de cent ans sur ces terres. A la différence de cet oiseau de bon augure, Abdul sourit quand il m'apporte à manger, sans savoir très bien que faire de plus. Mais cela me suffit amplement. Pour un homme qui a autant péché que moi, vivre dans la contemplation est une récompense inespérée du Créateur.

Mais en plus de la solitude, la peine aussi a fini par me ronger l'âme. Je regrette de ne pouvoir expliquer à Abdul ce qui m'a conduit à son hameau. Je ne saurais le lui raconter par signes. Il ne pourra pas non plus lire ces feuilles et, même s'il les trouvait après ma mort, et les vendait à un chamelier de passage, je doute qu'elles serviraient à autre chose qu'à entretenir un feu lors des nuits froides du désert. Personne ici ne comprend le latin ni d'ailleurs aucune langue romane. Mais chaque fois qu'Abdul me trouve devant ces papiers, il hausse les épaules, intrigué, comme s'il devinait qu'il manque quelque chose d'important.

Cette idée me mortifie jour après jour. La certitude intime qu'aucun chrétien n'arrivera jamais à lire ces pages trouble ma lucidité et remplit mes yeux de larmes. Quand j'aurai fini de les rédiger, je demanderai qu'on les enterre avec moi en espérant que l'Ange de la Mort se souviendra de les prendre et de les emmener devant le Père éternel quand adviendra le jour du jugement de mon âme. L'histoire est ainsi tristement faite :

les secrets les plus grands sont ceux qui n'apparaissent jamais à la lumière.

Le mien y parviendra-t-il ?

J'en doute.

Ici, dans ces grottes de Djebel el-Tarif, non loin du Nil qui bénit de ses eaux un désert inhospitalier, je prie Dieu qu'il me laisse assez de temps pour justifier mes actes par écrit. Je suis si loin des privilèges que je connus un jour à Rome que, même si le nouveau pape m'accordait son pardon, je sais que je ne serais plus capable de retourner dans cette ville. Je ne supporterais pas de ne plus entendre les plaintes lointaines des muezzins depuis leurs minarets, et la nostalgie de cette terre qui m'a accueilli avec tant de générosité torturerait mes derniers jours.

Mon seul espoir est de mettre en ordre et de décrire par le menu les événements tels qu'ils se sont produits. J'en ai vécu certains ; d'autres, par contre, m'ont été révélés bien plus tard. Néanmoins, ajoutés les uns aux autres, ils vous donneront, hypothétique lecteur, une idée de l'ampleur de l'énigme qui a bouleversé mon existence.

Je ne peux tourner plus longtemps le dos au destin. J'ai assez réfléchi sur tout ce qui s'est passé, je dois maintenant tout raconter... Même si cela ne doit servir à personne.

# 2

Cette histoire commence la nuit du 2 janvier 1497, loin, très loin de l'Egypte. Cet hiver-là, il y a quarante ans, fut d'une rigueur terrible comme le rappellent les chroniques. Il avait neigé en abondance, et toute la Lombardie était recouverte d'un épais manteau blanc. A Milan, les couvents de San Ambrosio, San Lorenzo, San Eustorgio, et même les pinacles de la cathédrale, étaient ensevelis sous la neige. De rares charrettes de bois avançaient dans les rues et la moitié de la ville vivait en semi-léthargie dans un silence qui paraissait installé depuis des siècles.

Nous étions donc le deuxième jour de l'année, vers onze heures du soir. Un cri de femme, déchirant, brisa la paix glacée du château des Sforza. A ce cri succédèrent aussitôt un sanglot, puis les hurlements des pleureuses du palais. Le dernier souffle de Béatrice d'Este, la belle épouse du duc de Milan, emportée dans la fleur de l'âge, avait détruit pour toujours les rêves de gloire du royaume. Mon Dieu ! La duchesse mourut les yeux ouverts, furieuse, en maudissant le Christ et tous les saints de l'avoir prise si tôt, et en s'agrippant de toutes ses forces à l'habit de son confesseur épouvanté.

Oui, c'est ainsi que tout a commencé.

J'avais trente ans quand je lus pour la première fois le récit bouleversant de ce qui s'est passé ce jour-là. Comme d'habitude, Béthanie avait demandé des informations par voie *secretissimus* au chapelain de la cour du More, et ce dernier, sans perdre un instant, avait aussitôt répondu. Ainsi fonctionnait le service d'espionnage du Saint-Siège devenu un outil bien plus rapide et efficace que celui de n'importe quel autre Etat. Et bien avant que parvienne au bureau diplomatique du pape l'annonce officielle de la mort de la princesse, nos frères en connaissaient déjà tous les détails.

A cette époque, ma responsabilité à l'intérieur de la structure complexe de Béthanie était celle de compagnon du maître général de l'ordre des Dominicains. Notre organisation survivait dans les étroites marges de la confidentialité. Dans ces temps marqués par les intrigues de palais, les empoisonnements et les trahisons familiales, l'Eglise avait besoin d'un service de renseignements qui lui permette d'organiser ses mouvements. Nous formions un ordre secret, fidèles seulement au pape et au général des Dominicains. Ce qui explique que, à l'extérieur, presque personne n'a jamais entendu parler de nous. Nous cachions notre existence sous l'ample manteau de la secrétairerie d'Etat, et constituions un organisme neutre, marginal, le plus souvent dans l'ombre, aux compétences très limitées. Néanmoins, à l'intérieur, nous fonctionnions comme une *congregatio* des secrets. Une espèce de commission permanente chargée d'examiner les questions de gouvernement qui pouvait permettre au pape de devancer les mouvements de ses nombreux ennemis. Toute information, aussi mineure fût-elle, susceptible d'affecter le *statu quo* que maintenait l'Eglise à grand-peine, passait immédiatement entre nos mains, avant d'être examinée puis envoyée à l'autorité compétente. Telle était notre unique mission.

C'est dans ce cadre que j'appris la mort de notre adversaire, *donna* Béatrice d'Este. Je vois encore le visage satisfait des frères qui célébraient sa disparition. Les sots ! Ils pensaient que la nature nous avait simplifié la tâche en nous évitant d'avoir à la tuer. Leur esprit étroit ne savait raisonner qu'en termes d'échafaud, de condamnation du Saint-Siège ou de tortures, moyennant une rétribution fixe. Contrairement à eux, je n'étais pas du tout certain que le décès de la duchesse de Milan signifiât la fin de la longue série d'irrégularités, conspirations et menaces contre la Foi qui paraissaient envahir subrepticement la cour du More et inquiétaient depuis des mois notre réseau d'informateurs.

De fait, il suffisait de citer le nom de la duchesse dans n'importe quel chapitre général de Béthanie pour que les rumeurs dominent le reste de la réunion. Tout le monde la connaissait. Tous étaient au courant de ses activités peu chrétiennes, mais personne n'avait jamais osé les dénoncer. La crainte que *donna* Béatrice inspirait à Rome était telle que même le message du chapelain, de surcroît fidèle abbé de notre nouveau monastère de Santa Maria delle Grazie, ne disait le moindre mot sur ses agissements peu orthodoxes. Frère Vicenzo Bandello, théologien réputé et sage guide des dominicains milanais, se contenta de nous décrire ce qui était arrivé en se gardant bien d'évoquer toute question politique qui aurait risqué de le compromettre.

Personne à Rome ne lui reprocha sa prudence.

Selon le message signé par l'abbé Bandello, tout semblait en ordre jusqu'à la veille de la tragédie. La jeune duchesse paraissait au comble du bonheur : elle avait un mari puissant, une vitalité débordante et un futur enfant qui bientôt perpétuerait le noble nom de son père. Ivre de félicité, elle avait passé son dernier après-midi à danser de salle en salle, et à jouer avec sa dame de compagnie préférée au palais Rochetta. La duchesse était bien loin de connaître les préoccupations de n'importe quelle mère de son royaume. Elle n'allaiterait même pas le nourrisson pour ne pas abîmer ses seins menus et délicats ; une nourrice, sélectionnée avec soin, se chargerait de veiller à la santé et à la bonne croissance de l'enfant, et se lèverait à l'aube pour le réveiller et le laver avec des linges chauds. Tous deux, le petit et sa gouvernante, vivraient au palais dans une pièce que Béatrice avait décorée avec soin. Pour elle, la maternité était un nouveau jeu bénéfique et inespéré, exempt de toutes responsabilités et incertitudes.

Et ce fut précisément là, dans ce petit paradis qu'elle avait imaginé pour son enfant, que survint le malheur. Selon frère Vicenzo, avant la tombée de la nuit, Béatrice d'Este tomba, évanouie, sur l'un des lits de la salle. En se réveillant, elle se sentit mal. La tête lui tournait tandis que son estomac luttait pour se vider en de longs spasmes stériles. Sans savoir quelle sorte de maladie l'affligeait, aux vomissements succédèrent rapidement de fortes contractions du bas-ventre de mauvais augure. Le fils du More avait décidé d'avancer sa venue au monde sans que personne n'ait prévu cette contingence. Pour la première fois, Béatrice eut peur.

Ce jour-là, les médecins tardèrent beaucoup à se présenter au palais. Il fallut aller chercher la sage-femme *extra muros* et quand le personnel nécessaire pour assister la princesse fut enfin réuni à ses côtés, c'était déjà trop tard. Le cordon ombilical qui alimentait le futur Léon Maria Sforza s'était enroulé autour du cou fragile de l'enfant. Peu à peu, avec la précision d'une grosse corde, il continua à serrer sa petite gorge pour finir par l'asphyxier. Béatrice remarqua tout de suite que quelque chose n'allait pas. Son fils qui, quelques instants auparavant, poussait avec force pour sortir de ses entrailles s'arrêta brutalement. D'abord il s'agita avec violence et, comme épuisé par l'effort, languit et expira. Les médecins opérèrent la mère qui se tordait de douleur et de désespoir, un linge imbibé de vinaigre serré entre les dents. Ce fut inutile. Désespérés, ils ne réussirent à sortir qu'un bébé violacé et mort, les yeux déjà vitreux, pendu dans le giron maternel.

Et ce fut ainsi que, brisée de douleur, sans avoir le temps d'accepter le revers que venait de lui infliger la vie, Béatrice elle-même s'éteignit quelques heures plus tard.

Dans sa note, l'abbé Bandello disait qu'il était arrivé à temps pour la voir agoniser. Ensanglantée, baignée d'une pestilence insupportable, elle délirait de douleur, en demandant à grands cris la confession et la communion. Mais, heureusement pour notre frère, Béatrice d'Este mourut avant de recevoir le sacrement.

Et je dis bien : heureusement.

La duchesse n'avait que vingt-deux ans quand elle quitta notre monde. Béthanie savait qu'elle avait mené une vie de pécheresse. Sous le règne d'Innocent VIII, j'avais eu moi-même l'occasion d'étudier et d'archiver de nombreux documents sur le sujet. Les services d'espionnage de la Curie connaissaient bien la fille du duc de Ferrare et ses agissements. Dans notre quartier général du mont Aventin, la « Maison de la Vérité », nous pouvions nous vanter qu'aucun document important généré par les cours européennes n'était étranger à notre institution. Des dizaines de lecteurs examinaient tous les jours des écrits de langues différentes, certains parfois cryptés avec une habileté incroyable. Nous les déchiffrions, les classions par ordre de priorité et les archivions. Mais pas tous. Ceux qui concernaient Béatrice d'Este étaient devenus depuis longtemps prioritaires dans notre travail, et conservés dans une salle à laquelle peu d'entre nous avaient accès. Des documents peu équivoques montraient une Béatrice possédée par le démon de l'occultisme et, ce qui était bien pire, beaucoup faisaient allusion à elle comme la principale instigatrice des arts magiques à la cour du More. Dans ces terres connues pour être traditionnellement perméables aux hérésies les plus sinistres, ce fait aurait dû être pris en compte plus sérieusement. Mais personne ne le fit à temps.

Les dominicains de Milan, et frère Bandello le premier, eurent plusieurs fois à portée de main les preuves que *donna* Béatrice et sa sœur Isabelle à Mantoue collectionnaient des amulettes et des idoles païennes, et que toutes deux vouaient une vénération démesurée aux vaticinations des astrologues et charlatans de tout poil. Et ils ne firent jamais rien. L'influence que reçut Béatrice de tous ces gens lui fut si néfaste que la pauvre passa ses derniers jours convaincue que notre sainte mère l'Eglise cesserait bientôt d'exister. Elle répétait souvent que la Curie serait traînée à contrecœur pour être jugée devant Dieu et que là, entre archanges, saints et hommes purs, le Père éternel les condamnerait tous sans pitié.

Personne à Rome ne connaissait mieux que moi les activités de la duchesse de Milan. En lisant les notes qui traitaient de ses agissements, j'avais appris comme les femmes peuvent être sibyllines et découvris à quel point *donna* Béatrice avait changé les manières et objectifs de son puissant époux en quatre ans de mariage à peine. Sa personnalité avait fini par me fasciner. Crédule, livrée à des lectures profanes et séduite par toutes les idées exotiques qui circulaient dans son fief, sa seule obsession avait été de rendre Milan digne de l'ancienne splendeur des Médicis à Florence.

Je crois que ce fut précisément cela qui m'avait inquiété. Bien que l'Eglise eût réussi à détruire peu à peu les piliers de cette puissante famille florentine en affaiblissant l'appui qu'ils prêtèrent à des penseurs et artistes peu orthodoxes, elle n'était pas préparée à affronter une résurgence de ces idées dans la grande ville du Nord. Les villas des Médicis, le souvenir de l'académie que bâtit Côme l'Ancien pour préserver le savoir des Grecs de l'Antiquité, la protection démesurée qu'il accordait aux architectes, peintres et sculpteurs nourrirent tout autant l'imagination fertile de la princesse d'Este que la mienne. Mais elle les prit comme guides de sa foi et contamina le duc de sa venimeuse fascination.

Depuis qu'Alexandre VI était monté sur le trône de Pierre en 1492, je n'avais cessé d'envoyer des messages à mes supérieurs hiérarchiques pour les prévenir de ce qui risquait de se produire à Milan. Personne n'y avait prêté attention. Cette cité, si proche de la frontière française, rebelle à l'égard de Rome par tradition, était la candidate parfaite pour héberger une scission importante au sein de l'Eglise. Béthanie était demeurée sourde à mes avertissements. Le pape qui s'était montré si faible envers les hérétiques – un an seulement après avoir reçu sa tiare, il demandait pardon pour avoir poursuivi des kabbalistes comme Pic de la Mirandole – refusa d'entendre mes observations. « Notre frère Agustín Leyre, disait-on de moi à la secrétairerie, prête trop d'attention aux messages de l'Augure. Il finira aussi dément que lui. »

# 3

L'Augure...

Il était la pièce maîtresse et manquante de ce casse-tête.

Mais son nom mérite une explication... En plus de mes avertissements au pape et aux plus hautes instances de mon ordre sur le risque d'hérésie que courait le duché de Milan, une autre source d'informations abondait dans mon sens. Il s'agissait d'un témoin anonyme, bien renseigné, qui envoyait chaque semaine à notre Maison de la Vérité des lettres très détaillées pour dénoncer la mise en place d'une gigantesque opération occulte sur les terres du More.

Ses missives commencèrent à arriver à l'automne 1496, quatre mois avant la mort de *donna* Béatrice. Elles étaient adressées au siège de notre ordre à Rome, le monastère de Santa Maria sopra Minerva, où elles étaient lues et considérées avec dédain, comme l'œuvre d'un pauvre diable obsédé par les prétendues déviations doctrinales de la maison Sforza. Je n'accuse personne. Nous vivions des temps de folie et une lettre d'un visionnaire de plus ou de moins importait peu à nos pères supérieurs.

Enfin, à presque tous...

Ce fut l'archiviste de notre maison mère, un homme voûté, qui me parla des écrits de ce nouveau prophète lors d'un chapitre général.

— Vous devriez les lire, m'avait-il dit. En les voyant, j'ai tout de suite pensé à vous.

Je me souviens encore de son ton exalté.

— C'est curieux, avait-il poursuivi, elles sont écrites par un homme qui partage vos peurs, père Leyre. Un prophète apocalyptique, cultivé, très versé dans la grammaire, comme la chrétienté n'en avait pas vu depuis frère Tanchelmo de Amberes.

— Frère Tanchelmo ?

— Oui, vous savez bien, ce vieux fou qui, au XIIe siècle, dénonça l'Eglise et l'accusa d'être devenue un bouge dans lequel les prêtres vivaient en concubinage. Notre Augure ne va pas jusque-là, mais à mon avis, d'après le ton de ses lettres, je crois qu'il ne tardera pas à le faire.

L'archiviste avait ajouté d'un ton plaintif :

— Mais vous savez ce qui le distingue des autres fous ?

Je secouai la tête en signe de dénégation.

— Il semble mieux informé qu'aucun d'entre nous. Cet Augure est un maniaque de la précision. Il sait tout !

Ce moine à l'aspect chétif avait raison. Les feuillets jaunis et fins à la calligraphie impeccable, rassemblés dans un coffret de bois portant le sceau de *riservatto*, se référaient avec une insistance obsessionnelle à un plan secret pour convertir Milan en une nouvelle Athènes. Je soupçonnais bien quelque chose de ce genre depuis longtemps. Le More, comme les Médicis avant lui, faisait partie de ces dirigeants superstitieux qui croyaient que les Anciens possédaient des connaissances plus avancées que les nôtres. Son idée n'était pas nouvelle : avant que Dieu punisse le monde par le Déluge, l'humanité avait profité d'un âge d'or prospère que les Florentins d'abord et le duc de Milan maintenant voulaient réinstaurer à tout prix. Pour l'obtenir, ils n'hésiteraient pas à laisser de côté la Bible et les préjugés de l'Eglise, puisque, en cette époque de gloire lointaine, Dieu n'avait pas encore créé d'institution qui le représentât.

Mais ce n'était pas tout. Les lettres de l'Augure insistaient sur le fait que la pierre angulaire de ce projet était en train de se mettre en place sous notre nez. Si ses dires étaient vrais, la ruse du More était réellement infinie. Son plan pour convertir son fief en capitale de la renaissance philosophique et de la science des Anciens s'appuyait sur une base déconcertante : notre propre couvent à Milan ! Rien de moins.

L'Augure avait réussi à me surprendre. J'ignorais qui se cachait derrière ces accusations, mais il les avait portées plus loin que je ne l'aurais jamais osé. Comme me l'avait dit l'archiviste, il semblait avoir des yeux partout. Non seulement à Milan mais à Rome même, puisque certaines de ses missives mentionnaient un étrange *Augur dixit* en guise d'en-tête. A quelle sorte de messager avions-nous affaire ? Qui, à part un homme très introduit dans la Curie, pouvait savoir comment les secrétaires de Béthanie l'avaient surnommé ?

Aucun de nous ne détenait la réponse.

A cette époque, le monastère dont parlaient les lettres, celui de Santa Maria delle Grazie, était en travaux. Le duc de Milan avait choisi les meilleurs architectes du moment pour son édification. Il avait chargé Bramante de la tribune de l'église ; Cristoforo Solari des intérieurs, et il ne lésina pas pour s'offrir les meilleurs artistes afin qu'ils décorent chacun des murs du couvent. Il voulait convertir ce lieu en un mausolée pour sa famille, un lieu de repos éternel qui immortaliserait son souvenir pour les siècles à venir.

Pourtant, ce qui était considéré par les dominicains comme un privilège devenait, à en croire les missives de l'Augure, une véritable malédiction. Il annonçait de grandes difficultés pour le pape si personne ne mettait fin à ce projet et prédisait des temps noirs fatals pour l'Italie tout entière. L'expéditeur anonyme de ces lettres avait bien gagné son surnom à la force de sa plume : il n'y avait pas plus sombre que sa vision du futur de la chrétienté.

# 4

Personne n'avait écouté ce pauvre diable jusqu'à ce matin où nous parvint sa quinzième lettre.

Ce jour-là, frère Giovanni Gozzoli, mon assistant à Béthanie, surgit dans le *scriptorium* avec grand fracas. Il agitait dans sa main une nouvelle lettre de l'Augure et, indifférent aux regards réprobateurs des moines qui étudiaient là, il se dirigea d'un pas pressé vers mon pupitre.

— Frère Agustín, regardez ! Vous devez lire cela immédiatement !

Je ne l'avais jamais vu dans un tel état. Le jeune moine murmura d'une voix émue :

— C'est incroyable, mon père, in-croya-ble !

— Mais que se passe-t-il ?

Gozzoli reprit sa respiration :

— La lettre... Cette lettre... L'Augure... Le grand maître m'a demandé de vous l'apporter pour que vous la lisiez sur-le-champ.

— Le grand maître ?

Le pieux Gioacchino Torriani, le plus haut responsable de notre ordre, trente-cinquième successeur de Dominique de Guzmán, n'avait jamais manifesté d'intérêt pour ces missives anonymes. Il les avait renvoyées avec indifférence et m'avait même reproché parfois de leur consacrer tant de temps. Comment expliquer ce changement d'attitude soudain ? Et cette hâte si étrange ?

— L'Augure..., reprit Gozzoli avant de s'arrêter pour avaler sa salive.

— Oui ?

— L'Augure a découvert en quoi consistait le plan.

Frère Giovanni serrait toujours la lettre entre ses doigts crispés et sa main tremblait sous l'effort. Il lâcha enfin la missive, un feuillet plié en trois avec le sceau de cire brisé, qui se posa doucement sur mon écritoire.

— Le plan du More, susurra mon secrétaire en poussant un grand soupir comme s'il s'allégeait d'un terrible fardeau. Vous ne comprenez pas, mon père ? Il explique ce qu'on veut réellement faire à Santa Maria delle Grazie. De la magie !

— De la magie ? répétai-je sans parvenir à sortir de mon effarement.

— Lisez donc !

Je me plongeai dans la lecture du message. Il n'y avait aucun doute, il avait bien été écrit par l'auteur des précédentes lettres. Celle-ci comportait le même en-tête et une calligraphie identique.

Je compris bientôt la raison de toute cette agitation. L'Augure révélait de nouveau un fait que personne ne s'attendait à voir apparaître. Il nous faisait reculer de presque soixante ans, au temps du pape Eugène IV, quand le patriarche de Florence, Côme l'Ancien, avait décidé de financer un concile qui aurait pu changer pour toujours la face de la chrétienté. Il avait favorisé une rencontre – elle se révélera plus tard infructueuse – entre des délégations diplomatiques très disparates qui avait duré plusieurs années ; il prétendait obtenir ainsi la réunification des Eglises orientale et romaine. Les Turcs menaçaient alors d'étendre leur influence sur la Méditerranée et il fallait les arrêter à tout prix. Le vieux banquier avait donc eu l'idée folle de rassembler tous les chrétiens sous un même étendard, et de présenter à l'ennemi un front commun uni par la foi. Mais son plan avait échoué.

Du moins c'est ce que l'on avait cru jusqu'à maintenant...

Car ce que l'Augure révélait dans sa missive, c'est qu'il y avait eu un objectif secret derrière ce concile dont les effets se faisaient sentir six décennies plus tard, à Milan. Selon lui, en plus des discussions politiques de l'époque, Côme de Médicis avait employé une bonne part de son temps à négocier avec les délégations venues de Grèce et de Constantinople l'achat de livres anciens, d'instruments optiques et même de manuscrits attribués à Platon ou Aristote que l'on croyait perdus. Il les avait fait traduire tous, sans exception, et y avait appris des choses surprenantes. Il avait ainsi découvert qu'à Athènes, déjà, on croyait en l'immortalité de l'âme et qu'on savait que les cieux étaient responsables de tout ce qui bougeait sur la Terre. Les Athéniens ne croyaient pas en Dieu mais en l'influence des corps célestes. Selon certains de ces méprisables traités, les astres influent sur la matière grâce à une « chaleur spirituelle » qui ressemble à celle qui relie le corps et l'âme dans l'être humain. Aristote parlait de cela après l'avoir lui-même appris dans les chroniques de l'âge d'or et Côme fut fasciné par ses théories.

Selon l'Augure, le vieux banquier avait fondé une académie à la manière des Anciens pour enseigner tous ces secrets aux artistes. Ces lectures l'avaient convaincu que le dessin d'une œuvre d'art était une science exacte. Une œuvre créée en accord avec certaines règles subtiles agissait comme reflet des forces cosmiques et pouvait être utilisée pour protéger ou détruire celui qui la possédait[1]*.

— Alors ? s'exclama Gozzoli en me tirant de ma stupeur. Vous comprenez maintenant ! L'Augure dit que l'art peut s'employer comme une arme !

En effet. Un paragraphe plus loin, le message parlait de la force de la géométrie. Le nombre, l'harmonie, le son étaient autant d'éléments qui pouvaient s'appliquer à une œuvre d'art pour qu'elle irradie des influences bénéfiques autour d'elle. Pythagore, un des défenseurs grecs de cet âge d'or qui bouleversa Côme l'Ancien, disait que « les seuls dieux vérifiables sont les nombres ». L'Augure, bien sûr, maudissait tout cela dans sa lettre.

— Une arme, murmurai-je à mon tour. Une arme que le More prétend dissimuler dans l'église Santa Maria delle Grazie.

— Exactement ! confirma Gozzoli. Vous ne trouvez pas cela incroyable !

Je commençais à comprendre l'intérêt soudain du grand maître. Quelques années auparavant, notre cher supérieur général avait lui-même condamné les travaux du peintre Sandro Botticelli à cause d'un soupçon similaire. Il l'avait accusé d'employer des images inspirées de cultes païens pour illustrer des œuvres religieuses. Mais sa dénonciation allait plus loin encore. Grâce aux informateurs de Béthanie, Torriani avait appris que Botticelli avait représenté la venue du printemps dans la Villa di Castello de la famille Médicis en

* On trouvera les notes en fin de volume.

utilisant une technique « magique ». Les nymphes qui dansaient dans le tableau avaient été disposées comme les pièces d'un gigantesque talisman. Plus tard, Torriani devait découvrir que Pier Francesco de Médicis, mécène de Botticelli, avait en effet demandé à ce dernier une amulette contre le vieillissement. Le tableau était le remède magique. Il contenait tout un traité contre le passage du temps qui incluait la moitié des divinités de l'Olympe dansant contre l'avancée de Chronos. Et on prétendait faire passer pour pieuse une œuvre pareille et la proposer pour décorer une chapelle florentine !

Notre maître général découvrit l'infamie à temps. Il en trouva la clé dans une des nymphes du *Printemps*, Chloris, peinte avec un bouquet de liseron volubilis qui sortait de sa bouche. C'était le symbole évident du « langage vert » des alchimistes, ces chercheurs de l'éternelle jeunesse enivrés d'idées apocryphes que le Saint-Siège poursuivait partout où ils se trouvaient. Bien qu'à Béthanie nous n'ayons jamais réussi à déchiffrer les détails de ce mystérieux langage, ce simple soupçon avait suffi pour que le tableau ne soit montré dans aucune église.

Et maintenant, si l'Augure avait raison, cette histoire menaçait de se répéter à Milan.

— Dites-moi, frère Giovanni, le grand maître vous a-t-il dit pour quelle raison je devais étudier ce message ?

Mon assistant, qui avait pris place à un pupitre contigu et se distrayait en regardant un livre d'heures récemment enluminé, parut surpris par ma question :

— Comment, n'avez-vous pas lu la fin de la lettre ?

Je repris le feuillet. Dans le dernier paragraphe, l'Augure parlait de la mort de Béatrice d'Este qui allait accélérer le processus d'exécution du plan magique du More.

— Je ne vois là rien de particulier, cher Giovaninno, protestai-je.

— Cela ne vous intrigue pas qu'il mentionne la mort de la duchesse en des termes aussi explicites ?

— Non, pourquoi ?

Le jeune Gozzoli me répondit tout fier :

— Parce que l'Augure a daté et envoyé cette lettre le 30 décembre 1496, deux jours avant l'accouchement fatal de *donna* Béatrice.

# 5

— Vous me jurez donc que vous avez caché un secret sur ce mur ?

Marco d'Oggiono se grattait le menton, perplexe, tandis qu'il regardait de nouveau la fresque que peignait le maître. Léonard de Vinci adorait ces jeux. Quand il était de bonne humeur, comme aujourd'hui, il était difficile de reconnaître en lui le peintre renommé, inventeur, constructeur d'instruments musicaux et ingénieur préféré du More, célébré dans la moitié de l'Italie. Ce matin, le maître avait un regard malicieux. Tout en sachant qu'il contrariait les moines, il avait profité du calme tendu qui régnait à Milan depuis la mort de la jeune duchesse pour venir inspecter son travail dans le réfectoire des pères dominicains. Juché sur un échafaudage de six mètres, il sautait de planche en planche comme un enfant, très satisfait de se trouver au milieu de ses apôtres.

— Bien sûr qu'il y a un secret ! s'écria-t-il.

Son rire contagieux résonna sur les voûtes vides.

— Il suffit de regarder avec attention mon œuvre et de prendre en compte les chiffres. Comptez, comptez ! dit-il d'un ton moqueur.

— Mais, maître...

— D'accord, concéda Léonard en secouant la tête et en faisant traîner l'ultime syllabe en guise de protestation. Je vois que tu as du mal à apprendre. Va donc chercher la Bible qui se trouve en bas près de la boîte des pinceaux, et lis le chapitre treize de Jean à partir du verset vingt et un. Peut-être ainsi trouveras-tu l'illumination ?

Marco, un des jeunes et beaux disciples du Toscan, courut prendre le livre sacré sur un lutrin dans un coin près de la porte et le soupesa. Il devait peser plusieurs livres. Marco feuilleta lentement cet exemplaire imprimé à Venise, de reliure en basane de cuir noir et en cuivre repoussé, jusqu'à ce qu'il parvienne à l'Evangile de Jean. C'était une magnifique édition avec des gravures florales surchargées de grandes lettres gothiques noires.

— « Ayant dit cela, commença à lire Marco, Jésus fut troublé dans son esprit et il attesta et dit : "En vérité, en vérité, je vous dis que l'un d'entre vous me livrera." Les disciples se regardaient les uns les autres, ne sachant de qui il parlait. A table, tout contre le sein de Jésus, se trouvait un de ses disciples, celui que Jésus préférait. Simon Pierre lui fit signe et lui dit : "Demande qui est celui dont il parle[2]." »

— Voilà, cela suffit ! tonna Léonard de son échafaudage. Regarde par ici maintenant et dis-moi, ne comprends-tu toujours pas mon secret ?

Le disciple secoua la tête en signe de dénégation. Marco savait déjà que son maître lui avait tendu un piège.

— Mais je sais très bien que vous travaillez sur ce passage évangélique, protesta-t-il sur un ton de reproche qui laissait voir sa déception. Vous ne me révélez rien en me disant de lire la Bible. Ce que, moi, je veux savoir, c'est la vérité.

— La vérité ? Quelle vérité, Marco ?

— On dit en ville que, si vous tardez tant à terminer cette œuvre, c'est parce que vous voulez occulter quelque chose d'important en elle. Vous avez rejeté la technique du *fresco* et en avez choisi une autre plus lente. Pourquoi, si ce n'est pour mieux réfléchir à ce que vous voulez transmettre ?

Léonard ne cilla même pas.

— Tout le monde connaît votre goût pour les mystères, et moi je veux les découvrir... ! Cela fait trois ans que je travaille à vos côtés, à préparer vos couleurs, à faire des esquisses et des cartons. Je pense que cela devrait me donner un avantage sur les autres, non ?

— Oui, bien sûr, mais peut-on savoir qui répand cette rumeur ?

— Qui ? Mais tout le monde, enfin, jusqu'aux religieux de cette maison qui arrêtent souvent vos disciples pour les questionner !

— Et que disent-ils, Marco ? reprit Léonard en criant de son sommet, chaque fois plus amusé.

— Que vos douze apôtres ne représentent pas les véritables portraits des apôtres comme les peindraient Filippo Lippi ou Crivelli, qu'ils reflètent les douze constellations du zodiaque, que vous avez dissimulé dans les gestes de leurs mains les notes d'une de vos partitions pour le More... Voilà ce qu'on dit, maître.

— Et toi, qu'en penses-tu ?

— Moi ?

— Oui, toi. (Un sourire vint éclairer le visage de Léonard.) Tu vis à mes côtés, tu travailles tous les jours dans cette salle magnifique, à quelle conclusion es-tu arrivé ?

Marco leva les yeux sur le mur où le Toscan effectuait quelques retouches avec un pinceau de soies très fines. La paroi était couverte d'une représentation extraordinaire de la Cène. Jésus se trouvait exactement au centre de la composition. Il avait un regard languide et les bras tendus comme s'il étudiait à la dérobée les réactions de ses disciples après la révélation qu'il venait de leur faire. A ses côtés se trouvait Jean, l'aimé, qui écoutait Pierre lui murmurer quelque chose à l'oreille. On avait l'impression de voir bouger ses lèvres. Ils paraissaient si réels !

Mais Jean ne reposait plus sur le sein du maître comme le disait l'Evangile, et il donnait même l'impression de ne l'avoir jamais fait. Philippe, le géant à la droite du Christ, se tenait debout, les mains sur sa poitrine comme pour interroger le Messie et lui demander : « Est-ce moi le traître ? » Tandis que Jacques le Majeur bombait le torse tel un garde du corps jurant sa loyauté éternelle : « Personne ne te fera du mal tant que je serai proche de toi », semblait-il fanfaronner.

— Alors, Marco, tu ne t'es pas encore prononcé ?

— Je ne sais pas, maître, hésita-t-il. Votre œuvre a quelque chose qui me déconcerte. Elle est si... si...

— Oui... ?

— Si proche, si humaine qu'elle me laisse sans voix.

— Très bien ! applaudit Léonard avant de se sécher les mains sur un tablier. Tu vois, sans le vouloir, tu t'es déjà approché de mon secret.

— Je ne comprends pas, maître.

— Peut-être n'y parviendras-tu jamais, répondit Léonard en souriant. Mais écoute bien ce que je te dis : tout, dans la nature, contient un mystère. Les aigles nous cachent les clés de leur vol, l'eau enferme à double tour la raison de son extraordinaire force... Si nous parvenions à faire que la peinture soit un reflet de cette nature, ne serait-il pas juste d'y incorporer cette même capacité extraordinaire de cacher des faits ? Chaque fois que tu admires un tableau, souviens-toi que tu pénètres dans le plus sublime des arts. Ne reste jamais à la surface des choses. Pénètre dans la scène, déplace-toi entre ses éléments, découvre les angles inédits, fouine dans les détails... C'est de cette manière seulement que tu pourras atteindre sa véritable signification. Mais, je te préviens, il faut du courage pour cela. Souvent ce que nous trouvons dans une fresque comme celle-ci est très différent de ce à quoi nous nous attendions. Te voilà prévenu.

# 6

Frère Giovanni accomplit sans hésiter la seconde partie de la mission dont notre supérieur l'avait chargé.

Après m'avoir montré la dernière missive de l'Augure, il était retourné dans la maison mère de l'ordre, quittant Béthanie avant la tombée de la nuit. Torriani lui avait ordonné de rentrer l'informer de ma réaction. Et surtout, il voulait savoir quelle était mon opinion sur les rumeurs concernant les graves anomalies dans les œuvres d'aménagement de Santa Maria delle Grazie. Mon assistant dut lui transmettre clairement mon bref message, puisque enfin on prenait en compte mes vieilles craintes. Si on leur ajoutait les révélations sans doute plausibles de l'Augure, il fallait localiser rapidement cet homme à Milan et apprendre de sa bouche la nature des projets secrets que le duc avait pour le monastère.

— Et surtout, expliquai-je à mon assistant, il faudra examiner les travaux de Léonard de Vinci. Nous connaissons bien ici, à Béthanie, son goût pour dissimuler des idées hétérodoxes dans des œuvres d'apparence pieuse. Il a séjourné de nombreuses années à

Florence ; il a gardé des contacts avec les descendants de Côme l'Ancien, et parmi tous les artistes qui ont travaillé à Santa Maria delle Grazie, c'est certainement le plus enclin à partager les idées du More.

Gozzoli résuma mon autre grande préoccupation dans son rapport à notre supérieur : j'avais insisté en effet sur la nécessité d'une enquête sur la mort de la duchesse. La prédiction de l'Augure, si précise, suggérait l'existence d'un plan occulte, lancé peut-être par le duc Ludovic ou ses perfides conseillers, pour implanter une république païenne au cœur de l'Italie. Que le More donne l'ordre d'assassiner son épouse n'avait pas grand sens, mais l'esprit des adeptes des sciences occultes empruntait souvent des sentiers imprévisibles. Ce n'était pas la première fois que j'entendais parler de la nécessité de sacrifier une victime notable avant d'entreprendre une grande œuvre. Les Anciens, ces Barbares de l'âge d'or, agissaient souvent ainsi.

Je suppose que ma détermination donna le courage nécessaire à Torriani pour agir enfin.

Le maître général prévint frère Gozzoli de ses intentions et le lendemain matin, le givre recouvrant encore Rome, il abandonnait ses dépendances dans le monastère de Santa Maria sopra Minerva, prêt à attaquer le problème à la racine.

Défiant les accès enneigés à la Ville éternelle, Torriani monta jusqu'au quartier général de Béthanie à dos de mule et demanda à me voir dans les plus brefs délais. J'ignore encore quels termes employa le jeune Giovanni Gozzoli pour lui transmettre mes idées, mais il était évident qu'il avait été très impressionné. Jamais je n'avais vu ainsi notre supérieur : des cernes violacés sous ses yeux gris éteignaient son regard. Ses épaules paraissaient s'affaisser sous le poids d'une lourde responsabilité qui ternissait peu à peu son caractère joyeux. Torriani, mentor, guide et vieil ami, achevait sa vie, la déception gravée sur son visage. Cependant, un éclat dans son regard évoquait une sensation d'urgence.

— Pouvez-vous vous occuper d'un pauvre serviteur de Dieu trempé et malade ? dit-il dès qu'il me vit dans l'entrée de Béthanie.

Je mentirais en disant que je ne fus pas surpris de le trouver là de si bon matin. Il était monté jusqu'à notre quartier seul, sans escorte, avec une couverture sur son habit, et les sandales couvertes de peaux de lapins. Si le supérieur de l'ordre de saint Dominique abandonnait ainsi notre maison mère et sa paroisse, traversait la ville en pleine tempête pour retrouver le responsable de son service de renseignements, l'affaire devait être très grave. Et bien que son visage sombre me fît craindre le pire, je n'osai pas lui poser de questions. Je l'aidai à retirer ses vêtements trempés et lui fis servir un verre de vin chaud. Je l'invitai à monter dans mon petit bureau, un lieu sombre rempli de boîtes et de manuscrits, d'où l'on avait une vue dominante sur tout Rome. A peine avais-je fermé la porte que Torriani confirmait mes pires craintes :

— Bien sûr que je suis venu à cause de ces maudites lettres ! protesta-t-il en haussant ses sourcils blancs. Et vous me demandez qui en est l'auteur, vous, père Leyre !

Torriani prit une profonde inspiration. Sa frêle nature luttait pour retrouver un peu de chaleur tandis que le vin le fortifiait petit à petit. Dehors, la neige tombait en redoublant d'intensité sur la vallée.

— Mon impression, continua-t-il, c'est que notre homme doit appartenir à la suite du duc ou à notre nouveau monastère de Milan. Il s'agit d'une personne qui connaît bien nos habitudes et sait parfaitement à qui il adresse ses cartes. Et cependant...

— Cependant ?

— Vous allez comprendre, père Leyre. Depuis que j'ai lu cette lettre que je vous ai fait parvenir, j'ai à peine fermé l'œil. Un inconnu qui nous prévient d'une grave trahison contre l'Eglise. L'affaire est très sérieuse, surtout si, comme je le crains, notre informateur appartient à la communauté de Santa Maria...

— Vous pensez que l'Augure est un dominicain, père ?

— J'en suis presque certain. C'est sans doute quelqu'un de l'intérieur, témoin des avancées du More, et qui n'ose pas le dénoncer de peur des représailles.

— Je suppose que vous avez étudié les dossiers de nos moines milanais à la recherche de votre candidat, n'est-ce pas ?

Torriani sourit d'un air satisfait.

— En effet, tous, sans exception. La majeure partie provient d'excellentes familles lombardes. Ce sont des religieux fidèles au More et à l'Eglise, des hommes peu versés dans l'imaginaire ou la conspiration. De bons dominicains en somme. Je ne peux imaginer que l'un d'entre eux soit l'Augure.

— S'il faut le chercher parmi eux...

— En effet.

— Permettez-moi de vous rappeler que la Lombardie a toujours été une terre d'hérésie.

Le maître général de l'ordre, frileux, retint un éternuement avant de répondre :

— Cela date d'il y a bien longtemps, père Leyre. Bien longtemps. Depuis deux cents ans, il n'y a plus aucune trace de l'hérésie cathare dans cette région. Il est vrai que ces maudits qui incitèrent notre cher saint

Dominique à créer l'Inquisition se réfugièrent là après la croisade albigeoise[3], mais ils moururent tous sans pouvoir contaminer quiconque avec leurs idées.

— Et pourtant on ne peut ignorer que leurs blasphèmes coïncident avec la mentalité des Milanais. Pourquoi sinon ces derniers seraient-ils si ouverts aux idées hétérodoxes ? Pourquoi le duc accepterait-il des croyances païennes si lui-même n'avait pas grandi dans une atmosphère qui l'y prédisposait ? Et pour quelle raison, poursuivis-je, un moine dominicain fidèle à Rome devrait-il se cacher derrière des messages anonymes si ce n'est parce que lui-même participe de l'hérésie qu'il dénonce maintenant ?

— Foutaises, père Leyre ! L'Augure n'est pas un cathare mais bien le contraire. Il se préoccupe de maintenir l'orthodoxie avec plus de zèle que l'inquisiteur général de Carcassonne lui-même.

— J'ai relu ce matin, avant votre arrivée, les lettres de cet individu. L'objectif de l'Augure est bien clair depuis le début : il désire que nous envoyions quelqu'un pour arrêter les projets du More sur Santa Maria delle Grazie. C'est comme si ce que le duc faisait dans le reste de sa ville, les places, les canaux pour la navigation intérieure, les écluses, tout cela n'importait pas... Ce qui semble cautionner votre thèse.

Torriani hocha la tête d'un air approbateur.

— Mais, poursuivis-je, avant d'agir, nous devrions nous assurer que sa demande ne soit pas un piège.

— Comment ? Vous voulez laisser l'Augure seul malgré les preuves qu'il nous offre ? Alors que vous-même avez passé je ne sais combien de temps à dénoncer les déviations doctrinales de la défunte épouse du More ?

— Justement. Cette famille est rusée. Il ne sera pas facile de trouver des arguments contre elle. Je dis simplement que nous devons nous montrer d'une extrême prudence pour éviter de faire un mauvais pas.

— Non, père Leyre, je ne suis pas d'accord. Cet homme, quel qu'il soit, nous demande de l'aide et nous ne pouvons la lui refuser plus longtemps. De plus, vous savez que j'ai pu faire vérifier le moindre détail qui apparaissait dans ses lettres par le cardinal Ascanio, le frère du duc. Et croyez-moi, ils sont tous exacts.

— Exactement, répétai-je tandis que j'essayais d'organiser mes pensées. Je crois que ce qui me surprend le plus dans toute cette affaire, c'est votre changement d'attitude.

— Mais pas du tout, protesta Torriani. J'avais mis en archives les lettres de l'Augure tant que je n'avais pas de preuves solides qui les épauleraient. Si je n'avais pas cru en elles, je les aurais détruites, vous le savez bien.

— Dans ce cas, si notre informateur dit la vérité, s'il est réellement un dominicain préoccupé de l'avenir de son nouveau monastère, pourquoi à votre avis cache-t-il son identité ?

Torriani haussa les épaules.

— Si seulement je le savais, père Leyre. Cette question me préoccupe, je ne vous le cache pas. Plus le temps passe sans apporter de réponses, plus je suis ennuyé par cette affaire. Notre ordre doit affronter beaucoup de dangers en ce moment, et ouvrir une blessure de plus dans le sein de l'Eglise équivaudrait à la saigner pour de bon. C'est pour cette raison que l'heure d'agir a sonné. Nous ne pouvons permettre que se répète à Milan ce qui se passe déjà à Florence. Ce serait un désastre.

« Une blessure de plus »... J'hésitai à poursuivre mais le silence de Torriani ne me laissait pas d'autre choix.

— Je suppose que vous voulez parler des agissements de frère Savonarole...

— Et de qui d'autre ? soupira le vieux général avant de poursuivre : le pape a perdu patience, et il pense déjà à l'excommunier. Ses sermons contre l'opulence de l'Eglise croissent en aigreur. Pour couronner le tout, ses prophéties sur la fin de la maison des Médicis se sont accomplies, et maintenant, suivi par une foule de plus en plus nombreuse, il annonce de grands châtiments du Seigneur contre les Etats pontificaux. Il prétend que Rome doit souffrir pour purger ses péchés, et s'en réjouit même, le maudit ! Il y a pire : chaque jour, le nombre de ses disciples augmente. Si par hasard le duc de Milan se joignait à cette idée de débâcle, personne ne pourrait empêcher notre institution de tomber en discrédit.

Confus, je me signai devant la funeste perspective que le maître général évoquait.

Jérôme Savonarole était, comme toute la ville de Rome le savait, le grand problème de Torriani à cette époque. Tout le monde parlait de lui. Lecteur persistant de l'Apocalypse, ce dominicain au verbe brillant, au charisme indéniable, venait d'instaurer une république théocratique à Florence pour combler le vide laissé par la fuite de la famille Médicis. De sa nouvelle chaire, il attaquait les excès d'Alexandre VI. Savonarole était un fou ou, pire encore, un téméraire. Il refusait d'écouter les rappels à l'ordre qu'il recevait de ses supérieurs, et ignorait délibérément la législation canonique. Les *Dictatus papae* qui, depuis le XI^e siècle, avaient établi que le pape et sa Curie ne pouvaient faillir lui importaient peu, et il allait même jusqu'à défier la dix-neuvième sentence : « Personne ne peut juger le pape », puisqu'il criait depuis l'autel qu'il fallait arrêter ce dernier au nom de Dieu.

Notre maître général était désespéré. Non seulement il s'était montré incapable de contenir la soif de grandeur de cet exalté, mais l'attitude de Savonarole compromettait aussi tout l'ordre aux yeux de Sa Sainteté. Le rebelle, l'orgueilleux, avait, comme Samson devant les Philistins, rejeté le chapeau rouge de cardinal qu'on lui avait offert pour faire taire ses critiques, et refusé même d'abandonner sa tribune dans le couvent florentin de San Marco, en alléguant qu'il avait une mission divine plus importante à accomplir. Cela seul expliquait pourquoi notre supérieur ne voulait pas que la loyauté des prêcheurs de saint Dominique fût remise en question à Milan. Si l'Augure était un dominicain, et s'il avait raison de nous prévenir des desseins païens du More dans notre monastère, l'ordre se trouverait de nouveau mis en question.

— J'ai pris une décision, reprit d'un ton sentencieux Torriani après avoir réfléchi quelques instants. Nous devons éloigner tout soupçon sur Santa Maria delle Grazie en recourant à la force si cela se révèle nécessaire.

— *Pater !* vous ne pensez pas juger le duc de Milan ? m'exclamai-je, alarmé.

— Uniquement si c'est nécessaire. Vous n'êtes pas sans savoir que rien ne plaît davantage aux princes séculiers que de dévoiler les faiblesses de notre Eglise et les utiliser contre nous. Voilà pourquoi nous sommes obligés de devancer leurs mouvements. Un autre scandale comme celui de Savonarole, et notre maison se verrait très mal traitée dans les Etats pontificaux. Vous comprenez ?

— Et comment comptez-vous parvenir jusqu'à l'Augure, vérifier ses affirmations et réunir les informations nécessaires pour juger le duc sans éveiller les soupçons de ce dernier ?

— J'ai beaucoup réfléchi à cette question, répondit-il d'un ton mystérieux. Vous savez mieux que moi que, si j'envoyais l'un de nos inquisiteurs mal à propos, le tribunal de Milan poserait trop de questions, et gênerait la discrétion que requiert le cas. Si un complot d'une telle étendue existe vraiment, toutes les preuves seraient cachées avec célérité par les complices du More.

— Alors ?

Torriani ouvrit la porte du bureau et descendit les escaliers vers le portail sans me répondre. Il sortit dans la cour des écuries et chercha sa mule comme pour clore cette réunion d'urgence. La bise soufflait avec une force redoublée.

— Dites-moi, que comptez-vous faire ? insistai-je.

— Le More a prévu de célébrer dans dix jours les funérailles officielles de la duchesse, finit-il par répondre. Milan sera alors rempli de délégations de toutes parts. Il sera facile de s'infiltrer à Santa Maria delle Grazie pour faire nos recherches et localiser l'Augure. Mais, ajouta-t-il aussitôt, nous ne pouvons envoyer un religieux quelconque. Ce doit être quelqu'un doté d'un bon jugement, qui connaisse les lois, les hérésies, et l'usage des codes secrets. Sa mission consistera à trouver l'Augure, confirmer une par une ses accusations, et mettre fin à toute manifestation hérétique. Il nous faut un homme de cette maison, un homme de Béthanie.

Le général jeta un regard soupçonneux sur le sentier qu'il était sur le point d'emprunter. Avec de la chance, il mettrait une heure à le parcourir et, si sa monture ne l'envoyait pas au sol en glissant sur une plaque glacée, il arriverait chez lui avec la chaleur de la mi-journée.

— L'homme dont nous avons besoin, dit-il d'un ton soudain solennel, c'est vous, père Leyre. Je ne vois personne d'autre pour résoudre efficacement cette affaire.

— Moi ? m'exclamai-je, surpris, perplexe. (Il avait

prononcé mon nom avec une délectation morbide, tandis qu'il fouillait dans les sacoches de sa monture.) Mais vous savez bien que du travail m'attend ici, et que j'ai des obligations...

— Aucune n'est plus importante que celle-ci !

Il prit une liasse épaisse de feuilles qui portaient son sceau et me les tendit avec un dernier ordre :

— Vous partirez prestement à Milan. Aujourd'hui même si possible. Et, grâce à cela, ajouta-t-il en indiquant la liasse que je tenais entre les mains, vous identifierez notre informateur, vous vérifierez la réalité de ce nouveau danger et vous essaierez d'y mettre un terme.

Torriani indiqua un parchemin posé au-dessus de la pile de papiers. Tracée en grands caractères à l'encre rouge, on pouvait lire l'énigme qui renfermait la signature de notre informateur. Je l'avais vue à plusieurs reprises, car l'Augure terminait toujours ses lettres de cette façon, mais jusque-là je n'y avais pas prêté attention.

Mon regard se troubla en tombant sur ces sept lignes et en comprenant qu'elles étaient devenues mon principal problème.

*Oculos ejus dinumera*
*sed noli voltum adspicere.*
*In latere nominis*
*mei notam rinvenies.*
*Contemplari et contemplata*
*aliis tradere.*

*Veritas*[4]

# 7

Naturellement, je n'eus pas d'autre choix que d'obéir à mon supérieur. Comment refuser ?

J'arrivai à Milan le lendemain de la nuit des Rois. C'était un samedi matin. L'éclat de la neige m'aveuglait et l'air limpide refroidissait impitoyablement mon corps. J'avais chevauché sans repos pour parvenir à ma destination, en dormant quelques heures à peine dans des auberges nauséabondes, et c'est courbaturé et trempé que je finis ce voyage de trois jours au beau milieu de l'hiver le plus rude dont j'ai le souvenir. Mais rien de tout cela ne comptait. Ma monture foulait maintenant le sol de Milan, la capitale de la Lombardie que j'avais tant étudiée, fief d'intrigues de palais et de disputes territoriales avec la France et les comtés voisins.

Le lieu était impressionnant. La ville des Sforza, la plus grande au sud des Alpes, était deux fois plus étendue que Rome. Huit grandes portes flanquaient une muraille imprenable qui entourait la cité au plan rond. Vue du ciel, elle devait rappeler l'écu d'un guerrier gigantesque. Néanmoins ce ne furent pas ses défenses qui me surprirent le plus, mais sa propreté. Ce bourg neuf dégageait une forte sensation d'ordre. Les citoyens n'urinaient pas à chaque coin de rue comme à Rome et les prostituées n'assaillaient pas les passants de leurs offres lascives. Là, chaque ruelle, chaque maison, chaque édifice public semblait destiné à une fonction suprême. Même son orgueilleuse cathédrale, d'aspect fragile et squelettique, opposée en tout aux volumes massifs du Sud italien, répandait son influence bénéfique sur la vallée. Vue du haut de ses collines, Milan paraissait bien le dernier endroit au monde où pouvaient s'enraciner le désordre et le péché.

Peu de temps avant d'arriver à la porte Ticinese, le plus noble des accès à cette cité, un aimable marchand offrit de me conduire jusqu'à la tour de Filarete, l'entrée principale de la forteresse du More. Situé à l'une des extrémités de l'écu urbain, le château des Sforza semblait une réplique en miniature des énormes murailles de la ville. Le marchand rit en voyant mon expression d'étonnement. Il m'expliqua qu'il était tanneur à Crémone et qu'il m'accompagnerait avec plaisir jusqu'à l'intérieur de la forteresse en échange de ma bénédiction pour lui et sa famille. J'acceptai l'échange.

Le bon homme me laissa devant le château du duc à l'heure de none. Ce lieu était encore plus imposant que je ne l'avais supposé. Des bannières avec le terrible insigne des Sforza – une espèce de serpent géant dévorant un malheureux – tombaient depuis les créneaux. Des rubans de couleur ondulaient au vent tandis qu'une demi-douzaine de cheminées scellées à l'intérieur du château exhalaient de grandes volutes de fumée épaisses et noires. L'entrée de Filarete arborait une herse menaçante et deux portes basses recouvertes de bronze. Pas moins de quinze hommes la surveillaient et tâtaient avec leurs piques les sacs de céréales que les grands chariots couverts venaient déposer près des cuisines.

Un garde m'indiqua le chemin. Une fois à l'intérieur de la forteresse, je devais me diriger vers l'extrémité ouest de la tour, et demander le lieu de réception des visites et « le bureau de deuil » qu'on avait créé pour recevoir les délégations qui se présenteraient aux funérailles. Mon guide de Crémone m'avait déjà prévenu que toute activité cesserait dans la ville quand ce jour arriverait. A ma grande surprise, le secrétaire du More, un courtisan élancé au visage inexpressif, tarda peu à me recevoir. Il s'excusa de ne pouvoir me conduire vers son seigneur. Mais il examina tout de même méticuleusement ma carte de présentation, vérifia que le sceau papal était authentique et me la rendit avec un geste de désolation.

— Je regrette, père Leyre, dit Marchesino Stanga — ainsi s'appelait-il. Vous comprendrez que le duc ne reçoive personne après le décès de son épouse. Je suppose que vous mesurez les épreuves que nous traversons et la nécessité pour le duc de demeurer seul.

— Bien sûr, approuvai-je avec une feinte courtoisie.

— Néanmoins, ajouta-t-il, une fois la période de deuil terminée, je lui ferai immédiatement connaître votre présence dans notre ville.

J'aurais aimé pouvoir regarder le More dans les yeux et déduire, comme lors des si nombreux interrogatoires que j'avais présidés, s'ils cachaient ou non les ombres sinistres de l'hérésie ou du crime. Mais ce fonctionnaire habillé d'un costume écarlate garni de peaux et d'un jabot de velours, qui discourait avec des airs supérieurs mesquins, paraissait bien décidé à m'en empêcher.

— Nous ne pouvons vous offrir l'hospitalité, comme le veut la coutume, dit-il sèchement, le château est fermé et nous ne recevons personne. Je vous supplie, père, de prier pour l'âme de *donna* Béatrice. Revenez une fois les funérailles passées. Alors nous vous recevrons comme vous le méritez.

— *Requiescat in pace*, murmurai-je tandis que je me signais. Je prierai aussi pour vous.

J'eus une sensation étrange. Déçu dans mes velléités de déambuler avec plus ou moins de liberté dans le château, et sans possibilité de m'installer près du duc et de sa famille, mon enquête n'allait guère avancer. Je devais obtenir un logement discret qui me garantirait une atmosphère propice à l'étude. J'allais avoir besoin de calme, de trois plats chauds par jour, et d'une bonne dose de chance pour parvenir à déchiffrer les documents de Torriani que je portais dans ma sacoche. Un moine n'était pas censé chercher refuge parmi les laïcs, aussi mes options se réduisirent bientôt au nombre de deux : ou je prenais logement dans le monastère vétéran de San Eustorgio ou je choisissais la nouveauté avec celui de Santa Maria delle Grazie et la possibilité d'y croiser l'Augure, ce qui excitait mon imagination. Une fois cette histoire de toit résolue, j'aurais bien le temps de me plonger dans l'énigme que maître Torriani m'avait remise à Béthanie.

Je reconnais que la divine providence fit un travail exemplaire. San Eustorgio se révéla rapidement le pire des choix. Situé tout près de la cathédrale et du marché, il était souvent rempli de curieux ; ils ne tarderaient pas à se demander quelle sorte d'affaire retenait ici un inquisiteur romain. Bien que sa situation géographique me permît quelque perspective sur les activités de l'Augure, tout en m'évitant le risque de me retrouver face à lui sans savoir qui il était, je savais aussi qu'elle offrait plus d'inconvénients que d'avantages.

Quant à l'autre solution, celle de Santa Maria, en plus d'être l'abri présupposé de mon objectif, elle ne présentait qu'un seul défaut, mineur et surmontable : c'est là qu'allaient être célébrées les funérailles de Béatrice d'Este. Son église, restaurée depuis peu par Bramante, allait devenir le centre de tous les regards.

Mais le monastère disposait de tout ce dont j'allais avoir besoin. Sa bibliothèque bien remplie, placée au second étage d'un des édifices qui donnaient sur ce que l'on appelait là-bas le cloître des morts, abritait des œuvres de Suétone, Philostrate, Plotin, Xénophon et même quelques livres de Platon lui-même importés du temps de Côme l'Ancien. Il se trouvait près de la forteresse du duc et pas très loin de la porte Vercellina. Il jouissait d'une excellente cuisine avec un extraordinaire four à pâtisserie, un puits, un verger, un atelier de couture et un hôpital. Et comme si ce n'était pas assez, tous ces avantages pâlissaient devant un seul : si mon supérieur ne se trompait pas, l'Augure pourrait peut-être apparaître dans ses couloirs et m'enlever ainsi toute nécessité de résoudre l'énigme.

Comme j'étais naïf !

Même si je n'eus pas la chance de croiser l'Augure, la Providence fit bien son travail. Il restait une cellule disponible à Santa Maria, et on me l'assigna immédiatement : une chambre minuscule qui comportait un mauvais lit de bois sans matelas, et une petite table sous une pauvre fenêtre donnant sur la rue Magenta. Les frères me posèrent des questions. Ils examinèrent mes lettres d'accréditation avec le même regard méfiant que le secrétaire Stanga, mais se détendirent quand je les assurai que j'étais venu dans leur maison en quête de sérénité. « Même un inquisiteur a besoin de recueillement », leur expliquai-je. Et ils le comprirent parfaitement.

Ils ne me posèrent qu'une seule condition. Le

sacristain, un frère aux yeux exorbités et à l'accent étranger, me prévint d'un ton sévère :

— Vous n'entrerez jamais sans permission dans le réfectoire. Léonard de Vinci ne veut pas que l'on interrompe son travail et l'abbé désire lui plaire en tout. Vous avez compris ?

J'acquiesçai d'un hochement de tête.

# 8

Le premier lieu que je visitai fut la bibliothèque. Ce que l'on m'en avait dit avait attisé ma curiosité. Située au-dessus de l'inaccessible réfectoire que l'Augure avait converti en centre du mal, la salle était ample, avec des fenêtres rectangulaires, une douzaine de petites tables de lecture et un grand pupitre pour le bibliothécaire. Les livres étaient gardés derrière, protégés par une porte épaisse verrouillée. Ce qui attira le plus mon attention fut le système de chauffage : une chaudière située à l'étage inférieur distribuait de la vapeur d'eau dans des conduits de cuivre qui chauffaient les tommettes au sol.

— Ce n'est pas pour les lecteurs, se dépêcha de m'expliquer le responsable du lieu en me voyant examiner avec intérêt ce curieux dispositif. C'est pour les livres. Nous avons des exemplaires trop précieux pour laisser le froid les abîmer.

Je crois que le père Alessandro, gardien et protecteur de cette salle, fut le premier moine qui me regarda sans suspicion, mais au contraire avec une curiosité ouverte. Long, osseux, la peau très blanche et les manières courtoises, il paraissait enchanté de découvrir une tête nouvelle dans son domaine.

— Peu de gens viennent par ici, admit-il, et encore moins de Rome !

— Ah... ! Vous savez donc que je suis romain ?

— Les nouvelles vont vite, mon père. Santa Maria est encore une petite communauté. Je ne crois pas qu'à cette heure il y ait quelqu'un ici qui ignore encore la présence d'un inquisiteur parmi nous.

Le frère me fit un clin d'œil complice.

— Je ne suis pas là en mission officielle, mentis-je. Je suis venu pour des affaires personnelles.

— Et que m'importe ! Les inquisiteurs sont des hommes de lettres studieux. Et ici presque tous les frères ont des difficultés pour lire ou écrire. Si vous restez un peu parmi nous, je crois que nous ferons bonne compagnie.

Il ajouta ensuite :

— Est-il vrai qu'à Rome vous travaillez à la secrétairerie d'Etat ?

— Oui..., répondis-je après un moment d'hésitation.

— Magnifique ! C'est magnifique, mon père. Nous avons tant de choses à nous dire. Je crois que vous avez choisi le meilleur endroit du monde pour passer quelques jours.

Alessandro me parut sympathique. Agé d'une cinquantaine d'années, il arborait sans complexe un nez crochu et le menton le plus prononcé que j'eus jamais vu. Sa pomme d'Adam proéminente semblait lutter pour sortir de sa gorge. Des lentilles au verre épais qui devaient lui permettre la lecture étaient posées sur la table, et les manches de son habit exhibaient d'énormes taches d'encre. Je ne me confiai pas à lui immédiatement, et j'essayai de ne pas trop le regarder pour ne pas m'abîmer dans la contemplation de ce visage contrefait, mais j'admets qu'un courant de sincère affection passa tout de suite entre nous. Ce fut lui qui insista pour s'occuper de moi pendant mon séjour dans le monastère. Il s'offrit à me faire visiter chaque recoin de ce lieu splendide où tout paraissait neuf et promit qu'il veillerait à ce que l'on me laisse tranquille pour que je puisse méditer en paix.

— Si votre exemple pouvait servir à ce que davantage de nos frères viennent étudier dans cette maison, se plaignit-il comme s'il ne pouvait retenir sa langue, bientôt nous pourrions nous transformer en Etude générale[5] comme à Rome et, qui sait, en université peut-être...

— Aucun frère ne vient donc étudier ici ?

— Très peu, en regard de ce que ce lieu peut leur offrir. Malgré son apparence, cette bibliothèque réunit une des collections de textes anciens les plus importantes du duché.

— Ah, oui ?

— Pardonnez cette vanité, mais cela fait si longtemps que je travaille ici. Peut-être qu'à vos yeux de Romain cultivé elle paraîtra peu de chose, mais, vous devez me croire, nous possédons ici des textes que les bibliothécaires du pape nous envieraient s'ils venaient à en connaître l'existence...

— Alors, dis-je d'un ton courtois, ce sera un privilège de pouvoir les consulter.

Frère Alessandro pencha la tête comme pour accepter l'éloge tout en fouillant dans ses papiers, cherchant quelque chose d'important.

— Mais avant, j'aimerais que vous me rendiez un petit service, dit-il en riant. En réalité, votre arrivée est providentielle ! Une énigme comme celle-ci ne devrait présenter aucune difficulté pour un homme tel que vous, entraîné à déchiffrer des messages.

Le moine me tendit un bout de papier avec un croquis griffonné au recto. Il s'agissait d'un dessin tout simple qui représentait vaguement une échelle musicale interrompue par une espèce de note intruse (« za ») et un hameçon.

— Alors ? me demanda-t-il impatient. Vous y comprenez quelque chose, vous ? Cela fait trois jours que je cherche en vain.

— Et qu'êtes-vous supposé trouver là-dedans ?

— Une phrase écrite en langue romane.

J'observai la devinette sans parvenir à comprendre sa signification. Il était évident que la clé devait se trouver dans ce « za » incongru. Les choses qui ne se trouvent pas à leur place renferment toujours un indice, mais que faire de l'hameçon ? J'ordonnai mentalement ces éléments en commençant par la lecture de l'échelle et souris, amusé.

— Il s'agit bien d'une phrase, dis-je finalement, et elle est très simple.

— Simple ?

— Il suffit de savoir lire, frère Alessandro. Vous allez comprendre : si vous partez de la traduction de l'hameçon en roman qui donne « amo », le reste du dessin prend tout de suite son sens.

— Je ne comprends pas.

— C'est pourtant facile. Lisez « amo », et continuez les notes à la suite.

Le moine passa ses doigts sur le dessin, dubitatif :

— L'amo... re... mi... fa... sol... la... « za »... re... *L'amore mi fa sollazare*[6], s'exclama-t-il. Ce Léonard est un coquin ! Il va voir quand on se rencontrera ! Jouer ainsi avec des notes de musique... *Maledetto* !

— Léonard ?

La seule mention de ce prénom me ramena à la réalité. J'étais venu à la bibliothèque chercher le calme pour déchiffrer l'énigme de l'Augure qui, si nous ne nous trompions pas, était très liée à Léonard, au réfectoire et à l'œuvre qu'il était en train d'y exécuter.

— Comment ! s'exclama le bibliothécaire, euphorique après ma découverte. Vous ne le connaissez pas encore ?

Je secouai la tête en signe de dénégation.

— Encore un grand amateur d'énigmes. Il nous défie chaque semaine avec l'une d'elles. Celle-ci a été la plus difficile.

— Vous voulez parler du peintre Léonard de Vinci ?

— Mais oui, de qui d'autre pourrait-il s'agir ?

— Je croyais... Je croyais qu'il parlait peu aux moines.

— Seulement quand il travaille. Mais comme il habite tout près d'ici, il passe souvent voir son œuvre et plaisante avec nous dans les cloîtres. Il adore les doubles sens, les équivoques et nous fait rire avec ses plaisanteries.

« Les doubles sens »...

Cela, loin de m'amuser, m'inquiéta beaucoup. J'étais venu pour déchiffrer le message qui avait trompé tous les analystes de Béthanie. Un texte bien différent de cette phrase friponne dissimulée par Léonard sous une portée musicale. De sa résolution dépendaient plusieurs affaires d'Etat. Comment perdre du temps avec ces babillages infantiles !

— Au moins, dis-je d'un ton coupant, votre ami Léonard et moi avons un point commun : nous aimons travailler seuls. Vous pourriez me laisser un pupitre et veiller à ce que personne ne me dérange ?

Frère Alessandro comprit que je ne lui demandais pas un service. Il effaça le sourire de triomphe de son visage anguleux et acquiesça d'un hochement de tête obéissant.

— Restez ici, personne n'interrompra vos travaux.

Cet après-midi-là, le bibliothécaire tint parole. Ces heures consacrées aux sept vers que m'avait donnés mon supérieur à Béthanie furent sans doute les plus solitaires que je connus à Milan. Je savais que ce travail était plus exigeant qu'aucun de ceux que j'avais dû affronter auparavant. Je relus les vers :

*Oculos ėjus ḋinumera*
*ṡed noli voltum ȧdspicere.*
*In latere nominis*
*mei notam rinvenies.*
*Contemplari et contemplata*
*aliis ṫradere*

*Veritas.*

Tout allait être une question de patience.

Comme je l'avais appris dans les ateliers de Béthanie, j'appliquai à ce galimatias les techniques de l'admirable père Leon Battista Alberti. Ce défi l'aurait enchanté : non seulement il fallait déchiffrer un message occulte sous un texte vulgaire, mais en plus ce dernier allait me conduire probablement vers une œuvre d'art qui renfermait un mystère. Cet auteur fut le premier savant à écrire sur la perspective. Il aimait les arts, la poésie, la philosophie, il composa un chant funèbre pour son chien et dessina la fontaine de Trevi à Rome. Notre admirable docteur, que Dieu emporta prématurément, disait que, pour résoudre une énigme, peu importait sa classe ou provenance : il fallait aller de l'évident vers le latent. C'est-à-dire distinguer d'abord ce qui sautait aux yeux, le « za », par exemple, sur la portée musicale, pour chercher ensuite sa signification cachée. Il énonça également une autre loi utile : les énigmes se résolvent toujours sans hâte, en prêtant la plus grande attention aux détails les plus minimes, en les laissant reposer et mûrir dans notre esprit.

Dans le cas qui m'intéressait, la seule chose que je savais avec certitude, c'était que les vers renfermaient un nom. Torriani en était sûr, et il m'avait suffi de les lire pour être d'accord avec lui. Nous pensions tous les deux que l'Augure avait fourni cette piste en espérant que la secrétairerie le déchiffrerait et pourrait communiquer avec lui. Il devait donc exister une procédure de lecture qui ne laisserait aucun doute. Evidemment, si notre confident anonyme était aussi rusé qu'il le paraissait, seule une personne aguerrie à ce genre de travail pourrait l'identifier.

Une autre chose attira mon attention dans ce galimatias : le chiffre sept. Les nombres sont souvent importants dans les énigmes. Le poème était formé de sept lignes. Sa métrique étrange, irrégulière, devait signifier quelque chose. De la même façon que l'hameçon de Léonard. Et si ce quelque chose était l'identité que je cherchais, le texte me prévenait que je l'atteindrais uniquement en comptant les yeux d'une personne dont je ne pouvais regarder le visage. Le paradoxe, cependant, me laissa désarmé. Comment pouvait-on compter des yeux sans regarder le visage ?

Le texte me résistait. Que voulait indiquer la mystérieuse allusion aux yeux ? Je pensai aux yeux de Yahvé que décrit le prophète Zacharie[7], aux sept cornes et sept yeux de l'agneau égorgé de l'Apocalypse[8] ? Et même si c'était le cas, quel genre de nom devais-je chercher sous un chiffre ? La phrase centrale était éloquente : « Le chiffre de mon nom tu trouveras en son flanc. » Le chiffre ? Quel chiffre ? Le sept, peut-être ? Se référait-il à un numéral ou à un ordinal ? Comme l'antipape d'Avignon, Clément VII, par exemple. Je ne tardai pas à repousser cette hypothèse. Il était peu probable que notre scribe anonyme possède un rang semblable. Mais alors, comment interpréter l'étrange *errata* que je découvris dans le quatrième vers ? Pourquoi au lieu de *invenies* l'auteur du message avait-il écrit *rinvenies* ?

Les éléments bizarres s'accumulaient les uns après les autres.

Ma première journée de travail à Santa Maria ne m'apporta qu'une seule certitude : les deux dernières phrases de la signature étaient, je pouvais l'affirmer, des formules utilisées par un dominicain. Torriani avait vu juste. *Contemplari et contemplata aliis tradere* était une phrase célèbre de saint Thomas d'Aquin recueillie dans sa *Somme théologique* et acceptée comme l'un des thèmes les plus connus de notre ordre. Elle voulait dire « contempler et donner aux autres le résultat de votre contemplation ». L'autre, *Veritas*, était une devise dominicaine assez connue qui figurait dans notre blason. Il est vrai que je n'avais jamais vu ces deux phrases accolées, mais, lues à la suite, elles semblaient dire que, pour parvenir à la vérité, il fallait maintenir une attitude vigilante. C'était un bon conseil. Le père Alberti aurait approuvé.

Mais je n'étais pas plus avancé pour les deux phrases précédentes. J'ignorais toujours le nom ou le message qu'elles renfermaient...

# 9

— Avez-vous entendu parler du nouvel hôte du monastère de Santa Maria ?

Léonard de Vinci profitait souvent des dernières heures du jour pour contempler sa *Cène*. Le soleil couchant transformait les personnages assis à la table en ombres rougeoyantes d'abord, et en profils obscurs, sinistres, ensuite. Il se rendait fréquemment au monastère pour contempler son œuvre favorite et se distraire du reste de ses occupations quotidiennes. Le duc le pressait de finir la statue équestre colossale en l'honneur de François Sforza, et ce cheval monumental l'obsédait. Néanmoins, même le More savait que la véritable passion de Léonard résidait dans le réfectoire de Santa Maria. Cette peinture à l'huile de presque cinq mètres sur neuf était l'œuvre la plus grande qu'il eût jamais entreprise. Personne n'aurait pu dire quand il la terminerait, mais ce détail importait peu au génie. Il était tellement perdu dans ses pensées face à ce paysage magique que Marco d'Oggiono, le plus curieux de ses disciples, dut répéter sa question :

— Vraiment, vous n'avez pas entendu parler de lui ?

Le peintre, absorbé dans sa contemplation, fit un

geste de dénégation. Marco l'avait trouvé assis sur une caisse de bois au centre du réfectoire, sa chevelure blanche dénouée. Il avait l'habitude de finir sa journée de travail de cette façon.

— Non..., répondit-il en hésitant. C'est quelqu'un d'intéressant, *caro* ?

— Un inquisiteur, maître.

— Un métier terrible, alors.

— Le fait est qu'il semble très intéressé par vos secrets.

Léonard détourna le regard du *Cénacle*[9] et observa son disciple aux yeux bleus. Son visage était grave comme si la proximité d'un membre de l'Inquisition avait réveillé une crainte secrète dans son âme.

— Mes secrets, tu m'en parles encore, Marco ? Tout est là, je te l'ai dit hier. A la vue de tous. Cela fait des années que j'ai appris que, si l'on veut cacher quelque chose à la sottise humaine, la meilleure façon de le faire, c'est de le mettre là où tout le monde pourra le voir. Tu comprends, n'est-ce pas ?

Marco hocha la tête mais il ne semblait pas très convaincu. La bonne humeur qu'avait manifestée son maître la veille paraissait s'être évanouie.

— J'ai beaucoup pensé à ce que vous m'avez dit, et je crois avoir compris quelque chose de plus.

— Vraiment ?

— Malgré le fait que vous travailliez sur un sol sacré, et sous la supervision des hommes de Dieu, dans votre *Cène* vous n'avez pas voulu peindre la première messe du Christ, n'est-ce pas ?

Léonard haussa ses sourcils fournis, surpris. Marco poursuivit :

— Ne feignez pas l'étonnement. Jésus ne tient pas d'hostie dans la main, il n'instaure pas l'eucharistie et ses disciples ne boivent ni ne mangent. Ils ne reçoivent même pas une bénédiction.

— Eh bien ! s'exclama Léonard. Continue, tu es sur la bonne route.

— Ce que je ne comprends pas, maître, c'est pourquoi vous avez peint ce nœud coulant à l'extrémité de la table. Le vin et le pain figurent dans les Ecritures ; le poisson, bien qu'il ne soit cité par aucun évangéliste, peut s'entendre comme un symbole du Christ lui-même. Mais qui a jamais parlé d'un nœud dans la nappe du banquet pascal ?

Léonard tendit sa main vers d'Oggiono, lui faisant signe de s'approcher.

— Je vois que tu as essayé de te mettre dans le tableau, et c'est très bien.

— Et pourtant je continue à être loin de votre secret, n'est-ce pas ?

— Ce n'est pas l'objectif qui compte pour le moment, Marco. Occupe-toi seulement de parcourir le chemin.

Marco écarquilla les yeux, ébahi.

— Vous m'avez écouté, maître ? La présence d'un inquisiteur qui ne cesse de poser des questions sur votre *Cène* ne vous préoccupe pas ?

— Non.

— C'est tout ?

— Que veux-tu que je te dise ? Je dois m'occuper de choses bien plus importantes. Comme de finir cette fresque et... son secret. (Léonard tira sur sa barbe en souriant avant de continuer.) Tu sais, Marco, quand tu le découvriras enfin et que tu seras capable de le lire pour la première fois, tu te demanderas comment tu as pu être si aveugle. Les secrets les mieux gardés sont ceux qui sont devant notre nez et que nous sommes incapables de voir.

— Et comment apprendrai-je à lire votre œuvre ?

— En suivant l'exemple des grands hommes de notre temps comme Toscanelli, le géographe qui a réussi à dessiner son propre secret sous les yeux de toute la ville de Florence.

Le disciple n'avait jamais entendu parler de cette vieille connaissance de Léonard de Vinci. A Florence, on le surnommait Paolo le Physicien car, en effet, bien que cela fît des années qu'il gagnait sa vie en dessinant des cartes, ce lecteur passionné des écrits de Marco Polo avait été médecin.

— Mais tu ne sais rien de tout cela, dit Léonard en secouant la tête. Alors, pour que tu ne m'accuses plus de ne pas t'avoir appris à lire un secret, aujourd'hui je te parlerai de celui que Toscanelli a laissé dans la cathédrale de Florence.

Marco tendit l'oreille.

— Lorsque tu retourneras dans cette ville, ne manque pas d'aller voir l'énorme coupole que Brunelleschi a construite pour le Dôme. Promène-toi tranquillement en dessous et regarde bien le petit trou pratiqué sur un de ses côtés. Les jours de la Saint-Jean-Baptiste et de la Saint-Jean, en juin et décembre, le soleil de midi traverse cet orifice depuis plus de huit cents mètres de hauteur et illumine une ligne de marbre que mon ami Toscanelli a disposée avec soin au sol.

— Pour quelle raison ?

— C'est un calendrier, voyons ! Les solstices ici marqués signalent le début de l'hiver et de l'été. Jules César fut le premier à fixer la durée de l'année en trois cent soixante-cinq jours et un quart. Il inventa l'année bissextile[10]. Et tout cela grâce à l'avancée du soleil sur une ligne comme celle-là. Toscanelli décida donc de lui dédier cet ingénieux système. Et tu sais comment ?

Marco haussa les épaules.

— En plaçant au début de sa méridienne de marbre, dans un ordre atypique, les signes du Capricorne (*Capricornus*), du Scorpion (*Escorpium*) et du Bélier (*Aries*).

— Quel rapport peuvent avoir les signes du zodiaque avec un hommage à César ?

Léonard sourit :

— C'est là que réside le secret, précisément. Si tu prends les deux premières lettres du nom de chacun de ces signes, et respectes l'ordre, cela donne Ca-es-ar, et tu obtiens le nom caché que nous cherchions.

— Ca-es-ar ! C'est clair comme de l'eau de roche ! C'est parfait. Et votre *Cénacle* cache quelque chose dans le genre ?

— Oui, à peu près. Mais je doute que l'inquisiteur que tu crains tellement parvienne jamais à le découvrir.

— Mais...

— Bien sûr, ajouta-t-il, le nœud est l'un des nombreux symboles qui accompagnent Marie Madeleine. Je t'expliquerai un de ces jours.

# 10

Je m'étais sans doute endormi sur le pupitre... Et quand frère Alessandro me secoua à environ trois heures du matin, juste après matines, un douloureux engourdissement s'était emparé de tout mon corps.

— Père Leyre ! murmura le bibliothécaire, vous vous sentez bien ?

Je dus lui répondre quelque chose car, entre deux secousses, il fit une remarque qui me réveilla d'un coup.

— Vous parliez dans votre sommeil, dit-il en riant comme pour se moquer encore de mon incapacité à résoudre des devinettes. Notre frère Matteo, le neveu du prieur, vous a entendu balbutier des phrases étranges en latin et est venu me prévenir en courant à l'église. Il pensait que vous étiez possédé !

Alessandro me regarda d'un air mi-amusé, mi-préoccupé en plissant ce nez en forme de crochet qui paraissait me menacer.

— Je suis désolé, m'excusai-je en me retenant de bâiller.

— Mon père, cela fait très longtemps que vous travaillez, vous avez à peine mangé depuis votre arrivée, et mes veilles pour vous ne servent pas à grand-chose. Vous êtes sûr que je ne peux pas vous aider dans vos travaux ?

— Non. Ce n'est pas nécessaire.

La maladresse du bibliothécaire avec le rébus de l'hameçon ne laissait pas augurer une grande aide.

— Et que diable signifie *Oculos ejus dinumera* ? Vous ne cessiez de répéter cette phrase.

— Je disais cela ?

Je pâlis.

— Oui, et je ne sais quoi sur un lieu appelé Béthanie. Vous rêvez souvent de passages de la Bible, avec Lazare le ressuscité, et des choses semblables ? Parce que Lazare venait de Béthanie, je crois.

Je souris. L'ingénuité du moine paraissait sans limites.

— Je doute que vous compreniez, frère.

— Mettez-moi à l'épreuve, dit-il en se balançant d'un pied sur l'autre.

Le moine était tout près de moi, et me regardait avec un intérêt croissant tandis que son énorme pomme d'Adam montait et descendait dans sa gorge.

— Après tout, je suis l'intellectuel de ce monastère.

Je promis de satisfaire sa curiosité en échange d'un repas. Je venais de m'apercevoir que je n'étais même pas allé dîner lors de ma première nuit à Santa Maria. Mon estomac rugissait. Prévenant, le frère me conduisit vers les cuisines et obtint des restes du dîner.

— C'est de la *panzanella*, mon père, m'expliqua-t-il en me tendant une jatte encore tiède qui soulagea mes mains glacées.

— *Panzanella* ?

— Mangez, vous verrez, c'est délicieux. Cette soupe

est faite de poivrons, de tomates, d'oignons et de pain. Cela vous fera du bien.

Je finis rapidement cette mixture épaisse et aromatique, à peine éclairé par la lumière d'une bougie, puis dévorai les restes d'une excellente pâte feuilletée sèche que l'on appelait aussi *torroni* et terminai par quelques figues. Enfin repu, je retrouvai mes réflexes.

— Mais, vous ne mangez pas, frère Alessandro ?

— Oh, non ! dit le moine efflanqué en souriant, le jeûne ne me le permet pas. Je l'ai commencé bien avant votre arrivée dans notre maison.

— Je comprends.

Et je dois avouer que je n'attachai pas plus d'importance à ce fait.

Donc je m'étais endormi en me souvenant des premiers vers de l'Augure me reprochai-je. Ce n'était pas surprenant. Tandis que je remerciai frère Alessandro de ses attentions et louai la renommée méritée de sa cuisine, je me rappelai que mes collègues de Béthanie avaient déjà eu l'opportunité de vérifier que ces vers ne procédaient d'aucune citation évangélique. Ils ne correspondaient à aucun texte de Platon ni à aucun autre classique connu et faisaient encore moins partie des épîtres des pères de l'Eglise ou des lois du droit canonique. Ces sept lignes défiaient les plus élémentaires codes de chiffrage employés par les cardinaux, évêques, et abbés qui cryptaient maintenant presque toutes leurs communications vers les Etats pontificaux par crainte des espions. Les phrases étaient rarement lisibles, elles passaient du latin conventionnel à un mélange de consonnes et de nombres grâce à quelques modèles de substitution très élaborés, recueillis par mon admiré Léon Baptiste Alberti. En général ces modèles formaient une série de roues superposées aux bords desquelles on plaçait avec minutie les lettres de l'alphabet. En suivant quelques instructions élémentaires, les lettres de la roue supérieure étaient remplacées par celles de la roue inférieure et permettaient de chiffrer ainsi n'importe quel message.

Toutes ces précautions avaient leur raison d'être. La Curie, craignant de se voir découverte par des nobles qu'elle détestait ou par des courtisans contre lesquels elle complotait, avait multiplié le travail de Béthanie par cent, et en peu de temps nous avait convertis en un outil indispensable pour l'administration de l'Eglise. Mais comment expliquer tout cela au bon Alessandro ? Comment lui avouer que l'énigme qui me tourmentait sortait des méthodes habituelles de chiffrage que je connaissais et m'obsédait pour cette simple raison ?

Non. *Oculos ejus dinumera* n'était pas le genre de message qu'on pouvait expliquer à un novice en codes secrets.

— Je peux vous demander à quoi vous pensez, père Leyre ? J'ai l'impression que vous m'avez oublié.

Frère Alessandro tira sur mon habit pour me reconduire vers le quartier des dortoirs par les couloirs obscurs du monastère.

— Maintenant que vous avez mangé, dit-il sur un ton patriarcal, sans perdre cette moue moqueuse qui ne l'avait pas quitté depuis notre rencontre, le mieux c'est que vous vous reposiez jusqu'à l'office de laudes. Avant l'aube, je viendrai vous réveiller et vous m'expliquerez ce qui vous préoccupe tant. D'accord ?

J'acceptai à contrecœur

A cette heure, la cellule était glacée, et la seule idée de me défaire de mes vêtements et de me glisser dans un lit humide et dur me faisait plus peur que de veiller. Je demandai au bibliothécaire d'allumer la bougie qui se trouvait sur la petite table et nous nous mîmes d'accord pour nous revoir et nous promener à l'aube dans le cloître de l'hôpital afin d'éclaircir certaines choses. L'idée de partager des détails de mon travail avec un inconnu ne me séduisait pas du tout. D'ailleurs, je n'avais même pas présenté encore mes respects au prieur de Santa Maria. Mais une intuition me disait que frère Alessandro, en dépit de son impéritie avec les énigmes, allait me servir à quelque chose dans cette situation inextricable.

Je m'allongeai tout habillé sur le lit et me recouvris de l'unique couverture dont je disposais. Là, contemplant le plafond de planches blanchies à la chaux, je passai de nouveau dans mon esprit les vers codifiés. J'avais l'impression d'avoir laissé quelque chose de côté, un détail, un « za » absurde mais fondamental. Et ainsi, les yeux ouverts, je révisai tout ce que je savais sur l'origine de ces phrases. Si je ne me trompais pas dans mon appréciation, et l'aube ne dupait pas mon intelligence, il était assez clair que le nom de notre informateur anonyme, ou du moins son chiffre, se cachait dans les deux premiers vers.

C'était curieux. De la même façon qu'avec certains termes hébreux qui ont, en plus de leur signification, un déterminatif qui complète leur sens, les deux propositions dominicaines indiquaient que notre homme appartenait à l'ordre des prêcheurs. Voilà ce dont j'étais presque sûr. Mais pour les phrases précédentes :

*Compte ses yeux*
*mais ne regarde pas son visage.*
*Le chiffre de mon nom*
*tu trouveras en son flanc.*

Yeux, visage, chiffre, nom, flanc...

Dans la pénombre, l'esprit exténué, je compris enfin. C'était peut-être une nouvelle impasse, mais soudain cette histoire du chiffre du nom ne me parut plus si absurde. Je me rappelai que les juifs appelaient *gematria* la discipline qui assignait à chaque lettre de leur alphabet une valeur numérique. Jean, dans son *Apocalypse*, l'employa avec une grande maestria quand il écrivit « Celui qui a de l'intelligence, qu'il calcule le nombre de la Bête. Car c'est le nombre d'un homme, et ce nombre est 666. » Ce 666 correspondait en effet au plus cruel des hommes de son temps, Néron César, dont la somme des lettres donnait le terrible chiffre. Et si l'Augure était un juif converti ? Et si, craignant quelques représailles, il avait caché son identité précisément à cause de ce détail ? Combien de moines ici savaient que saint Jean avait été initié à la *gematria* et avait désigné Néron dans son livre sans mettre en jeu sa propre vie ?

L'Augure avait-il fait de même ?

Avant de m'endormir, fébrile, je transposai cette idée à l'alphabet latin. Considérant que A (l'*aleph* hébreu) équivaut à 1, et B (*beth*) à 2, il n'était pas difficile de transformer en chiffre n'importe quel mot. Il suffisait d'additionner les nombres obtenus pour que le produit qui en résultait indique la valeur numérique définitive du terme choisi. Le chiffre. Les juifs, par exemple, calculèrent que le nom complet et secret de Yahvé additionnait 72 éléments et les kabbalistes, les mages des nombres, compliquèrent davantage les choses en cherchant les 72 noms de Dieu. A Béthanie nous nous moquions souvent d'eux.

Dans notre cas, par malheur, l'affaire était plus obscure, car nous ne connaissions même pas la valeur numérique du nom de l'auteur... S'il en avait un. A moins que, en suivant au pied de la lettre les instructions de ses vers, nous puissions le trouver dans le flanc de quelqu'un dont nous ne pouvions regarder le visage...

Et sur cette énigme digne du sphinx, je sombrai dans le sommeil.

# 11

Frère Alessandro arriva ponctuellement dans ma cellule peu avant laudes. Souriant et gai comme un jeune novice. Il devait penser que ce n'était pas tous les jours qu'un savant venu de Rome partageait avec lui une énigme importante, et il était décidé à savourer sa journée de gloire. Cependant, il me donna l'impression qu'il voulait le faire peu à peu, comme s'il craignait que la « révélation » ne se termine soudain et le laisse insatisfait. Donc, je ne sais si ce fut par courtoisie ou pour faire durer le plaisir qu'il éprouvait à m'avoir entre ses mains que le maigre moine jugea l'aube un bon moment pour une confession, mais seulement après m'avoir présenté à toute la communauté.

L'horloge de la coupole de Bramante sonna cinq heures quand le bibliothécaire me conduisit à tâtons vers l'église. Celle-ci, située à l'extrémité opposée des cellules, près de la bibliothèque et du réfectoire, était faite d'une nef rectangulaire de dimensions modestes. Elle disposait d'une voûte en berceau soutenue par des colonnes de granit arrachées à un quelconque mausolée romain et était couverte du sol au plafond par des fresques aux motifs géométriques, roues radiées et soleils. L'ensemble était un peu surchargé à mon goût.

Nous arrivâmes tard. Entassés contre l'autel principal, les moines entonnaient déjà le *Te deum* sous la faible lumière de deux énormes chandeliers. Il faisait froid et la buée que dégageait leur haleine estompait les visages. Alessandro et moi nous approchâmes d'un des piliers du temple et les observâmes à une distance commode.

— Celui-là dans le coin, murmura le bibliothécaire en m'indiquant un moine malingre aux yeux en amande, et aux cheveux blancs bouclés, est le prieur Vicenzo Bandello. Cet homme-là est docte parmi les doctes. Il a passé des années à combattre les Franciscains et leur idée de l'Immaculée Conception... Encore que, à dire vrai, beaucoup pensent qu'il va perdre.

— Il a étudié la théologie ?

— En effet, affirma-t-il avec fermeté. A sa droite, le jeune garçon brun au cou épais est son neveu Matteo.

— Oui, je l'ai vu.

— Tout le monde pense qu'un jour il sera un écrivain de renom. Et un peu plus loin, près de la porte de la sacristie, se trouvent les frères Andrea, Giuseppe, Lucca et Jacopo. Ils ne sont pas frères au sens métaphorique. Ils ont tous la même mère.

Je regardai ces visages les uns après les autres en essayant de mémoriser leurs prénoms.

— Vous m'avez dit que peu savent lire et écrire couramment ? demandai-je.

Frère Alessandro ne put saisir l'intention que cachait ma question. S'il était capable de me répondre avec précision, cela me permettrait d'éliminer d'un coup bon nombre de suspects. Le profil de l'Augure correspondait à celui d'un homme cultivé, instruit en de nombreuses disciplines et bien placé à la cour du duc. Je savais déjà qu'il y avait de fortes chances pour que je ne parvienne pas à briser le code, et si tout se passait vraiment mal, je n'aurais pas d'autre solution que de trouver son auteur par voie de déduction. Ou par chance...

Le bibliothécaire promena son regard sur les hommes assemblés en essayant de se souvenir :

— Voyons..., commença-t-il, frère Guglielmo, le cuisinier, lit et récite de la poésie. Benedetto, le borgne, a travaillé comme copiste pendant de nombreuses années. Le bon moine a perdu son œil en essayant d'échapper à un assaut dans son couvent précédent, à Castelnuevo, tandis qu'il protégeait la copie d'un livre d'heures. Depuis, il est toujours de mauvaise humeur. Il proteste pour un rien, et rien de ce que l'on peut faire pour lui ne semble le satisfaire.

— Et l'enfant ?

— Matteo, je vous l'ai déjà dit, écrit comme les anges. Il n'a que douze ans, mais c'est un jeune éveillé et très inquiet... (Le bibliothécaire hésita de nouveau.) Adriano, Esteban, Nicola et Jorge ont appris à lire avec moi. Andrea et Giuseppe aussi.

En peu de temps, la liste des candidats avait débordé. Il ne me restait plus qu'à tenter une autre stratégie.

— Et dites-moi, qui est ce beau moine, là, grand et fort, sur la gauche ? demandai-je, curieux.

— Ah ! lui, c'est Mauro Sforza, le fossoyeur. Il se cache toujours derrière un frère comme s'il avait peur qu'on le reconnaisse.

— Sforza ?

— Enfin... C'est un cousin lointain du More. Cela fait longtemps que le duc nous a demandé la faveur de l'admettre dans notre couvent et de le traiter comme un des nôtres. Il ne parle jamais. L'aspect effrayé que vous lui voyez ne le quitte jamais et les mauvaises langues disent que c'est à cause de ce qui est arrivé à son oncle maternel, Gian Galeazzo.

— Gian Galeazzo était son oncle ? m'étonnai-je. Vous voulez parler de Galeazzo Sforza ?

— Oui, oui. Le duc légitime de Milan décédé il y a trois ans. Empoisonné par le More pour occuper le trône. Le pauvre Mauro était chargé de s'occuper de Gian Galeazzo avant qu'on l'envoie ici, et c'est certainement lui qui lui a administré le breuvage de lait chaud, vin, bière et arsenic qui lui rongea l'estomac et le tua en trois longs jours d'agonie.

— C'est lui qui l'a tué ?

— Disons qu'on s'est servi de lui pour commettre le crime. Mais cela, souffla-t-il, satisfait de pouvoir me surprendre, a été révélé sous le secret de la confession, vous me comprenez.

J'observai Mauro Sforza discrètement en compatissant à son triste destin. Abandonner la vie de palais de force, et la changer pour un habit de laine rêche, un change et deux paires de sandales, avait dû être terriblement difficile.

— Et il sait écrire ?

Alessandro ne me répondit pas. Il me poussa vers le petit cercle pour nous intégrer dans les prières, mais surtout pour bénéficier de la chaleur du groupe. L'abbé en nous voyant pencha légèrement la tête pour nous saluer et poursuivit ses oraisons. Celles-ci se prolongèrent jusqu'à ce que le premier rayon de soleil traverse la rosace au-dessus de la porte principale. Je ne peux dire que mon arrivée causa sensation dans la communauté car, à part le prieur, au profil d'aigle et à l'aspect vigilant, je doute qu'aucun autre frère n'ait remarqué ma présence. Je notai que le père Bandello repoussa d'un geste mon guide attentif qui, gêné, dévia nos pas d'un autre côté.

Plus encore, quand le prieur donna sa bénédiction depuis l'autel à tous les moines présents, frère Alessandro me pressa de me séparer du groupe et de le suivre jusqu'au cloître de l'hôpital.

A cette heure, les rares malades qui y passaient la nuit dormaient encore. La cour silencieuse avait un aspect sombre, ténébreux.

— Hier, vous m'avez dit que vous connaissiez bien Léonard de Vinci..., commençai-je, certain que la trêve qu'il m'avait accordée, avant de m'assaillir de questions, était sur le point d'expirer.

— Et qui ne le connaît, ici ! Cet homme est prodigieux. Extraordinaire, unique !

— Qu'a-t-il de si particulier ?

— D'abord il est très désordonné dans ses habitudes. Il ne sait jamais s'il reste ou s'en va, s'il a l'intention de peindre le réfectoire ou veut simplement réfléchir devant son œuvre et chercher de nouvelles failles dans le crépi ou des erreurs dans les traits de ses personnages. Il passe ses journées à tout noter sur ses *taccuini*[11] qui ne le quittent jamais.

— Il me paraît plutôt méticuleux, alors...

— Non, pas du tout, il est désordonné et imprévisible mais il dispose d'une curiosité insatiable. En même temps qu'il travaille dans le réfectoire, il imagine toutes sortes de folies pour améliorer la vie du couvent : des pelles mues par des machines pour défricher le jardin potager, des conduits d'eau qui iraient jusqu'aux cellules ; des pigeonniers qui se nettoient seuls...

— Ce qu'il est en train de peindre, c'est bien une cène, n'est-ce pas ? l'interrompis-je.

Le bibliothécaire avança jusqu'à la magnifique margelle de granit qui ornait le centre du cloître et me regarda comme si j'étais une bête bizarre.

— J'oubliais que vous n'avez pas encore vu sa fresque, me dit-il en souriant comme s'il avait pitié de mon ignorance. Ce que le peintre est en train de terminer dans le réfectoire, ce n'est pas une cène, père Leyre, c'est la dernière Cène. Vous comprendrez quand vous l'aurez sous les yeux.

— Alors c'est un être étrange, mais virtuose.

— Vous voyez, dit-il, quand Léonard est arrivé dans cette maison, il y a trois ans, et a commencé les préparatifs du *Cénacle*, le prieur n'avait aucune confiance en lui. D'ailleurs, comme je suis chargé des archives de Santa Maria et responsable de notre futur *scriptorium*, il me demanda d'écrire à Florence pour vérifier si le Toscan était un artiste de confiance qui remplissait ses contrats et un artisan perfectionniste, ou l'un de ces chercheurs de fortune qui laissaient tout en plan et auxquels il fallait faire un procès pour obtenir qu'ils terminent leur œuvre.

— Mais si je ne me trompe pas, il venait recommandé par le duc en personne.

— C'est certain, cependant ce n'était pas une recommandation suffisante pour notre abbé.

— C'est bien, continuez. Qu'avez-vous découvert alors, était-il fiable ou chaotique ?

— Les deux !

Je fis mine de ne pas comprendre.

— Les deux ?

— Ne vous ai-je pas dit qu'il était étrange ? C'est sans aucun doute le peintre le plus extraordinaire que j'aie jamais vu, mais il a une nature rebelle. Il a beaucoup de mal à terminer une œuvre à temps. En réalité, cela ne s'est jamais produit. Pire encore, les instructions de ses mécènes lui importent peu. Il ne les écoute pas. Il peint toujours ce dont il a envie.

— Ce n'est pas possible.

— Et si, pourtant ! Les moines du couvent de San Donato à Scopeto, tout près de Florence, le chargèrent il y a quinze ans de faire un tableau sur la Nativité qu'il n'a jamais fini. Et Léonard a altéré cette scène jusqu'à la limite du tolérable. Au lieu de peindre une adoration des pasteurs vers l'Enfant Jésus, le maître a commencé une toile qu'il a intitulée *L'Adoration des mages*[12] et l'a remplie de personnages courbés, de chevaux et d'hommes faisant d'étranges gestes vers le ciel qui ne sont décrits dans aucun Evangile.

Je sentis un frisson me parcourir le dos.

— Vous êtes sûr ?

— Je ne mens jamais, répliqua le bibliothécaire. Mais ce n'est pas tout...

Si ce que frère Alessandro insinuait s'avérait, l'Augure s'était montré d'une grande prudence dans ses craintes. Ce diable de Vinci avait pénétré à Milan en laissant de graves antécédents de manipulation d'œuvres d'art. Certaines phrases lapidaires que j'avais lues dans les lettres anonymes commençaient à résonner dans mon esprit comme les coups de tonnerre annonçant l'orage. J'invitai d'un signe de tête le bibliothécaire à poursuivre.

— Ce n'était vraiment pas n'importe quelle Adoration. Elle ne comportait même pas une étoile de Bethléem. Cela ne vous paraît pas bizarre ?

— Et vous, qu'en pensez-vous ?

— Moi ? (Les joues marmoréennes de frère

Alessandro rosirent légèrement. Il était fier qu'un homme illustre venu de Rome lui demande avec un intérêt non dissimulé son opinion sincère.) La vérité, c'est que je ne sais qu'en penser. Léonard, je vous l'ai dit, est un homme hors du commun. Cela ne m'étonne pas que l'Inquisition se soit intéressée à lui...

— L'Inquisition ?

Un autre pincement me serra l'estomac. Nous nous connaissions depuis peu mais frère Alessandro avait développé une habileté extraordinaire à me surprendre. A moins que je ne sois devenu plus susceptible ? En l'entendant mentionner cette institution, je me sentis coupable. Comment n'y avais-je pas pensé auparavant ? Comment avais-je pu oublier de consulter les archives générales de la Sagra Congregazione avant de partir pour Milan ?

— Laissez-moi vous raconter, dit-il d'un ton enthousiaste, comme enchanté de son histoire. Après avoir laissé inachevée son *Adoration des mages*, Léonard s'est installé à Milan où il a reçu une commande de la Confraternité de l'Immaculée Conception, vous savez, ces franciscains qui régentent San Francesco il Grande et avec lesquels notre prieur a des litiges permanents. Et là, le Toscan a eu les mêmes problèmes qu'à Florence.

— Encore ?

— Mais oui. Il devait créer un triptyque pour la chapelle de la Confraternité avec les frères Ambrogio et Evangelista de'Predis. Tous trois avaient reçu deux cents escudos comme avance sur leur travail, et chacun s'était chargé d'une partie du retable. Léonard de Vinci avait choisi la partie centrale. Sa mission était de peindre une Vierge entourée de prophètes tandis que les latéraux montreraient un chœur d'anges musiciens.

— Je devine la suite, il n'a jamais terminé son travail.

— Pas du tout ! Cette fois, il a bien fini son œuvre. Mais il n'a pas remis ce qu'on lui avait demandé. Pas de prophètes dans sa représentation, pas un seul. A la place, il présenta un portrait de Notre-Dame à l'intérieur d'une grotte près de l'Enfant Jésus et de saint Jean[13]. Le très impertinent assura aux moines franciscains que son tableau représentait la rencontre entre les deux enfants alors que Jésus et sa famille fuyaient en Egypte. Mais cela n'est écrit dans aucun Evangile non plus !

— Et bien entendu, ils l'ont aussitôt dénoncé à l'Inquisition.

— Oui, mais pas pour les raisons auxquelles vous pensez. Le More est intervenu pour que l'enquête soit arrêtée et qu'on épargne au peintre un procès certain.

Je ne savais si je devais continuer à l'interroger. Au bout du compte, n'était-ce pas lui qui avait demandé que je le mette au courant de mes énigmes ? Je ne pouvais nier cependant que ses explications m'avaient intrigué.

— Quelle fut la dénonciation proposée à l'Inquisition ?

— Que Léonard s'était inspiré de l'*Apocalipsis nova* pour peindre son œuvre.

— Je n'ai jamais entendu parler de ce livre.

— Il s'agit d'un texte hérétique écrit par l'un de ses amis, un moine franciscain appelé Joao Mendes da Silva connu aussi sous le nom d'Amédée de Portugal, qui mourut à Milan l'année où Léonard termina son tableau. Cet Amédée a publié un livre dans lequel il insinuait que la Vierge et saint Jean étaient les véritables protagonistes du Nouveau Testament et non le Christ.

*Apocalipsis nova*. Je mémorisai ce nom pour l'ajouter à l'éventuelle liste d'accusations pour hérésie que je pourrais ouvrir contre Léonard de Vinci.

— Et comment les moines s'aperçurent-ils de cette relation entre le livre et le tableau de Léonard ?

Le bibliothécaire sourit :

— C'était évident. La peinture représentait la Vierge avec l'Enfant Jésus et l'ange Uriel à côté de Jean. Dans des conditions normales, Jésus aurait dû apparaître bénissant son cousin Jean, mais, dans le tableau, il se passait exactement le contraire. De plus, la Vierge, au lieu d'embrasser son fils, étendait ses bras protecteurs sur le Baptiste. Vous comprenez maintenant ? Léonard avait dessiné un Jean non seulement légitimé par Notre-Dame mais donnant sa bénédiction au Christ lui-même, démontrant ainsi sa supériorité sur le Messie.

Admiratif, je félicitai frère Alessandro.

— Vous êtes un observateur à l'œil perçant, le complimentai-je, vous avez beaucoup éclairé ma lanterne. Je suis en dette envers vous, frère.

— Demandez, et je répondrai. C'est un vœu que j'accomplis toujours.

— Comme celui du jeûne ?

— Oui.

— Je vous admire, frère, vraiment.

Le bibliothécaire bomba le torse, très fier, et tandis que le soleil chassait les ombres du cloître en dévoilant ses reliefs et ornements, il osa enfin rompre l'attente provocatrice qu'il s'était imposée, je suppose :

— Alors, me laisserez-vous vous aider pour votre énigme ?

# 12

Sur le moment, je ne sus que répondre.

Outre frère Alessandro, l'autre moine avec lequel je parlais assez souvent était le neveu du prieur, Matteo. C'était encore un enfant, mais plus éveillé et curieux que ceux de son âge. C'est peut-être pour cette raison que Matteo ne put résister à la tentation de s'approcher de moi et de me demander des détails sur ma vie à Rome. La grande Rome.

Je ne sais ce qu'il s'imaginait des palais pontificaux et des avenues interminables flanquées d'églises et de couvents, mais en échange de mes généreuses descriptions, il m'offrit quelques confidences qui me firent douter des bonnes intentions du bibliothécaire.

Il me raconta, entre deux éclats de rire, quelle était la seule chose capable de mettre en colère son oncle le prieur.

— Et de quoi s'agit-il ? lui demandai-je, intrigué.

— Trouver frère Alessandro et Léonard ensemble, les manches retroussées, en train de préparer une salade dans la cuisine de frère Guglielmo.

— Léonard descend dans les cuisines ?

La nouvelle me laissa perplexe.

— Comment, mais il passe son temps aux cuisines ! Quand mon oncle désire le rencontrer, il sait que c'est sa cachette favorite. Il pourrait ne pas toucher un pinceau pendant des jours, mais il est incapable de nous rendre visite sans passer des heures aux fourneaux. Vous ne saviez pas qu'il avait été propriétaire d'une auberge à Florence, où il était cuisinier ?

— Non, je l'ignorais.

— C'est lui qui me l'a raconté. Elle s'appelait l'Enseigne des Trois Grenouilles de Sandro et Léonard.

— Vraiment ?

— Mais oui. Il m'a expliqué qu'il l'avait montée avec l'un de ses amis peintres, Sandro Botticelli.

— Et que s'est-il passé ?

— Rien. Les clients n'aimaient pas sa façon de cuisiner les légumes, ses anchois enroulés dans des feuilles de chou, ou cette chose qu'il faisait avec des concombres et des feuilles de laitue coupées en forme de grenouille.

— Et ici, il prépare les mêmes plats ?

— En fait, répondit Matteo en souriant, mon oncle l'en empêche. Depuis qu'il est arrivé au monastère, ce que Léonard préfère, c'est se lancer dans des expériences avec notre garde-manger. Il dit qu'il cherche le menu idéal pour sa *Cène*. Que le repas présenté sur la table doit être aussi important que le portrait des apôtres... Et cela fait des semaines qu'il vient sans gêne avec ses élèves et ses amis manger à une table très grande qu'il a disposée dans le réfectoire tandis qu'il vide les réserves du couvent.

— Et frère Alessandro l'aide ?

— Frère Alessandro, répéta Matteo, fait partie de ceux qui s'assoient à la table pour manger. Léonard dit qu'il en profite pour étudier leurs silhouettes et voir de quelle façon il les peindra quand ils mangent, mais personne ne l'a vu faire autre chose que dévorer nos réserves[14] !

Matteo éclata de rire, amusé.

— La vérité, ajouta-t-il, c'est que mon oncle a écrit plusieurs fois au duc pour se plaindre des abus du Toscan, mais le More n'y a prêté aucune oreille. S'il continue comme ça, Léonard va finir par nous laisser sans une miette.

# 13

Les vendredis 13 n'ont jamais plu aux Milanais. Plus sensibles aux superstitions françaises que d'autres peuples latins, les journées qui unissent le cinquième jour de la semaine à la place fatidique qu'occupe Judas à la table de la dernière Cène leur rappelaient des éphémérides bouleversantes. Sans remonter trop loin, ce fut un vendredi 13 du mois d'octobre de l'an 1307 que les Templiers furent détenus en France sur ordre de Philippe IV dit le Bel. On les accusait alors de nier le Christ, de cracher sur son crucifix, d'échanger des baisers obscènes dans des lieux de culte, et d'adorer une idole extravagante appelée Baphomet. La disgrâce que connut l'ordre des chevaliers aux blancs manteaux fut telle que, depuis cette journée, tous les vendredis 13 furent jugés comme jours de mauvais augure.

Le treizième jour de ce mois de janvier 1497 n'allait pas faire exception.

A midi, une petite assemblée se pressait aux portes du couvent de Santa Maria. La plupart des personnes présentes avaient fermé avant l'heure leur négoce de soie, de parfums ou de laines sur la place du Verzaro derrière la cathédrale, afin de ne pas perdre une miette du spectacle. Ils semblaient impatients. L'annonce qui les avait conduits là était singulièrement précise. Avant le coucher du soleil, la servante du Seigneur, Veronica da Benascio, rendrait son âme à Dieu. Elle-même l'avait prédit avec une certitude dont elle tira fierté avant de présager d'autres nouveaux malheurs. Reçue par des princes et des papes, tenue pour sainte de son vivant par beaucoup, son dernier exploit avait été son expulsion du palais ducal deux mois auparavant. Les mauvaises langues disaient qu'elle avait demandé à être reçue par Béatrice d'Este pour lui annoncer son destin fatal et que celle-ci, hors d'elle, avait donné l'ordre qu'on l'enferme dans son couvent et qu'elle ne paraisse plus jamais devant elle.

Marco d'Oggiono, le disciple préféré de Léonard, la connaissait bien. Il avait souvent vu le peintre discuter avec elle. Léonard aimait entendre la religieuse parler de ses étranges visions de la Vierge. Non seulement il notait ce qu'elle disait mais Marco l'avait maintes fois surpris esquissant des détails de son visage angélique, de ses gestes doux et de son port dolent, qu'après il essayait de restituer sur son tableau. Si Veronica disait vrai, ces confidences s'arrêteraient ce vendredi. Sans prendre le temps de déjeuner, Marco entraîna le Toscan vers le lit mortuaire de la religieuse, conscient qu'il ne leur restait que peu de temps.

— Je vous remercie d'avoir accepté de venir. Sœur Veronica sera heureuse de vous revoir une dernière fois, murmura l'élève au maître.

Léonard, impressionné par l'odeur d'encens et d'huiles de la cellule, contemplait, admiratif, le visage marmoréen de la béate. La pauvre pouvait à peine ouvrir les yeux.

— Je crois que je ne peux plus rien pour elle, dit-il.

— Je sais, mais elle a insisté pour vous voir.

— Elle ?

Léonard se pencha pour s'approcher de la moribonde. Ses lèvres tremblaient comme si elle murmurait une litanie à peine audible. Le prêtre de Santa Marta, qui avait déjà oint sœur Veronica des saintes huiles et priait à ses côtés, un chapelet à la main, céda sa place au visiteur.

— Vous peignez encore des jumeaux dans vos œuvres ?

Léonard sursauta. La religieuse l'avait reconnu sans même ouvrir les yeux.

— Je peins ce que je sais, ma sœur.

— Ah ! Léonard, souffla-t-elle, ne croyez pas que j'ignore qui vous êtes. Je le sais très bien. Bien que, à cet instant de ma vie, cela ne vaille plus la peine de discuter avec vous.

Sœur Veronica parlait lentement d'une voix si basse que le peintre l'entendait à peine.

— J'ai vu votre retable de l'église de San Francesco, votre *Madonna*.

— Et elle vous a plu ?

— La Vierge oui, vous êtes un artiste de grand don. Mais pas les jumeaux. Dites-moi, vous les avez corrigés ?

— Je l'ai fait, ma sœur. Comme les franciscains me l'ont demandé.

— Vous avez la réputation d'être têtu, Léonard. On m'a dit aujourd'hui que vous aviez peint de nouveau des jumeaux dans le réfectoire des dominicains.

Léonard se redressa, ébahi.

— Vous avez vu le *Cénacle*, ma sœur ?

— Non, mais l'on parle beaucoup de votre travail. Vous devriez le savoir.

— Je vous l'ai déjà dit, sœur Veronica. Je ne peins que ce dont je suis sûr.

— Alors pourquoi vous obstinez-vous à inclure des jumeaux dans vos œuvres pour l'Eglise ?

— Parce que c'est la réalité. André et Simon furent frères. Saint Augustin et d'autres grands théologiens le disent. L'apôtre Jacques était souvent confondu avec Jésus car ils se ressemblaient tous deux énormément. Et rien de tout cela n'est inventé. Tout est écrit.

La religieuse essaya de se redresser :

— Léonard ! cria-t-elle d'un ton impérieux. Ne demeurez pas dans la même erreur qu'à San Francesco. La mission d'un peintre n'est pas de confondre le fidèle mais de lui montrer clairement les personnages qui lui ont été commandés.

— Erreur ? (Léonard haussa lui aussi le ton, sans s'en rendre compte. Marco, le prêtre et les deux sœurs qui veillaient sur la moribonde se tournèrent vers lui.) Quelle erreur ?

— Enfin, maître ! Est-ce que l'on ne vous a pas accusé d'avoir confondu dans votre retable saint Jean avec Jésus ? Nierez-vous les avoir peints semblables comme deux gouttes d'eau ? N'ont-ils pas les mêmes cheveux frisés, les mêmes joues rebondies et le même geste, presque ? Votre œuvre n'induit-elle pas une confusion perverse entre Jean et le Christ ?

— Cette fois, cela n'arrivera pas, ma sœur. Pas dans le *Cénacle*.

— Mais on me dit que vous avez déjà peint Jacques avec le même visage que le Christ !

Tous entendirent le cri de protestation de sœur Veronica. Marco, qui rêvait encore de démontrer à son maître qu'il était capable de déchiffrer les secrets de son œuvre, écoutait attentivement cet échange.

— Il n'y a pas de confusion possible, insista Léonard. Jésus est l'axe de ma nouvelle œuvre. C'est un énorme

A au centre de la fresque. Un *alpha* géant. L'origine de toute ma composition.

D'Oggiono se caressa le menton tout en réfléchissant. Comment ne s'en était-il pas aperçu plus tôt ? Il revoyait la *Cène* dans son esprit, Jésus en effet y apparaissait comme un grand A.

— Un A ? s'étonna sœur Veronica en baissant la voix. Et on peut savoir ce que vous avez écrit cette fois dans votre œuvre, Léonard ?

— Rien que les véritables fidèles ne puissent lire.

— La plupart des bons chrétiens ne savent pas lire.

— C'est pour eux que je peins.

— Et cela vous a donné le droit de vous inclure parmi les douze apôtres ?

— J'incarne le plus humble des disciples, ma sœur. Je représente Jude Thaddée presque au bout de la table comme l'oméga qui va à la suite de l'alpha.

— Un oméga, vous ? Faites attention, Léonard. Vous êtes bien prétentieux, l'orgueil pourrait perdre votre âme.

— C'est une prophétie ? demanda le peintre, ironique.

— Ne vous moquez pas et écoutez ce que je dois vous dire. Dieu m'a donné une vision claire de ce qui doit advenir. Vous devez savoir, Léonard, que je ne serai pas la seule aujourd'hui à rendre l'âme au Père éternel. Quelques-uns de ceux que vous appelez les véritables fidèles m'accompagneront à la salle du Jugement. Et je crains bien qu'ils n'obtiennent pas la miséricorde du Très-Haut.

Marco, impressionné, regarda sœur Veronica respirer bruyamment sous l'effort.

— Vous, par contre, il vous reste encore assez de temps pour vous repentir et sauver votre âme.

# 14

Jamais je ne remercierai assez frère Alessandro de son aide précieuse dans les jours qui suivirent notre promenade. A part lui et le jeune Matteo qui venait parfois voir ce que faisait à la bibliothèque l'envoyé farouche de la cité pontificale, j'échangeais à peine quelques mots avec les autres moines. Je ne voyais le reste de la communauté que lors des repas dans le réfectoire improvisé qu'ils avaient installé près du Grand Cloître, et parfois à l'église à l'heure des prières. Mais comme la règle du silence prévalait dans l'un et l'autre lieu, il m'était difficile d'établir des relations avec eux.

Dans la bibliothèque, au contraire, tout changeait. Frère Alessandro perdait la rigidité dont il faisait preuve parmi les siens et déliait sa langue, si retenue à d'autres moments de sa vie monastique. Le bibliothécaire venait de Riccio, près du lac Trasimène, ville plus proche donc de Rome que de Milan, ce qui, d'une certaine manière, justifiait son isolement parmi les autres moines et l'engageait à me considérer comme un compatriote qu'il fallait protéger. Bien que je ne le visse jamais manger, chaque jour il m'apportait de l'eau, et quelques gâteaux de blé secs – une spécialité de frère Guglielmo qu'il subtilisait pour moi. Il ravitaillait ma lampe en huile chaque fois qu'elle menaçait de s'éteindre ; tout cela, comme je le compris plus tard, afin de ne pas s'éloigner de moi et en espérant que son hôte inattendu aurait besoin de se libérer de sa lourde charge, et lui révélerait quelques nouveaux détails de son « secret ». Je crois que plus le temps passait, plus frère Alessandro lui accordait d'importance. Je lui reprochais son imagination en essayant de lui montrer qu'elle n'était pas un bon allié pour qui prétendait déchiffrer des mystères, mais il se contentait de sourire, certain que son habileté lui serait utile, un jour.

Là où je n'eus jamais à me plaindre de lui, ce fut dans son extraordinaire humanité. Frère Alessandro devint un bon ami. Il était présent chaque fois qu'il le fallait. Il me consolait quand je jetais la plume par terre, désespéré devant l'absence de tout résultat, et il m'encourageait à persévérer sur cette énigme diabolique. Mais *Oculos ejus dinumera* résistait à toutes mes attaques. Même en appliquant des valeurs numériques aux lettres, les vers ne m'offraient pas autre chose qu'un verbiage confus. Après trois jours de déceptions et de veilles, frère Alessandro savait lui aussi les vers par cœur et jouait avec, impatient, en cherchant, les sourcils froncés, comment briser le code. Chaque fois qu'il lui semblait trouver un indice dans ce galimatias, la satisfaction illuminait son visage. Soudain ses traits aigus s'adoucissaient et son visage devenait celui d'un enfant enthousiaste. J'appris en sa compagnie que les énigmes composées de lettres et de chiffres étaient ses favorites. Depuis qu'il avait lu Raymond Lulle, le créateur de l'*Ars magna* des codes secrets, il ne vivait que pour eux. C'est que ce *gufo*[15] était une source inépuisable de surprises. Il semblait tout connaître. Chaque œuvre importante de l'art de la cryptographie, chaque traité kabbalistique, chaque essai biblique. Et néanmoins, tout ce savoir théorique ne nous servait à rien.

— Alors ? murmura frère Alessandro, un de ces après-midi au cours desquels sa communauté bouillonnait d'activité pour préparer les funérailles de Béatrice d'Este. Vous pensez vraiment que nous devons compter les yeux d'une image qui se trouve dans le monastère pour trouver la solution de votre problème... ? Vous pensez que cela va être aussi simple ?

Je tapotai ses mains d'un geste affectueux tandis que je haussais les épaules. Que pouvais-je répondre ? Que c'était la seule chose qu'il nous restait à tenter ? Le bibliothécaire m'observait avec ses yeux de chouette tout en caressant son menton d'un air rusé. Mais, comme moi, il ne croyait pas en cette hypothèse. Nous avions nos raisons. Même si nous trouvions le nom en comptant les yeux d'une image, peu importait qu'il s'agît de la Vierge, de saint Dominique ou de sainte Anne, le résultat nous conduirait à une impasse. En fin de compte, il était impossible de trouver un nom propre composé de seulement une ou deux lettres, résultat prévisible du décompte des yeux de n'importe quelle statue du monastère. De plus, aucun moine présent ne répondait à un nom ou surnom si court. Aucun Io, Eo, Au, ou quoi que ce soit de semblable ne logeait là. Le prénom de Job lui-même qui ne comportait que trois lettres ne nous servait à rien. Personne à Santa Maria ne répondait à ce prénom pas plus qu'il n'y avait de Noé ou de Lot. Et quand bien même, dans quel visage allions-nous trouver trois yeux ?

Je compris soudain quelque chose. Et si la devinette ne se référait pas aux yeux d'un être humain ? Et s'il s'agissait d'un dragon, une hydre à sept têtes et quatorze yeux ou de toute autre sorte de monstre peint sur le mur d'une salle ?

— Mais il n'y a pas de monstres à Santa Maria, protesta frère Alessandro.

— Dans ce cas, nous nous trompons peut-être de lieu. Le visage que nous cherchons ne se trouve pas dans ce couvent, mais dans un autre édifice. Une tour, un palais, une église voisine...

— C'est ça, père Leyre, nous le tenons ! s'écria le bibliothécaire, les yeux pétillant d'excitation. Vous ne comprenez pas ? Le texte ne parle pas d'une personne ou d'un animal, mais d'un édifice !

— Un édifice ?

— Bien sûr ! Quelle maladresse ! C'est pourtant clair comme de l'eau de roche. Les *oculos* ne signifient pas seulement des yeux, mais aussi des fenêtres. Des fenêtres rondes ! L'église de Santa Maria en est remplie !

Le bibliothécaire attrapa un bout de papier. Une traduction approximative qu'il me tendit d'un geste nerveux avec l'espoir que je l'approuve. S'il avait raison, tout ce temps, nous avions eu la solution sous le nez. Selon lui, notre « Compte ses yeux mais ne regarde pas son visage » pouvait aussi se comprendre comme : « Compte ses fenêtres mais ne regarde pas sa façade ».

Il fallait l'avouer, même un peu forcé, le texte prenait un sens évident.

La partie extérieure de l'église Santa Maria était en effet recouverte d'oculus, des fenêtres rondes conçues par un certain Guiniforte Solari conformément au plus pur goût lombard promu par le More. Il y en avait partout, même encastrées dans la coupole neuve de Bramante sous laquelle j'avais passé une semaine à prier. Cela pouvait-il être aussi simple ? Frère Alessandro semblait n'avoir aucun doute.

— Vous voyez ! Sur la façade latérale, père Leyre, insista-t-il. La deuxième phrase nous le confirme : *In latere nominis mei notam rinvenies*. Il faut chercher sur le côté, et il n'y en a qu'un seul pourvu de fenêtres. Ah ! le voilà votre chiffre !

Ce fut le plus beau moment de mon séjour à Milan.

# 15

Personne ne s'était aperçu de rien.

Aucun des vendeurs, changeurs ou moines qui déambulaient ce soir-là aux alentours de San Francesco il Grande n'avait remarqué l'individu mal vêtu qui avait pénétré d'un pas pressé dans l'église des franciscains. C'était veille de fête, jour de marché, et les Milanais étaient bien occupés à s'approvisionner pour les jours de deuil officiel qui approchaient. La nouvelle de la mort de sœur Veronica de Benascio s'était répandue comme la poudre sur toute la ville et occupait une bonne partie de leurs conversations, donnant lieu à des débats passionnés sur les pouvoirs véritables de la visionnaire.

Dans de pareilles circonstances, il était logique qu'un vagabond de plus ou de moins n'attire nullement leur attention.

Mais ces ignorants se trompaient une fois de plus. Le mendiant qui était entré dans l'église n'était pas n'importe qui. Il avait les genoux abîmés par des heures de pénitence, et sa tête avait été tonsurée avec soin en signe de dévotion. C'était en effet un homme qui craignait Dieu, un homme au cœur pur qui passa le seuil de la grande porte de l'église des franciscains en tremblant, sûr que certains de ses voisins superstitieux, peut-être impressionnés par la prédiction de sœur Veronica, finiraient par le dénoncer tôt ou tard.

Il ne lui était pas difficile d'imaginer ce qui allait bientôt se dérouler : quelqu'un ne tarderait pas à courir informer le sacristain de la présence d'un mendiant dans le temple. Ce dernier irait avertir le diacre qui sans attendre préviendrait le bourreau. Cela faisait des semaines que cela se passait ainsi, et personne ne paraissait s'en soucier. Les faux mendiants qui avaient atteint le temple avant lui avaient disparu sans laisser de traces. Il était donc certain qu'il ne sortirait pas vivant de là. Néanmoins c'était un sacrifice qu'il était prêt à faire sans crainte...

Sans perdre de temps, l'homme aux vêtements élimés laissa derrière lui la double rangée de bancs qui flanquaient la nef principale et pressa le pas vers l'autel majeur. L'église était vide. Tant mieux. D'ailleurs, il pouvait presque sentir la présence du saint. Jamais il ne s'était senti aussi proche de Dieu. Il était là. Comment expliquer autrement qu'à cette heure la lumière qui filtrait des vitraux fût la plus juste pour apprécier tous les détails du « miracle » ? Le pèlerin avait attendu si longtemps pour arriver jusqu'à ce retable et rendre hommage à l'*Opus magna* que l'émotion fit surgir ses larmes. Et non en vain. Enfin, il lui avait été permis de voir le tableau que peu de Milanais connaissaient sous son véritable nom : la *Maesta*[16].

Etait-ce bien ici la fin du chemin ?

Le faux vagabond en avait l'intuition.

Il s'approcha avec prudence. Il avait entendu décrire tant de fois cette œuvre que les voix de ceux qui l'avaient instruit de ses détails occultes, de sa véritable clé de lecture, se pressaient maintenant dans sa mémoire et troublaient sa raison. Le tableau, parfaitement ajusté au creux de l'autel prévu pour le recevoir, était très clair : à l'intérieur, deux enfants en bas âge se regardaient fixement. Une femme au visage serein les protégeait de ses bras tandis qu'un ange solennel, Uriel, signalait l'élu du Père d'un index ferme et accusateur. « Quand tu contempleras ce geste, tu auras confirmation de la vérité qui t'a été révélée, crut-il entendre de nouveau, le regard de l'ange te donnera raison. »

Les battements de son cœur s'accélérèrent. Là, dans la solitude absolue du temple, le pèlerin étendit sa main d'un geste un peu craintif comme s'il prétendait s'unir pour toujours à cette scène divine. C'était certain. Certain comme les bontés de sa foi. Ceux qui avaient effectué le pèlerinage jusqu'à ces lieux avant lui n'avaient pas menti. Cette œuvre de Léonard de Vinci contenait les clés pour parvenir au bout de la recherche millénaire de la véritable religion.

Le pèlerin contemplait le célèbre tableau, quand soudain quelque chose attira son attention. Comme c'était étrange. Qui avait peint une auréole sur les têtes des trois personnages évangéliques ? Ses frères ne lui avaient-ils pas dit que cette décoration superflue, le fruit d'esprits superstitieux et avides de prodiges, avait été délibérément omise par le peintre ? Que faisaient-elles là, alors ? Le faux mendiant prit peur. Les auréoles n'étaient pas la seule altération de l'*Opus magnum*. Où était le doigt d'Uriel qui signalait le véritable Messie ? Pourquoi sa main reposait-elle sur le sein au lieu d'indiquer l'authentique fils de Dieu ? Et quelle raison obligeait l'ange à ne pas regarder le spectateur ?

Une sensation vertigineuse d'horreur s'empara du pèlerin. Quelqu'un avait manipulé la *Maesta*.

— Vous doutez, n'est-ce pas ?

Le vagabond ne tressaillit même pas. Son sang se figea en percevant la voix caverneuse et sèche à son épaule. Il n'avait pas entendu grincer les gonds de la porte de l'église, l'intrus devait l'observer depuis un bon moment.

— Je sais que vous êtes comme les autres. Pour une raison obscure, vous, les hérétiques, venez par troupeaux dans la maison de Dieu. Sa lumière vous attire, mais vous êtes incapables de la reconnaître.

— Des hérétiques ? murmura le pèlerin, figé sur place.

— Comment ! Vous pensiez que vous nous échapperiez ?

Le pèlerin ne put prononcer une parole de plus.

— Mais cette fois, vous n'aurez pas le réconfort de prier devant votre méprisable image.

Son pouls s'était emballé. Son heure avait sonné. Il était étourdi, furieux. Il se sentait dupé, il avait risqué sa vie pour se prosterner devant une œuvre qui se révélait frauduleuse. Le tableau qu'il avait sous les yeux n'était pas l'*Opus Magnum*, ce n'était pas la *Maesta* promise.

— Ce n'est pas possible..., murmura-t-il.

L'inconnu éclata de rire.

— C'est pourtant facile à comprendre. Je vous accorderai le droit de savoir, avant de vous envoyer en enfer. Léonard a peint votre *Maesta* il y a quatorze ans, en 1483. Comme vous pouvez le supposer, les franciscains ne se montrèrent pas ravis du résultat. Ils espéraient une œuvre qui renforçât leur croyance dans l'Immaculée Conception et servît à illuminer cet autel. Au lieu de cela, Léonard de Vinci leur présenta une scène qui n'apparaît dans aucun Evangile et réunit saint Jean et le Christ lorsque celui-ci s'enfuit d'Egypte.

— La mère de Dieu, Jean, Jésus et l'archange Uriel, celui-là même qui prévint Noé du déluge sont là. Quel mal voyez-vous là-dedans ?

— Vous êtes bien tous pareils ! répliqua la voix sur un ton amer. Léonard a accepté de modifier le tableau et a remis celui-ci qui montre quelques modifications par rapport au premier. Il en a éliminé tous les détails qui offensaient l'œil et montraient son insolence.

— Son insolence ?

— Comment appeler autrement le fait que, dans une œuvre, on ne puisse pas distinguer l'apôtre Jean du Christ, et que ni la Vierge ni son fils ne soient couronnés de l'auréole de sainteté qui leur revient de droit ? Comment comprendre que les deux enfants sacrés soient identiques ? Par quel blasphème le peintre cherche-t-il à troubler les croyants !

Une sensation de soulagement permit au pèlerin de respirer enfin. Le bourreau, car il était certain qu'il s'agissait de lui, n'avait rien compris. Les frères qui l'avaient précédé, et n'étaient jamais revenus, avaient dû mourir entre ses mains sans lui révéler la raison de ce culte discret, et il était prêt à maintenir ce vœu de silence même au prix de sa vie.

— Ne comptez pas sur moi pour dissiper votre erreur, dit-il avec sérénité sans se tourner vers la voix.

— C'est dommage, vraiment dommage. Vous ne comprenez pas que Léonard vous a trahis en peignant cette nouvelle version de la *Maesta* ? Si vous regardez attentivement le tableau que vous avez sous les yeux, les deux enfants sont clairement distincts l'un de l'autre maintenant. Celui qui se trouve près de la Vierge est Jean, il a sa croix, et il prie tandis qu'il reçoit la bénédiction de l'autre enfant, le Christ. Uriel n'indique plus personne du doigt et on sait clairement qui est le Messie attendu.

Ces paroles troublèrent le pèlerin. Etait-il possible que maître Léonard ait renié ses frères ?

Le pèlerin tendit de nouveau la main vers le tableau. Il était arrivé jusqu'ici, protégé par la foule qui se pressait dans la ville pour assister aux funérailles de Béatrice d'Este, sa protectrice. Est-ce qu'elle aussi les avait trahis ? Tout ce pour quoi ils avaient lutté allait-il s'écrouler ainsi ?

— En réalité, je n'ai pas besoin que vous m'éclairiez, poursuivit la voix d'un ton de défi, nous savons qui a inspiré à Léonard ces idées mauvaises et, grâce au Père éternel, ce misérable gît déjà sous terre depuis un bon moment. N'en doutez pas. Dieu punira frère Amédée de Portugal et son *Apocalipsis nova* comme il le doit. Et, avec lui, son idéal de la Vierge entendue non comme la mère de Dieu mais comme simple symbole de la sagesse.

— Néanmoins, c'est un beau symbole, protesta le pèlerin, un idéal partagé par beaucoup. A moins que vous ne comptiez condamner tous ceux qui peignent la Vierge avec les deux enfants ?

— Si cela aboutit à une confusion dans l'esprit des croyants, je le ferai, sans hésitation.

— Et vous pensez vraiment qu'on vous laissera approcher de Léonard de Vinci, de ses disciples ou du peintre de Luino ?

— Bernardino de Lupino ? Celui que vous appelez aussi Lovinus ou Luini ?

— Vous le connaissez ?

— Je connais ses œuvres. C'est un jeune imitateur

de Léonard qui, apparemment, commet les mêmes erreurs. N'en doutez pas, lui aussi finira par tomber.

— Que comptez-vous faire, les tuer tous ?

Le pèlerin nota alors un froissement métallique derrière lui comme celui d'une épée sortie de son fourreau. Ses vœux lui interdisaient de porter des armes, aussi éleva-t-il une prière vers la *Maesta* lui demandant son aide.

— Vous allez m'achever, moi aussi ?

— L'Augure élimine tous les imprudents.

— L'Augure... ?

Il ne put terminer sa question. Une étrange convulsion secoua ses entrailles. La lame affilée d'un énorme sabre d'acier transperça son épaule. Le pèlerin laissa échapper un cri terrible. L'arme pénétra sa chair. Ce fut une sensation aiguë, fugace comme un éclair, qui lui fit écarquiller les yeux de pure terreur. Le faux vagabond ne sentit bientôt plus aucune douleur, juste une terrible sensation de froid. Une étreinte glaciale qui le fit chanceler sur l'autel et tomber à genoux.

Ce fut alors qu'il aperçut son agresseur.

L'Augure n'était qu'une ombre noire sans visage dans les ténèbres où était plongée l'église alors que la nuit tombait. Même le temps sembla ralentir d'une manière étrange. En touchant l'autel, le chapeau de ruche que le pèlerin portait se défit et laissa échapper quelques bouts de pain et un jeu de cartes aux figures curieuses. La première représentait une femme vêtue de l'habit franciscain, une couronne sur la tête, une croix comme celle de Jean dans sa main droite, et un livre fermé dans la gauche.

— Maudit hérétique ! cria l'Augure en la voyant.

Le pèlerin eut un sourire cynique tandis qu'il regardait l'Augure prendre le jeu de cartes et tremper une plume dans son sang pour noter quelque chose au dos.

— Vous... n'ouvrirez jamais... le livre de... la prêtresse.

Allongé au sol, le sang s'échappant de son corps, le pèlerin parvint à voir quelque chose qu'il n'avait pas remarqué jusqu'alors : bien qu'Uriel ne désignât pas Jean le Baptiste de son doigt comme dans la véritable *Opus magna*, son regard entrouvert disait la même chose. La « flamme de Dieu », les yeux mi-fermés, continuait à désigner le sage du Jourdain comme l'unique sauveur du monde.

Léonard, se consola le pèlerin avant de s'abandonner à l'obscurité éternelle, ne les avait pas trahis, finalement. L'Augure avait menti.

# 16

Nous attendîmes les premières lueurs du samedi 14 janvier pour abandonner l'intérieur du monastère et parcourir avec tranquillité l'esplanade carrelée de Santa Maria. Frère Alessandro, qui avait montré une certaine astuce naturelle pour les énigmes, exultait de nouveau. Comme si les gelées qui, quelques heures auparavant, pétrifiaient cette partie de la ville n'avaient aucune importance pour lui. A six heures et demie, juste après l'office, le bibliothécaire et moi étions prêts à sortir dans la rue. Ce devait être une opération simple qui nous prendrait à peine quelques minutes et qui néanmoins me troublait profondément.

Mon compagnon le remarqua mais garda le silence.

Je n'ignorais pas que, même si nous trouvions le nom que nous cherchions à partir des oculus, l'énigme serait loin d'être résolue. Nous allions obtenir un nombre qui représentait peut-être la valeur du nom de notre informateur anonyme, mais nous ne pouvions en être certains. Et s'il s'agissait par exemple du numéro de sa cellule ou... ?

— J'ai omis de vous dire quelque chose, annonça

soudain frère Alessandro en interrompant mes pensées troublées.

— De quoi s'agit-il ?

— Quelque chose qui vous soulagera peut-être : comme vous le savez, même si nous obtenons ce maudit chiffre, il nous restera encore beaucoup de travail à faire si nous voulons résoudre entièrement l'énigme.

— Je ne le sais que trop.

— Je ne vous l'ai pas dit, mais Santa Maria abrite la communauté de moines la plus habile à résoudre des énigmes de toute l'Italie.

Je souris. Le bibliothécaire, comme tant d'autres serviteurs de Dieu, n'avait jamais entendu parler de Béthanie. C'était mieux ainsi. Mais frère Alessandro insista pour m'expliquer les raisons de son orgueil : il m'assura que le passe-temps favori de cette trentaine de dominicains d'élite était précisément de résoudre des énigmes. Certains se montraient assez adroits dans cet art, et d'ailleurs nombreux étaient ceux qui s'amusaient à en créer pour les autres.

— Les forêts accouchent de fils qui après les détruisent. Qui sont-ils ? me demanda-t-il d'un ton chantonnant, malgré mon peu d'empressement à participer à ses jeux. Vous ne trouvez pas ? Les manches des haches.

Frère Alessandro ne se montra pas avare en détails. De tout ce qu'il me dit, je retins surtout une chose : il m'apprit que l'usage des énigmes à Santa Maria n'était pas seulement une récréation. Souvent, les moines les employaient dans leurs sermons, convertissant ceux-ci en instruments d'endoctrinement. Si le bibliothécaire disait vrai et parlait sans exagération, ces murs abritaient le plus grand centre d'entraînement de créateurs d'énigmes de la chrétienté, Béthanie mise à part. L'Augure ne pouvait se trouver que dans ce lieu.

— Croyez-moi, père Leyre, reprit le bibliothécaire, quand vous aurez obtenu le nombre sans savoir ce que vous pourrez en faire, allez consulter n'importe lequel de nos frères. Celui auquel vous penserez le moins aura une solution pour vous.

— N'importe qui ?

— Mais oui, répondit-il, n'importe qui. Vous serez étonné de notre science dans cet art. Allez-y, demandez sans crainte au prieur, au père cuisinier, aux responsables du garde-manger, aux copistes ! Mais faites attention, soyez discret, que l'on ne vienne pas vous reprocher de rompre le vœu de silence que tout moine doit respecter.

Et, en me disant cela, il retira la grosse barre de bois qui fermait l'accès principal au couvent.

Un petit tas de neige tomba du toit avec un bruit sourd. Pour être sincère, j'avoue que je ne m'attendais pas à ce qu'une action aussi banale qu'inspecter le flanc d'une église à l'aube devienne un exercice aussi délicat. Le froid intense à cette heure matinale avait converti la neige en une dangereuse plaque de glace. Tout était blanc, désert, enveloppé d'un silence intimidant. La seule idée de s'appuyer au mur de brique et de marcher le long de la clôture qui entourait le troisième cloître aurait effrayé le plus vaillant. Un mauvais pas pouvait nous briser les os ou nous laisser boiteux pour le restant de nos jours. Et cela sans parler des difficultés que nous aurions à expliquer aux moines ce que nous faisions à cette heure loin de nos oraisons, à jouer notre vie à l'extérieur des murs du couvent.

Nous n'hésitâmes pas longtemps. Avec prudence, chaussés de nos seules sandales, nous avançâmes lentement, presque à quatre pattes, entre les plaques de glace suivant la paroi parallèle à la rue jusqu'à mi-chemin. Lorsque frère Alessandro et moi jugeâmes que nous avions atteint la bonne distance, celle qui offrait une perspective suffisante sur l'ensemble de l'édifice, nous nous arrêtâmes pour le contempler. Un éclairage faible provenant de l'intérieur faisait briller les oculus comme les yeux d'un dragon. Là, en effet, sur le flanc du bâtiment qui se trouvait au coin de la rue, se déployaient les petites fenêtres rondes qui ornaient l'église sur sa largeur. Le « visage » donnait sur l'autre côté.

— Mais ne regarde pas son visage..., répétai-je.

Glacé, les mains enfoncées dans les manches de mon habit de laine, je commençai à compter : un, deux, trois... Sept.

Et ce chiffre me déconcerta. Sept vers, sept oculus... Le chiffre du nom de notre messager anonyme comportait sans nul doute ce maudit sept récurrent.

— Mais sept quoi ? demanda le bibliothécaire.

Je haussai les épaules.

# 17

Les événements qui suivirent éclairèrent mon chemin.

— Enfin, j'ai le plaisir de faire votre connaissance, père Leyre !

C'est par ces mots que m'accueillit le prieur, Vicenzo Bandello. Il me scruta avec une expression sévère avant de m'inviter à passer dans la sacristie. C'était lui qui avait rédigé le rapport pour Béthanie sur la mort de Béatrice d'Este.

— Frère Alessandro m'a beaucoup parlé de vous, continua-t-il. Vous êtes un hommes érudit, semble-t-il. Un intellectuel attentif, volontaire, vos connaissances pourraient enrichir notre communauté le temps de votre séjour parmi nous.

Bandello venait de terminer les offices de tierce tandis que le soleil peinait à gravir le val de Padana. Le prieur était sur le point de se retirer pour préparer son sermon sur la mort de Béatrice d'Este quand je l'avais abordé, mû par une impulsion irrationnelle. Frère Alessandro n'avait-il pas insisté pour que j'interroge les moines sur mon énigme ? Ne m'avait-il pas dit que celui auquel je penserais le moins pourrait me fournir une réponse adéquate ? Et qui pouvait être plus inattendu que l'abbé lui-même ?

J'avais pris cette décision peu après mon retour, tandis que, les os glacés, je cherchais un peu de chaleur entre les murs du monastère. Le hasard voulut que j'aille dans la sacristie alors que le père Bandello s'y trouvait déjà. Le bibliothécaire nous avait laissés seuls. Il s'absenta sous prétexte de se rendre à la cuisine afin d'y chercher des provisions pour notre prochaine session de travail. Je saisis l'occasion.

Le prieur, qui devait avoir un peu plus de soixante ans, montrait un visage ridé et plissé comme un vieux parchemin, doté d'un menton volontaire. Il avait l'étonnante habitude de laisser ses gestes trahir ses émotions. Il était plus petit encore que dans mon souvenir. Il allait d'un pas nerveux entre les deux armoires peintes de la sacristie et paraissait hésiter : laquelle fermer la première ?

— Dites-moi, père Leyre, reprit-il tandis qu'il ramassait le calice et la patène de la dernière messe, je suis curieux : en quoi consiste votre travail à Rome ?

— L'Inquisition occupe le plus clair de mon temps.

— Bien sûr, et, d'après ce que j'ai compris, vous passez les moments libres que vous laissent vos obligations à résoudre des énigmes. C'est bien, dit-il en souriant, je suis sûr que nous nous entendrons.

— C'est de cela dont j'aimerais vous parler, précisément.

— Vraiment ?

J'acquiesçai d'un hochement de tête. Si le prieur était l'éminence que le bibliothécaire avait décrite, il était possible qu'il soit au courant de la présence de l'Augure à Milan. Je devais me montrer prudent cependant. Peut-être avait-il lui-même rédigé ces lettres anonymes mais craignait de révéler son identité tant qu'il ne serait pas certain de mes véritables intentions. Cela pouvait être pire encore. Il ne connaissait peut-être pas l'existence de l'Augure, et si je la lui révélais, qui l'empêcherait de prévenir le More de notre opération ?

— Dites-moi encore, père Leyre, amateur comme vous l'êtes du dévoilement des secrets, vous avez certainement entendu parler de l'art de la mémoire, n'est-ce pas ?

Bandello posa cette question d'un air indifférent tandis que j'essayais en vain de déterminer son degré d'implication dans l'affaire des lettres. Je péchais par excès de zèle. Car chaque nouveau moine que je croisais semblait augmenter ma liste de suspects. Et frère Vicenzo ne faisait pas exception. A vrai dire, parmi toutes les solutions possibles, des trente moines qui résidaient entre ces murs, le prieur était l'homme qui correspondait le mieux au profil de l'Augure. Je me demandai comment nous ne nous en étions pas rendu compte plus tôt à Béthanie. Son prénom même, Vicenzo, comportait sept lettres. Comme les sept vers du terrible *Oculos ejus dinumera* ou les sept fenêtres de la façade. Je m'aperçus de ce détail en notant avec quelle légèreté il ouvrait et fermait les portes et les armoires reliquaires de ce lieu, grâce à l'épais trousseau de clés dissimulé sous son habit. Le prieur était une des rares personnes qui avaient accès aux comptes et projets du duc pour le monastère de Santa Maria et peut-être le seul à posséder un courrier officiel assez sûr pour faire parvenir ses lettres à Rome.

— Alors ? insista-t-il, amusé par mon attitude pensive, avez-vous entendu parler de cet art, oui ou non ?

Je secouai la tête en signe de dénégation, tandis que

je cherchais dans ses traits un indice qui permît de confirmer mon jugement.

— Quel dommage ! Peu de personnes savent que notre ordre a fait de grandes études dans cette discipline si noble.

— Je n'en ai jamais entendu parler.

— Et, bien sûr, vous ignorez également que Cicéron lui-même a mentionné cet art dans son *De oratore* ou qu'un traité encore plus ancien, *Ad herennium*, l'étudie en détail et nous offre la formule précise qui permet de se rappeler dans l'ordre tout ce que l'on souhaite...

— A nous, les Dominicains ?

— Evidemment ! Cela fait trente ou quarante ans, père Leyre, que de nombreux frères se livrent à cette étude. Vous-même qui travaillez souvent avec des rapports et des documents complexes, vous n'avez jamais rêvé d'archiver dans votre mémoire un texte, une image, un nombre sans vous préoccuper de le revoir jamais, parce que vous savez que vous pourrez le retrouver à loisir dans votre mémoire ?

— Bien sûr, mais seuls quelques privilégiés peuvent...

— Et puisque vous en avez besoin dans votre travail, me coupa-t-il, vous ne vous êtes pas préoccupé de vérifier quelle était la meilleure formule pour obtenir un semblable prodige ? Les Anciens, qui n'avaient pas la même capacité que nous pour faire des copies de livres, ont inventé une méthode magistrale : ils ont conçu des palais de la mémoire dans lesquels ils thésaurisaient leurs connaissances. Vous n'en avez jamais entendu parler non plus ?

Je secouai de nouveau la tête, perplexe.

— Les Grecs, par exemple, imaginaient un grand édifice rempli de salles et de galeries somptueuses et ils assignaient à chaque fenêtre, arche, colonne, escalier ou salle un sens différent. Dans le vestibule, ils « gardaient » leurs connaissances en grammaire, dans le salon, celles de la rhétorique, dans la cuisine, celles de l'art oratoire... Et pour se souvenir de toutes les choses précédemment rangées, ils n'avaient qu'à se rendre dans cette partie du bâtiment avec un peu d'imagination et les sortir dans l'ordre inverse. Ingénieux, n'est-ce pas ?

Je regardai le prieur sans savoir que dire. Cherchait-il à me pousser à lui poser des questions sur les lettres que nous avions reçues à Rome ou non ? Devais-je suivre le conseil de frère Alessandro, et le consulter sur mon énigme sans plus attendre ? Craignant de perdre sa confiance récente, je glissai une suggestion :

— Dites-moi, père Vicenzo, et si au lieu d'un palais de la mémoire nous utilisions une église de la mémoire, pourrions-nous par exemple y cacher le nom d'une personne ?

— Je vois que vous êtes perspicace, frère Agustín, me répondit-il avec un clin d'œil moqueur, et doté d'un esprit pratique. Ce que les Grecs dessinèrent en l'appliquant à des palais imaginaires, les Romains et même les Egyptiens l'ont essayé avec des édifices réels. Ceux qui y pénétraient en connaissant le « code de mémoire » précis pouvaient déambuler parmi les salles tout en recevant une information précieuse.

— Ou dans une église, insistai-je.

— Oui, cela peut aussi se faire dans une église, concéda-t-il. Mais laissez-moi vous apprendre quelque chose avant de vous expliquer comment fonctionnerait un mécanisme de ce genre. Comme je vous le disais, au cours de ces dernières années, des pères dominicains de Ravenne, Florence, Bâle, Milan, Fribourg, ont travaillé sur un système de mémorisation qui repose sur des images ou des structures architectoniques spécialement préparées pour lui.

— Préparées ?

— Oui, adaptées, retouchées, ornées de détails décoratifs qui paraissent superflus au profanes mais qui sont fondamentaux pour ceux qui connaissent l'abécédaire secret qu'ils cachent. Je vais vous en montrer un exemple pour que vous compreniez mieux.

Le prieur sortit de sous son habit une feuille de papier pliée qu'il ouvrit et défroissa sur la table d'offrandes. Elle n'était pas plus grande que la paume de la main, et portait des taches de cire dans un coin. On avait dessiné dessus une figure féminine dont le pied gauche était appuyé sur une échelle. Elle était entourée

d'oiseaux, des objets étranges étaient accrochés à sa poitrine et une inscription en latin sous ses pieds l'identifiait pleinement. Cette « Grammaire », car il s'agissait bien d'elle, avait une expression absente et le regard vide.

— A ce jour, nous avons fini chacune des images qui, à partir de maintenant, serviront pour se souvenir des différentes parties de l'art de la grammaire. Vous voulez voir comment cela fonctionne ? me demanda-t-il en me montrant l'étrange dessin.

J'acquiesçai d'un hochement de tête.

— Regardez bien, me dit le prieur d'un ton animé, si quelqu'un nous demandait maintenant sur quels termes s'appuie la Grammaire, nous saurions lui répondre sans vaciller grâce à ce dessin.

— Vraiment ?

Le prieur apprécia mon incrédulité.

— Notre réponse sera précise : *predicatio*, *applicatio*, et *continentia*. Et vous savez pourquoi ? C'est simple : parce que j'ai « lu » ces mots sur cette image.

Le prieur se pencha sur la feuille et commença à tracer des cercles imaginaires en signalant différentes parties du dessin :

— Regardez : *predicatio* est indiqué par le pigeon sur le bras droit qui commence par P et le bec qui a la forme de cette lettre. C'est l'attribut le plus important de la figure et nous l'indiquons par deux images. Sans compter que c'est le signe de notre ordre puisque en fin de compte nous sommes des prêcheurs.

Je remarquai la jolie banderole que soutenait la dame et qui, pliée sur elle-même, formait le « P » dont parlait Bandello.

— L'attribut suivant, *applicatio*, est représenté par l'*Aquila*, l'aigle perché sur le bras de la Grammaire.

Tous deux commencent par la même lettre A, aussi le cerveau de l'initié dans l'*Ars memoriae* fera aussitôt le lien. Quant à *continentia*, il est presque écrit sur le sein de la femme, si vous êtes capable de reconnaître les objets : un arc, une roue, un araire, un marteau qui ont la forme de lettres et donnent c-o-n-t-... *Continentia* !

C'était stupéfiant. Dans une image d'aspect innocent, quelqu'un avait réussi à enfermer une théorie complète de la grammaire. Soudain, je pensai aux livres que l'on imprimait déjà par centaines dans les ateliers de Venise, Rome ou Turin qui incluaient des gravures dans leurs frontispices ; elles pouvaient aussi contenir des messages occultes qui passeraient inaperçus aux yeux des profanes. On ne nous avait jamais rien appris de semblable à la secrétairerie.

— Et ces objets que tiennent les oiseaux, ils ont aussi une signification ? demandai-je encore étonné de cette révélation inespérée.

— Mon cher, tout, absolument tout a un sens. A une époque où chaque seigneur, chaque prince, chaque cardinal a tant de choses à cacher aux autres, ses gestes, les œuvres d'art qu'il commande ou les écrits qu'il protège dissimulent des choses de lui.

Le prieur termina sa phrase avec un sourire énigmatique. Je saisis l'occasion.

— Et vous, murmurai-je, cachez-vous aussi quelque chose ?

Bandello me regarda sans perdre son expression ironique. Il se caressa le menton avant de répondre :

— Un prieur aussi a ses secrets, bien sûr.

— Et pourrait les cacher dans une église déjà construite, poursuivis-je.

— Oh, oui ! répondit-il, ce serait très facile. D'abord,

je compterais tout, murs, fenêtres, tours et cloches... Les chiffres sont très importants. Ensuite, l'église réduite à des chiffres, je chercherais lequel peut se joindre à une lettre ou un mot adéquat. Et je comparerais le nombre de caractères des mots et la valeur de ce mot réduit à son tour à des chiffres.

— Ceci est de la *gematria*, la science hérétique des juifs !

— Oui, je le reconnais, mais ce n'est pas un savoir méprisable comme vous semblez le dire avec votre air scandalisé. Jésus était juif et il apprit cet art au Temple. Comme si nous ne savions pas qu'Abraham et Miséricorde sont des termes numériquement jumeaux ! Ou que l'échelle de Jacob et le mont Sinaï donnent tous deux en hébreu la somme de cent trente, ce qui indique que tous deux sont des lieux d'ascension aux cieux conçus par Dieu...

— Cela veut dire que, si vous deviez cacher votre prénom Vicenzo dans l'église de Santa Maria, vous choisiriez un lieu particulier qui aboutisse au chiffre sept, comme les sept lettres de votre prénom.

— C'est exact.

— Comme par exemple sept fenêtres ? Sept *oculus*.

— Ce serait un excellent choix. Mais je crois que je préférerais me célébrer par certaines des fresques qui ornent l'église. Elles permettent d'ajouter plus de nuances qu'une simple succession de fenêtres. Plus il y a d'éléments dans un espace, plus vous concédez de versatilité à l'art de la mémoire. Et, en vérité, la façade de Santa Maria est un peu simple.

— C'est ce que vous pensez réellement ?

— Oui. De plus, le chiffre sept prête à de nombreuses interprétations. C'est le chiffre sacré par excellence. La Bible y a constamment recours. Je n'aurais pas l'idée de prendre un chiffre aussi ambigu pour masquer mon prénom.

Bandello paraissait sincère.

— Je vous propose un marché, dit-il en me surprenant. Je vous confie l'énigme sur laquelle travaille actuellement notre communauté et vous me confiez la vôtre. Je suis certain que nous pourrons nous aider.

J'acceptai tout naturellement.

# 18

Le prieur me demanda, courtois, de l'accompagner à l'autre bout du monastère. Il voulait me montrer quelque chose tout de suite.

Le pas léger, nous traversâmes l'autel central, laissant derrière nous le chœur et la tribune que l'on terminait de préparer pour les funérailles de la duchesse, et nous prîmes le long couloir qui débouchait sur le Cloître des Morts. Le couvent était d'une grande sobriété avec ses murs de brique et ses colonnes de granit ordonnées de manière impeccable le long de couloirs soigneusement pavés. En chemin vers notre mystérieuse destination, frère Vicenzo fit un signe au père Benedetto, le copiste borgne qui, comme à son habitude, semblait errer entre les arches, le regard perdu dans un bréviaire que je ne réussis pas à identifier.

— Et alors ! grogna-t-il en se sentant réclamé par son supérieur. De nouveau de visite à l'*Opus diaboli* ? Vous feriez mieux de l'emmurer sous une chape de chaux !

— Je vous en prie ! J'aimerais que vous nous accompagniez, lui ordonna le prieur. Notre hôte a besoin de quelqu'un qui sache lui raconter des histoires sur ce lieu et personne d'autre que vous ne saura mieux le faire. Vous êtes le plus ancien de cette communauté. Bien plus encore que les murs de cette maison.

— Il veut des histoires, hein ?

L'œil unique de Benedetto brilla d'émotion en voyant mon intérêt. J'étais fasciné par cet homme qui semblait jouir de montrer sa difformité au monde, exhibant avec orgueil la plaie qu'avait laissée sur son visage l'organe perdu.

— On raconte beaucoup d'histoires dans cette maison, c'est vrai. Tiens, je suis sûr que vous ne savez pas pourquoi l'on appelle cette cour le Cloître des Morts, dit-il tandis qu'il se joignait à nous. C'est simple, c'est ici que nous inhumons nos frères afin qu'ils retournent à la terre tels qu'ils sont venus au monde. Vous savez, sans honneurs, ni plaques qui rappellent leur existence. Sans vanité. Vêtus du seul habit de notre ordre. Il arrivera un jour où toute cette cour sera parsemée d'os.

— C'est votre cimetière ?

— C'est bien plus, c'est notre antichambre vers le ciel.

Bandello s'était arrêté devant une énorme porte de bois massif. Le prieur ne tarda pas à glisser une des clés de son imposant trousseau dans la serrure de fer. Benedetto et moi échangeâmes un regard. Mon pouls s'accéléra. Je crus deviner ce que l'abbé voulait me montrer. Frère Alessandro m'avait mis sur la piste. Je me préparai pour le grand moment. Là, derrière, dans cette salle située juste sous la bibliothèque, devait se trouver le fameux réfectoire dont Léonard de Vinci avait restreint l'accès. Si je ne me trompais pas, la raison ultime de mon voyage à Milan et le motif qui avait conduit l'Augure à écrire ses lettres menaçantes se trouvaient là.

Un nouveau doute m'assaillit : et si le prieur et moi partagions la même énigme sans nous en douter ?

— Si ce lieu était déjà béni, dit Bandello le visage illuminé tandis qu'il poussait les battants, nous nous laverions les mains avant d'y entrer et vous attendriez ici dehors que je vous accorde la permission de venir.

— Mais il ne l'est pas ! s'exclama le borgne d'un ton sarcastique.

— Non, pas encore. Mais cela n'empêche pas son atmosphère sacrée d'imprégner notre âme.

— Sacrée ! Foutaises ! se moqua le borgne tandis que la porte s'ouvrait.

Comme je l'avais supposé, je venais d'entrer dans le futur réfectoire du monastère. La salle était sombre et froide, remplie de grands cartons posés contre les murs. Une impression de chaos prédominait. Partout, des cordes, des briques, des paravents, des seaux et, chose plus étonnante encore, une table disposée pour le repas, recouverte d'une grande nappe blanche. Ce lieu paraissait avoir été oublié depuis longtemps. La table attirait le regard, car elle représentait certainement l'unique élément d'ordre au milieu de ce fatras. Rien n'indiquait qu'elle eût servi. Les assiettes étaient propres et la vaisselle semblait couverte d'une fine couche de poussière, fruit de plusieurs semaines d'abandon.

— Je vous prie de ne pas vous effrayer de l'état lamentable dans lequel se trouve notre salle à manger, père Leyre, dit le prieur tandis qu'il retroussait son habit. Ceci est notre futur réfectoire. Cela fait trois ans qu'il est dans cet état, vous imaginez ? Nos frères ne peuvent pas venir ici par ordre exprès de Léonard de Vinci qui maintient cette salle fermée jusqu'à ce qu'il ait terminé son travail. Mais, pendant ce temps, notre mobilier s'abîme dans ce coin là-bas, au milieu de la saleté et de cette détestable odeur de peinture.

— C'est un enfer, ne vous l'avais-je pas dit ! Un enfer avec diable compris...

— Benedetto, cela suffit ! s'écria le prieur.

— Ne vous inquiétez pas, dis-je, à Rome aussi, nous sommes toujours en travaux. Cette atmosphère m'est familière.

Isolé du reste de la pièce par quelques paravents de bois et plaqué contre un mur latéral de l'immense salle, on distinguait un échafaudage en forme de U sur lequel étaient disposées de grandes planches. Les restes d'un fin baldaquin de bois reposaient aussi dans ce coin obscur, pourrissant à cause de l'humidité.

— Tous les travaux de décoration entrepris dans ce monastère souffrent de retard, reprit le prieur. Mais aucun autant que cette salle. Il semble impossible d'y mettre fin.

— La faute en revient à Léonard, recommença à grogner Benedetto. Cela fait des mois qu'il se joue de nous ! Terminons-en avec lui !

— Taisez-vous, je vous prie ! Laissez-moi expliquer notre problème sans m'interrompre.

Bandello regarda à droite et à gauche comme pour s'assurer que personne ne l'écoutait. Une précaution absurde. Depuis que nous avions quitté l'église, nous n'avions rencontré aucun moine à l'exception du borgne, et il était peu probable que l'un d'entre eux soit caché ici au lieu de préparer les funérailles ou d'accomplir ses tâches quotidiennes. Néanmoins, le prieur paraissait hésiter. Il baissa la voix pour me chuchoter à l'oreille :

— Vous allez tout de suite comprendre mes précautions, dit-il avant de poursuivre, nerveux : notre peintre a la renommée d'être un homme très influent et il pourrait me faire chasser d'ici s'il apprenait que je vous ai laissé entrer sans son autorisation... Le duc l'a fait venir il y a quatre ans pour qu'il participe à la décoration de ce monastère. Le More veut que le panthéon familial des Sforza, situé sous l'abside de l'église, bénéficie d'un entourage somptueux et incontestable, afin de justifier sa décision devant sa famille. Voilà pourquoi il a contacté Léonard. Mais, je vous l'assure, depuis que le duc s'est embarqué dans ce projet, il n'y a pas eu un seul jour de repos dans cette maison.

— Pas un seul, approuva le borgne. Et vous savez pourquoi ? Parce que cet homme qui s'habille toujours de blanc, que vous ne verrez jamais manger de la viande ni sacrifier un animal, est en réalité une âme perverse. Il a introduit une hérésie sinistre dans son œuvre et a osé nous défier de la trouver avant qu'il n'ait terminé. Tout cela avec l'appui du duc !

— Mais Léonard n'est pas...

— Un hérétique ? me coupa-t-il. Non, bien sûr, à première vue, il n'en a pas l'air. Il est incapable de faire du mal à une mouche, il passe toute la journée à méditer ou à prendre des notes dans ses cahiers, et il donne l'impression d'être un homme sage. Mais je suis sûr qu'il n'est pas bon chrétien.

— Je peux vous poser une question ? demandai-je au prieur qui acquiesça d'un signe de la tête. J'ai su par le bibliothécaire que vous aviez souhaité réunir toutes les informations nécessaires sur le passé de Léonard. Pourquoi n'avez-vous jamais eu confiance en lui ?

— Vous allez comprendre mes raisons. J'ai fait cette demande juste après qu'il nous a lancé son défi. Nous avons été obligés de fouiller dans son passé pour savoir à quel genre d'homme nous avions affaire. Vous auriez agi de même, je pense, s'il avait défié l'Inquisition.

— Je suppose que oui.

— J'ai donc demandé à frère Alessandro de tracer un historique de son œuvre qui puisse nous servir à prendre de l'avance. J'ai appris ainsi que les franciscains de Milan avaient déjà eu de sérieux problèmes avec lui. Il avait utilisé, semble-t-il, des sources païennes pour se documenter et ses tableaux pouvaient conduire les fidèles à de graves malentendus.

— Frère Alessandro m'en a parlé, ainsi que d'un livre hérétique de frère Amédée.

— L'*Apocalipsis nova*.

— Oui, c'est cela.

— Mais ce livre n'est qu'une petite partie de ce qu'il a trouvé. Il ne vous a pas parlé des scrupules de Léonard au sujet de certaines scènes bibliques ?

— Non.

— C'est très révélateur. Jusqu'à aujourd'hui, nous n'avons pu localiser aucune œuvre de Léonard qui contienne une crucifixion. Pas une. Aucune non plus qui reflète les scènes de la Passion de Notre-Seigneur.

— Peut-être ne lui en a-t-on jamais passé commande ?

— Non, père Leyre. Le Toscan a évité de peindre ce genre d'épisodes bibliques pour une raison cachée. Au début, nous avons pensé qu'il était peut-être juif, mais nous avons découvert que ce n'était pas le cas. Il ne fait pas le sabbat et ne respecte aucune coutume hébraïque.

— Alors ?

— Eh bien... Je crois que cette anomalie est liée au problème qui nous concerne.

— Dites-moi. J'ignorais tout de ce défi de Léonard.

— Frère Alessandro n'était pas présent ce jour-là, et très peu de moines sont au courant.

— Je vous écoute.

— Tout a commencé lors d'une visite que Béatrice d'Este fit à Léonard de Vinci il y a deux ans. Le maître avait fini de peindre saint Thomas dans sa *Cène*. Il l'avait représenté sous les traits d'un homme barbu qui lève l'index vers le ciel, près de Jésus.

— Je suppose que c'est le doigt qu'il glissera ensuite dans la plaie du Christ une fois ressuscité.

— C'est ce que j'ai pensé et dit à Son Altesse, mais Léonard a ri de mon interprétation. Il a dit que nous, les moines, ignorions tout du symbolisme et que, s'il le voulait, il pourrait peindre une scène avec Mahomet lui-même sans qu'aucun de nous ne s'en aperçoive.

— Il a prétendu cela ?

— La duchesse et le maître ont ri à nos dépens. Le peintre nous avait gravement offensés, mais que pouvions-nous faire ? Nous fâcher avec l'épouse du More et son peintre favori ? Nous étions certains que Léonard nous accuserait du retard de ses travaux dans la *Cène*. (Le prieur s'interrompit un instant avant de reprendre :) En réalité, c'est moi qui lui ai lancé un défi. Je voulais lui montrer que nous n'étions pas aussi maladroits sur l'interprétation des symboles qu'il le pensait, et je m'aventurai sur un terrain où je n'aurais jamais dû poser le pied.

— Comment cela ?

— Je dois d'abord vous expliquer quelque chose. Un jour que je me trouvais au palais Rochetta où j'étais venu, comme souvent, rendre compte au duc des avancées des travaux, j'avais surpris la duchesse s'amusant dans la salle du trône avec un jeu de cartes. Ses gravures représentaient des figures étranges aux couleurs vives. On y voyait des pendus, des femmes soutenant des étoiles, des faunes, des papes, des anges aux yeux bandés, des diables... J'appris bientôt que ces cartes étaient un vieux legs de la famille. L'ancien duc de Milan, Philippe Maria Visconti, les avait dessinées avec l'aide du condottiere Francesco Sforza en 1441. Plus tard, quand ce dernier prit le duché, il offrit ce jeu à son fils et en fit une copie qui termina entre les mains de Ludovic le More. Mais revenons à notre affaire. Une de ces cartes représentait une femme vêtue de l'habit franciscain et tenant un livre fermé dans sa main. Elle attira mon attention parce que son habit était celui d'un homme. En plus, elle semblait enceinte. Vous imaginez, une femme enceinte revêtue de l'habit franciscain ! Cela tenait presque du blasphème. Eh bien ! je ne sais pas pourquoi, mais en discutant avec Léonard, je me souvins de cette carte et lui dis, en mentant bien sûr, que je savais ce que signifiait la carte de la franciscaine. Je me rappelle que la duchesse devint aussitôt très sérieuse. « Alors, dites-nous, que savez-vous ? se moqua-t-elle. — Ce symbole parle de vous, madame », dis-je. Cela l'intéressa. « La religieuse franciscaine est couronnée, ce qui signifie qu'elle a votre rang. Et elle est enceinte. Ce qui annonce la venue de cet état de grâce pour vous. Cette carte annonce votre destin. — Et le livre ? » me demanda-t-elle. Ma réponse fut ce qui les offensa le plus. Je leur dis qu'il était fermé pour montrer qu'il s'agissait d'une œuvre interdite. « Et de quelle œuvre voulez-vous parler ? m'interrogea alors Léonard. — Peut-être de l'*Apocalipsis nova* que vous connaissez si bien », répondis-je d'un ton ironique à mon tour. Léonard s'enhardit et me lança alors son défi : « Vous n'avez aucune idée, me dit-il. Bien sûr que ce livre est important, mais, avec votre orgueil de théologien, vous ne saurez jamais à quel point. » Puis il ajouta : « Quand le futur fils de la duchesse naîtra, moi j'aurai terminé d'intégrer les secrets de ce livre au *Cénacle*. Et je vous assure que vous aurez beau les avoir sous les yeux, vous n'en comprendrez jamais le sens. Telle sera la grandeur de mon énigme. Et la preuve de votre ignorance. »

# 19

— Quand pourrai-je voir ce tableau ? demandai-je au prieur.

Benedetto sourit.

— Maintenant, si vous le voulez, dit-il. Il se trouve juste devant vous. Il vous suffit d'ouvrir les yeux.

Au début je ne sus où regarder. La seule peinture que j'étais capable de discerner dans ce réfectoire qui sentait l'humidité et la poussière était une Marie Madeleine agenouillée au pied de la Croix du Christ. Elle brillait sur le mur méridional de la salle et pleurait avec amertume devant le regard extatique de saint Dominique. Cette Madeleine tenait ses genoux appuyés sur une pierre rectangulaire sur laquelle on pouvait lire un nom que je ne connaissais pas : *Io Donatus Montorfanv P.*

— C'est un travail du peintre Montorfano, m'expliqua Bandello. Une œuvre pieuse, élogieuse, qu'il a terminée il y a presque deux ans. Mais ce n'est pas ce que vous cherchez.

Le prieur m'indiqua alors le mur opposé. L'histoire du jeu de cartes et du livre secret m'avait tant distrait que je n'avais même pas remarqué ce qui pourtant sautait aux yeux. Un tas de planches cachait une bonne partie du coin septentrional du réfectoire déjà peu éclairé. J'entrevis pourtant soudain quelque chose qui me cloua sur place. En effet, au-delà des caisses et des cartons, entre les creux que laissait le grand échafaudage de bois qui croisait le mur d'un bout à l'autre, on distinguait... une autre salle ! Je mis un certain temps à comprendre qu'il s'agissait d'une illusion. Mais quelle illusion ! Assis tout du long d'une table rectangulaire identique à celle qui m'avait intrigué en entrant, treize figures humaines aux gestes et attitudes vifs et éclatants semblaient jouer une œuvre théâtrale juste pour nous. Mais il ne s'agissait pas de comédiens, Dieu me pardonne ! J'avais devant moi les portraits les plus réels et bouleversants que j'aie jamais vus de Notre-Seigneur Jésus-Christ et de ses disciples. Bien sûr, certains visages restaient à définir, en particulier celui du Nazaréen, mais l'ensemble était presque terminé et... paraissait respirer.

— Alors, vous voyez ? Vous distinguez ce qu'il y a derrière ?

Je hochai la tête, bouche bée.

Le père Benedetto, mystérieusement satisfait, me donna un petit coup sur l'épaule en m'invitant à me rapprocher de ce mur extraordinaire.

— Venez, il ne vous mordra pas. Voilà l'*Opus diaboli* dont je vous parlais en essayant de vous mettre en garde. Séducteur comme le serpent du paradis et tout aussi venimeux...

Impossible d'exprimer par des paroles ce que je ressentis à cet instant. J'avais l'impression de contempler une scène interdite, l'image arrêtée d'un événement qui avait eu lieu quinze siècles auparavant et que Léonard de Vinci avait réussi à immortaliser avec un réalisme inconcevable. A cette époque, j'ignorais pourquoi le borgne l'appelait l'œuvre du diable, car ce tableau me paraissait au contraire un don des anges. Comme enivré, j'avançai à sa rencontre sans regarder où je mettais les pieds. Plus j'approchais, plus le mur prenait vie. Soudain, je compris ce que faisait cette table préparée sous les échafaudages : nappe, couverts, carafes, verres de cristal, et même plats de faïence, apparaissaient disposés de manière identique, deux mètres plus haut sur le mur, sans démériter par rapport à leurs modèles réels. Mais, et les disciples ? De quels visages le peintre avait-il copié les traits ? D'où avait-il tiré leurs vêtements ?

— Si vous le voulez, père Leyre, nous pouvons monter sur l'échafaudage pour contempler l'œuvre de plus près. Je ne crois pas que Léonard vienne aujourd'hui superviser ses travaux.

— Rien ne pourrait me plaire davantage, acceptai-je.

— Vous découvrirez tout de suite que l'on a beau s'approcher, on n'apprécie rien de plus, dit le prieur en souriant avec malice. Ici tout arrive à l'envers. Si l'on s'avance trop, on perd la sensation de l'ensemble, on a le tournis, et l'on est incapable de trouver une seule trace de pinceau qui serve de guide pour interpréter le tableau.

— Une preuve supplémentaire de son hérésie ! s'écria le borgne. Cet homme est un mage !

Je ne sus que dire. Pendant quelques instants, quelques minutes peut-être, je ne sais, je fus incapable de détacher mes yeux des figures les plus merveilleuses que j'aie jamais contemplées de ma vie. On ne voyait en effet ni marques ni coups ou rayures de spatule ou traces d'effacement. Mais quelle importance ? Même inachevé et avec seulement quelques apôtres esquissés sur le mur, le visage de Notre-Seigneur manquant encore d'expression, et les bords extérieurs des autres figures sans couleurs, ce festin sacré offrait une promenade incomparable... Bandello, qui voyait le temps passer, s'efforça de me ramener à la réalité.

— Et dites-moi, frère Agustín, avec cette sagacité qui est la vôtre et a tant impressionné frère Alessandro, vous ne trouvez rien d'étrange dans cette fresque ?

— Non, je ne vois pas ce que vous voulez dire.

— Allons, vous me décevez. Vous avez accepté de nous aider dans notre énigme. Si nous parvenons à identifier les anomalies tirées d'un livre interdit que présente cette œuvre, nous réussirons à arrêter Léonard, et à l'accuser d'avoir recommencé à s'inspirer de sources apocryphes. Ce serait sa fin.

Le prieur attendit quelques instants avant de reprendre :

— Je vais vous donner une piste. Vous ne vous êtes pas rendu compte qu'aucun des apôtres, pas même Jésus-Christ, n'a d'auréole ? Vous n'allez pas me dire que c'est normal dans l'art chrétien ?

Dieu tout-puissant ! Vicenzo Bandello avait raison. Ma maladresse n'avait pas de limites. J'avais été si surpris par le réalisme extraordinaire des personnages que je n'avais pas remarqué cette absence pourtant capitale.

— Et que me dites-vous de l'eucharistie ? dit le borgne à son tour d'un air insolent. S'il s'agit vraiment de la Cène, pourquoi Jésus-Christ n'a-t-il pas devant lui le pain et le vin pour les consacrer ? Où se trouve le Saint-Graal qui contient son sang rédempteur ? Et pourquoi son écuelle est-elle vide ? Hérétique, je vous le dis, cet homme est un hérétique !

— Que voulez-vous insinuer, frère ? Que le peintre n'a pas suivi le texte de la Bible à la lettre au moment de dessiner cette œuvre ?

Il me semblait entendre encore les explications du bibliothécaire sur le portrait de la Vierge que Léonard avait fait pour les moines de San Francesco il Grande. Là encore, le Toscan avait interprété à sa façon les indications bibliques comme les instructions de ses commanditaires. Ma question suivante, donc, dut leur paraître puérile :

— Vous lui avez demandé la raison de ses choix ?

— Bien sûr, répondit le prieur, et il continue à nous rire au nez en nous traitant de naïfs. Il dit que ce n'est pas à lui de nous aider à comprendre sa *Cène*. Vous voyez ! L'insolent passe ici de temps en temps donner deux coups de pinceau à l'un des apôtres, s'assoit pendant des heures pour contempler ce qu'il a déjà fait et daigne à peine parler à la communauté pour expliquer les étrangetés de son travail...

— Au moins, il se justifie par quelque passage évangélique, non ? dis-je alors que je connaissais plus ou moins la réponse.

— Un Evangile ? se moqua le borgne. Vous les connaissez aussi bien que nous, alors dites-moi où il est écrit que Pierre tient une dague dans sa main ou que Judas et le Christ ont la main dans le même plat... Vous ne trouverez aucune allusion à ces scènes. Pas la moindre.

— Alors, exigez de lui des explications !

— Il est fuyant. Il dit qu'il n'a de compte à rendre qu'au duc qui est celui qui paye son labeur.

— Vous voulez dire qu'il entre et sort de cette maison à son gré ?

— Et il se fait accompagner de qui bon lui semble.

Parfois même de dames de la Cour qu'il veut impressionner.

— Pardonnez mon insolence, frère Benedetto, mais si je comprends votre gêne, je ne vois pas pour autant d'arguments pour accuser quiconque d'hérésie.

— Comment ? Cela ne vous suffit donc pas ? Un Christ sans attribut divin ne vous suffit pas ? Une Cène sans eucharistie ne vous suffit pas ? Et un saint Pierre cachant une dague, Dieu seul sait pour attaquer qui, cela ne vous suffit pas ? s'exclama le borgne en colère.

Le prieur tenta de s'interposer :

— Vous ne comprenez pas, je crois...

— Non..., répondis-je.

— Ce que frère Benedetto essaie de vous expliquer, c'est que, bien que cette fresque vous paraisse seulement une représentation merveilleuse de la cène pascale, il se peut qu'elle ne le soit pas du tout. J'ai vu travailler beaucoup de peintres chargés de travaux similaires, moins ambitieux sans aucun doute que Léonard de Vinci, mais je vous assure que je ne comprends pas ce que le peintre veut représenter dans *ma* maison. (Le prieur mit l'accent sur le possessif pour démontrer à quel point cette affaire l'affectait. Puis il poursuivit d'un ton sombre :) Nous craignons beaucoup, cher frère, que le peintre du More ne veuille se moquer de notre foi et de notre Eglise et, si nous ne trouvons pas la clé pour lire cette œuvre, elle demeurera ici pour toujours, éternel objet de raillerie de notre ignorance. C'est pour cette raison que nous avons besoin de votre aide, père Leyre.

La dernière phrase du père Bandello résonna dans l'imposant réfectoire. Frère Benedetto, en me prenant par la manche, m'entraîna vers l'autre côté des échafaudages. On distinguait de là plusieurs commensaux du *Cénacle*.

— Vous voulez des preuves ? Je vais vous en donner, pour que vous puissiez brûler cet imposteur !

Je le suivis.

— Vous voyez, là ! vociféra-t-il. Regardez bien !

— Que dois-je regarder, père Benedetto ?

— Léonard de Vinci, enfin, lui-même ! Vous ne le reconnaissez pas ? Le bâtard s'est placé entre les apôtres ! Là, le deuxième à droite ! Il n'y a aucun doute. Son regard, ses mains, grandes et puissantes, et jusqu'à sa chevelure blanche. Il dit qu'il s'agit de Jude Thaddée, mais il a tous ses traits !

— En vérité, je ne vois rien de mal à cela, répliquai-je. Ghiberti aussi a fait son autoportrait sur les portes de bronze du Baptistère de Florence. C'est une coutume très toscane.

— Ah ! oui ? Et pourquoi Léonard est-il le seul personnage de toute la table, avec l'apôtre Matthieu, qui semble tourner le dos à Notre-Seigneur ? Vraiment, vous croyez que cela ne veut rien dire ? Judas Iscariote lui-même n'a pas une attitude aussi insolente ! Apprenez quelque chose, ajouta-t-il d'un ton menaçant, tout ce que fait ce diable de Léonard obéit à un plan occulte, un motif précis.

— Alors s'il incarne Jude Thaddée, qui est le véritable Matthieu qui tourne aussi le dos ?

— Voilà ce que nous attendons de vous ! Que vous identifiez les disciples, et que vous nous disiez ce que signifie vraiment cette maudite *Cène* !

J'essayai de calmer ce vieil homme énergique et irascible.

— Mais, mes frères, dis-je en m'adressant au prieur et à son excentrique confesseur, si vous voulez que je me mette au service de cette énigme, vous devez m'expliquer sur quoi vous fondez votre accusation contre le peintre. Si vous voulez un procès contre lui, et désirez interrompre ses travaux par un argument solide, nous devons posséder des preuves irréfutables, pas des soupçons. Je n'ai pas besoin de vous rappeler que Léonard est le protégé du seigneur de Milan.

— Nous vous éclairerons, n'ayez crainte. Mais avant, répondez à autre chose...

Je fus reconnaissant d'entendre la voix apaisée du prieur qui recula de deux pas pour examiner la *Cène* dans son ensemble.

— Savez-vous seulement en la regardant ce que représente exactement cette fresque ?

Son emphase me rendit prudent.

— Dites-le-moi, père.

— Bien. A ce qu'il semble, il s'agit du moment décrit par l'Evangile de Jean dans lequel Jésus annonce aux disciples que l'un d'eux va le trahir. Le More et Léonard ont choisi ce passage avec beaucoup de soin.

— *Amen dico vobis quam unum vestrum me traditus est*[17], récitai-je de mémoire.

— L'un de vous me trahira, en effet.

— Et que voyez-vous d'étrange là-dedans ?

— Deux choses, me répondit-il. D'abord qu'à la différence des autres Cènes classiques il n'ait pas choisi le moment de l'institution de l'eucharistie pour cette fresque. Deuxièmement... (Il hésita.) Le traître ne semble pas être Judas.

— Ah, non ?

— Mais regardez donc la fresque, Dieu du ciel, me pressa Benedetto. Il ne me reste qu'un œil, mais je vois clairement que celui qui veut trahir le Christ, et même le tuer, est Pierre.

— Pierre ?

— Oui, Simon Pierre que vous voyez là, insista le

borgne en me l'indiquant parmi la douzaine de visages. Remarquez sa dague dans le dos, et comme il se prépare à attaquer le Christ ! Vous ne voyez pas comment il menace Jean en lui mettant la main sur le cou ?

Le borgne énonçait ses accusations avec véhémence, comme si cela faisait un moment qu'il examinait en secret la disposition de ces personnages et avait atteint des conclusions qui échappaient au commun des mortels. Le prieur qui se tenait à ses côtés acquiesça avec une certaine crainte :

— Et que me dites-vous précisément de cet apôtre Jean ? (Son emphase m'inquiéta.) Avez-vous vu comment il l'a peint ? Imberbe, les mains fines, le visage d'une madone ! Il ressemble à une femme !

Je secouai la tête, incrédule. Le visage de Jean n'était pas terminé. On devinait seulement l'esquisse de traits doux, arrondis presque, de l'adolescent.

— Une femme ? Vous êtes sûr ? Aucun Evangile n'en parle...

— Je vois que vous commencez à comprendre, répondit Bandello plus serein. C'est pour cette raison qu'il est urgent de résoudre cette énigme. L'œuvre de ce Léonard de Vinci contient trop d'équivoques, trop d'allusions cachées. Dieu sait que j'aime les énigmes, pourtant, l'art de cacher des informations dans des lieux réels ou peints, mais celle-ci m'échappe et m'inquiète.

Je remarquai que le prieur se contenait.

— Bien sûr, ajouta-t-il sans attendre de réponse, il est encore trop tôt pour que vous appréciiez toutes les nuances du problème. Revenez ici quand bon vous semblera. Profitez des absences du peintre pour cela. Asseyez-vous pour admirer sa fresque et essayez de déchiffrer ses détails comme nous l'avons fait. Dans quelques jours, vous ressentirez le même malaise que nous. Cette fresque deviendra une obsession.

Sur ces mots, le prieur prit entre ses mains le trousseau de clés et chercha la bonne. Elle était grande et lourde avec trois gardes en forme de croix latine.

— Prenez-la. Il n'y en a que trois copies. Léonard en a une, et il la prête souvent à ses apprentis. J'en possède une autre et la troisième est maintenant entre vos mains. Et disposez de Benedetto si vous avez besoin d'éclaircissements.

— Bien sûr, acquiesça le borgne, nous vous serons d'une plus grande aide que le bibliothécaire.

— Je peux vous demander ce que vous attendez exactement de moi ?

— Que vous trouviez une interprétation totale et convaincante de la *Cène*. Que vous identifiiez ce livre sur lequel le peintre dit s'être fondé, s'il existe. Que vous déterminiez si oui ou non c'est un texte hérétique comme l'*Apocalipsis nova* et, si c'est le cas, que vous arrêtiez Léonard de Vinci. En échange, dit le prieur en souriant, nous vous aiderons à résoudre votre énigme. D'ailleurs, vous ne nous en avez pas encore parlé.

— Je cherche l'homme qui a écrit ces vers, expliquai-je en leur tendant une copie des vers *Oculos ejus dinumera*.

# 20

Bernardino osait à peine lever les yeux de son chevalet. Bien qu'il eût dépassé de loin le seuil des trente ans, ce genre de travail le rendait nerveux. Il n'avait jamais connu de femme, avait juré devant Dieu qu'il ne le ferait jamais. Il l'avait aussi promis à son père dès ses quatorze ans, et devant son maître même en entrant comme apprenti dans la *bottega* la plus prestigieuse de Milan. Cependant, aujourd'hui, il le regrettait. Tout cela parce que la fille des Crivelli mettait à dure épreuve sa nature fragile depuis deux semaines. Nue avec des boucles d'or qui lui tombaient sur les épaules, juchée sur le bord du sofa, son regard bleu fixant le plafond, cette petite comtesse de seize ans était l'image incarnée du désir. Chaque fois qu'elle quittait sa pose d'ange et le regardait, Bernardino se sentait défaillir.

— Maître Luini (la voix de *donna* Lucrezia lui parvint en sourdine, comme si elle aussi s'insinuait dans son esprit), quand finirez-vous le portrait de ma fille ?

— Bientôt, comtesse, très bientôt.

— N'oubliez pas que le délai fixé par notre contrat expire la semaine prochaine, insista-t-elle.

— Je ne le sais que trop, comtesse. Il n'y a pas dans ma vie de date plus présente.

La mère de la jeune Aphrodite surveillait souvent les séances de pose. Ce n'est pas qu'elle se méfiait de Bernardino, un homme à la réputation intacte qu'on voyait rarement travailler hors d'un monastère, mais elle avait tant entendu parler de la convoitise des chanoines, et jusqu'à celle du pape lui-même, qu'elle ne trouvait pas superflu de surveiller ces rencontres. De plus, Bernardino était un homme séduisant, bien qu'un peu efféminé, et l'unique gentilhomme que son mari laissait entrer chez lui sans craindre pour son honneur. Le comte avait de nombreuses raisons de se méfier : les rumeurs d'une relation sentimentale entre sa très belle épouse et le duc étaient dans la bouche de tous depuis longtemps. Lucrezia était la désirée. Il savait que toute nouveauté l'excitait. Et Elena, leur fille, s'annonçait comme sa digne héritière.

— N'est-ce pas qu'elle est belle ? observa avec orgueil la comtesse. Ces pommes qu'elle a à la place des seins, si fermes, si durs. Vous ne pouvez imaginer, maître, combien d'hommes elle a rendu fous.

« Fous ? » Le peintre retint à grand-peine le tremblement de son pinceau. Sa toile recueillait déjà presque tous les détails du corps d'Elena, bien qu'il l'eût créée avec des cheveux plus foncés et plus longs qui tombaient en cascade sur son ventre jusqu'à recouvrir ce merveilleux endroit de plaisir auquel l'artiste avait renoncé.

— Ce que je ne comprends pas, maître, c'est pourquoi vous avez choisi le thème de Madeleine pour faire le portrait de ma fille, précisément aujourd'hui. C'est comme si vous vouliez attirer l'attention de l'Inquisition. En plus, toutes les Madeleine sont des femmes affligées, tristes. Et je ne sais que penser de cet horrible crâne entre ses mains...

Bernardino déposa le pinceau sur la palette et se tourna vers la comtesse. La lumière de l'après-midi éclairait le divan sur lequel elle était assise en donnant du relief à des formes qui lui étaient vaguement familières : les mèches blondes et sinueuses étaient identiques à celles d'Elena ; elle avait les mêmes pommettes hautes, les mêmes lèvres charnues. Et une poitrine opulente battait sous un corsage ajusté de toile anglaise. En la voyant allongée là, il pouvait comprendre l'appétit démesuré du More pour semblable beauté.

— Comtesse, dit-il, je vous rappelle que c'est vous-même qui avez donné toute liberté à messire Léonard pour qu'il choisisse le thème et vous envoie le disciple de son choix.

— Oui. C'est dommage que le maître soit si occupé avec ce maudit *Cénacle*.

— Que puis-je vous dire ? Il m'a demandé de peindre une Madeleine et c'est ce que je fais. En plus, ce thème choisi par lui devrait enorgueillir votre famille.

— Comment ! Comme si Marie Madeleine n'avait pas été une prostituée ! s'exclama-t-elle. Pourquoi n'a-t-il pas commandé un portrait au naturel comme celui que votre maître a fait de moi ? Pourquoi insister pour stigmatiser ma famille avec une ombre qui nous poursuit depuis des siècles ?

Bernardino Luini se tut. La famille Crivelli était un clan d'origine vénitienne ruiné qui espérait maintenant, confiant dans la dextérité de l'atelier de Léonard, trouver un bon parti pour sa fille grâce à ce portrait qui rehausserait ses vertus. Avec une Madeleine pareille, cela ne devrait pas être difficile. C'était d'ailleurs leurs maigres finances et aucun autre critère qui avaient permis au peintre de choisir le thème de son portrait. Et il avait su mettre à profit cette opportunité. Bernardino garda sa moquerie en se souvenant de l'astuce du Toscan. La comtesse posait depuis des années dans sa *bottega* du cours Magenta, donnant vie à quelques-uns de ses tableaux les plus importants. S'il avait accepté de peindre sa fille comme la favorite de Jésus, c'était parce qu'il pensait l'initier bientôt à ses mystères.

Non en vain. Lucrezia et sa fille étaient les dernières représentantes d'une longue lignée de femmes que l'on croyait héritières de l'authentique Marie de Magdala. Une lignée de beautés aux traits clairs et doux qui inspirèrent des générations de poètes et de peintres et n'avaient pas toujours été conscientes de l'héritage qui leur était transmis.

Luini ajouta deux coups de pinceau à sa toile en essayant d'éviter le sourire contagieux d'Elena. Ensuite, pensif, il reprit sa conversation :

— Je crois que votre jugement est hâtif, madame. Marie Madeleine... Sainte Marie Madeleine, se corrigea-t-il, fut une femme exceptionnellement courageuse. On la surnomma *casta meretrix* et, à la différence du reste des disciples qui, Jean mis à part, ont fui Jérusalem quand on crucifia Notre-Seigneur, elle l'accompagna jusqu'au pied du mont Golgotha. Là se trouve, madame, l'explication du crâne que tient votre fille. Mais, de plus, la Madeleine fut la première à qui Jésus-Christ apparut après être ressuscité. Il démontrait ainsi la profonde tendresse qu'il avait pour elle.

— Et pourquoi croyez-vous qu'il fit une chose pareille ?

Luini sourit, satisfait :

— Pour récompenser son courage, évidemment.

Nous sommes nombreux à croire que Jésus ressuscité confia à Marie Madeleine un grand secret. Marie lui avait prouvé qu'elle méritait cette distinction et nous, chaque fois que nous la peignons, nous essayons aussi de nous approcher de cette révélation.

— Maintenant que vous le mentionnez, j'ai déjà entendu messire Léonard parler de ce secret bien qu'il évite de donner trop d'explications. Votre maître est un homme plein de mystères...

— Beaucoup de personnes, madame, considèrent l'intelligence comme un mystère. Peut-être un jour décidera-t-il de vous en dire plus. A moins qu'il ne choisisse votre fille.

— On peut s'attendre à tout avec cet homme. Je le connais depuis qu'il est arrivé à Milan en 1482 et il n'a jamais laissé de me surprendre avec ses intrigues. Il est si imprévisible...

Lucrezia s'interrompit un instant, comme si son esprit revisitait de vieux souvenirs. Puis elle demanda avec un vif intérêt :

— Vous ne connaissez pas par hasard le secret de Marie Madeleine ?

Luini tourna les yeux vers sa toile.

— Réfléchissez bien, madame, le véritable enseignement du Christ aux hommes n'a pu arriver qu'une fois l'épreuve de la Passion surmontée, et après la Résurrection. Il eut seulement alors la certitude absolue de l'existence du règne des cieux. Et quand il revint d'entre les morts, qui trouva-t-il en premier ? Marie Madeleine, la seule qui avait eu le courage de l'attendre en enfreignant les ordres du sanhédrin et des Romains.

— Nous, les femmes, avons toujours été plus courageuses que les hommes, maître Luini.

— Ou plus imprudentes...

Elena, immobile, gardait le silence en écoutant, amusée, la conversation. Sans la cheminée bien fournie qu'elle avait juste derrière elle, il y avait longtemps qu'elle aurait attrapé un bon rhume.

— J'admire autant que vous la ténacité des femmes, comtesse, dit Bernardino en recommençant à examiner son pinceau, il est bon pour cela que vous sachiez que Marie Madeleine profita, à partir de cette révélation, de vertus encore plus notables.

— Ah ?

— Si un jour on vous les révèle, vous verrez avec quelle fidélité elles se reflètent dans le portrait de votre Elena. Alors vous serez plus que satisfaite de ce tableau.

— Léonard ne m'a jamais parlé de ces qualités.

— Il est très prudent, madame. Les bontés de Madeleine sont une affaire délicate. On effraya les disciples au temps de Notre-Seigneur. Les évangélistes eux-mêmes refusent de nous raconter trop de choses sur elle.

Le regard de la comtesse brilla avec malice.

— Bien sûr, parce que c'était une putain !

— Marie n'a jamais écrit une ligne. Aucune femme de cette époque ne le fit, poursuivit Luini, en ignorant ses provocations, donc celui qui veut apprendre quelque chose sur elle doit suivre les pas de Jean. Comme je vous l'ai dit, le disciple aimé fut le seul qui se montra à la hauteur des circonstances quand on crucifia le Christ. Qui admire Marie Madeleine admire aussi Jean et considère son Evangile comme le plus beau de tous.

— Pardonnez-moi d'insister, mais jusqu'à quel point Madeleine fut-elle proche du Christ ?

— Jusqu'au point de l'embrasser sur la bouche devant ses disciples.

Lucrezia sursauta. Son corsage crissa en se serrant sur la poitrine.

— Comment ?

— Demandez à Léonard, il connaît les livres dans lesquels on raconte ces secrets. Lui seul sait quel véritable visage eurent Jean, Pierre ou Matthieu... Et même Madeleine. Vous n'avez pas encore vu son merveilleux travail au monastère de Santa Maria ?

— Si, bien sûr, répondit la comtesse à contrecœur en se souvenant encore une fois que, à cause du *Cénacle*, ce n'était pas Léonard qui était à cet instant chez elle. J'y suis allée il y a deux mois. Le duc voulait me montrer l'avancée des travaux de son peintre favori et je fus bouleversée par la magnifique exécution de ce mur. Je me souviens qu'il restait encore à terminer les visages de certains apôtres et, dans le monastère, personne ne sut nous dire quand ils seraient prêts.

— Personne ne le sait, c'est certain, admit Luini. Léonard ne trouve pas de modèles pour certains apôtres. Bien que les visages sinistres ne manquent pas à la Cour, s'il est déjà difficile d'y trouver la perversité d'un Judas, alors imaginez comme c'est compliqué pour un visage pur et charismatique comme celui de Jean. Vous n'imaginez pas le nombre de personnes que le peintre a dû examiner pour trouver le disciple préféré. Léonard souffre beaucoup chaque fois qu'il tombe sur ces obstacles et prend du retard.

— Amenez-lui ma fille, alors ! s'exclama la comtesse en riant, et qu'il assoie la Madeleine à table à la place de Jean.

La comtesse Crivelli, amusée, se leva de son canapé entourée de ce nuage de parfum qu'elle promenait dans le palais. Majestueuse, elle s'approcha du peintre et laissa tomber sa main délicate sur son épaule.

— Cela suffit comme bavardage pour aujourd'hui, maître. Terminez le portrait au plus vite et vous recevrez le solde de votre paiement. Il vous reste au moins deux heures avant la tombée de la nuit. Profitez-en.

— Oui, madame.

Les pas de la comtesse résonnèrent sur le carrelage et s'estompèrent peu à peu, jusqu'à ce qu'il n'y eut plus aucun bruit. Elena garda la position sans sourciller, immobile et magnifique, avec sa peau rosée et son corps parfait. Quand elle fut certaine que sa mère avait bien disparu dans ses appartements, elle sauta sur le divan :

— Oui, oui, maître, applaudit-elle en lâchant le crâne qui alla rouler aux pieds du peintre. Oui, présentez-moi à Léonard ! Je vous en prie !

Luini la regarda, retranché derrière son chevalet.

— Vraiment, vous voulez le connaître ? murmura-t-il après avoir donné deux coups de pinceaux distraits alors qu'il ne pouvait plus feindre l'indifférence.

— Bien sûr ! Vous-même avez dit tout à l'heure qu'il me révélerait peut-être à moi son secret...

— Je vous préviens, vous n'aimerez peut-être pas du tout ce que vous trouverez, Elena. Léonard de Vinci est un homme au caractère fort. Il semble distrait mais en réalité il est capable de tout voir avec la précision d'un orfèvre. Il distingue le nombre des feuilles d'une fleur en y jetant seulement un coup d'œil et il s'obstine à étudier chaque chose avec une minutie qui désespère ses élèves.

La petite comtesse ne perdit pas espoir :

— Cela me plaît, maître. Enfin un homme qui sait voir les détails.

— Oui, Elena, mais j'avoue qu'il n'aime pas beaucoup les femmes.

— Oh ! (Un ton de déception se glissa dans sa voix.) Cela semble être l'usage parmi les peintres, n'est-ce pas, maître ?

Luini se retira encore plus derrière le tableau quand son modèle se mit debout en lui dévoilant toute sa beauté. Une chaleur subite lui monta aux joues, le faisant rougir, asséchant sa gorge.

— Pourquoi dites-vous cela, Elena ?

Elle se jucha sur le canapé pour le voir par-dessus le chevalet. Son corps trembla de satisfaction :

— Parce que cela fait des jours que je pose nue, que vous et moi sommes enfermés dans la même salle, et vous n'avez fait aucune tentative pour vous approcher de moi. Mes dames de compagnie disent que cela n'est pas normal et elles se demandent, les coquines, si vous n'êtes pas un *castratus*.

Luini ne sut que répondre. Il leva les yeux et se retrouva nez à nez avec son interlocutrice, baignée d'essence de nard, la peau palpitante. Il ne fut jamais capable d'expliquer ce qui se passa ensuite : la pièce commença à tourner autour de lui tandis qu'une force puissante le dominait complètement. Il jeta son pinceau et sa palette et tira la petite comtesse vers lui. Le contact avec ce jeune corps le fit tressaillir :

— Vous êtes... pucelle ? balbutia-t-il.

Elle éclata de rire.

— Non. Plus maintenant.

Et, en se jetant sur lui, elle l'embrassa avec une impétuosité qui lui fit perdre toute raison.

# 21

Comme l'avait prédit le père Bandello, le *Cénacle* devint bientôt une véritable obsession. Ce seul après-midi du samedi, profitant de la clé qu'il avait mise à ma disposition, je retournai voir la fresque quatre fois avant le coucher du soleil, après m'être assuré que le lieu était désert. Je crois que ce fut ce jour-là que la communauté, en voyant mon agitation, commença à me surnommer père *Trottola*. Chaque fois qu'un moine me croisait, il me trouvait comme distrait, déambulant non loin du réfectoire, et m'entendait poser la sempiternelle question : « Vous n'auriez pas vu Léonard de Vinci ? »

Je suppose que j'étais arrivé au monastère au pire moment pour le rencontrer. Les préparatifs des funérailles avaient changé les habitudes de la ville mais surtout celles du monastère. Tandis que frère Alessandro et moi nous creusions la cervelle pour déchiffrer l'énigme de l'Augure, le reste de la communauté vivait dans l'attente des cérémonies. Cela faisait treize jours que la duchesse nous avait quittés. Son corps reposait, embaumé, dans un cercueil de bois d'acacia installé dans la chapelle familiale du château. Les ambassadeurs des royaumes invités à l'inhumation déambulaient, impatients, dans la forteresse du More et le couvent, à la recherche de nouvelles à propos de la cérémonie.

Ces allées et venues sans fin me demeurèrent étrangères jusqu'au matin du dimanche 15 janvier, fête de saint More. Grâce au ciel, les cloches me réveillèrent tôt. Inquiet, j'avais mal dormi. J'avais rêvé des douze hommes du *Cénacle* qui se déplaçaient et parlaient autour du Messie. Je pouvais presque deviner les intentions obscures de chacun d'eux, mais je sentais que le temps dont je disposais pour leur arracher leurs secrets s'épuisait. Ce dimanche, Béatrice d'Este serait enterrée sous le panthéon flambant neuf des Sforza, sous l'autel principal de Santa Maria, et il était possible que le mystérieux Augure, qui nous avait prévenus tant de fois contre elle, se décidât à se présenter au monastère.

Je me dirigeai vers le réfectoire après les oraisons de l'aube. Je savais avec certitude que je ne disposerais pas d'autre moment pour me recueillir dans sa commode solitude. Je voulais me plonger de nouveau dans les traits aux vives couleurs de la fresque en imaginant que le mystérieux travail du Toscan ne consistait pas à peindre ce mur, mais à tirer de lui peu à peu, avec la précision d'un chirurgien, une scène magique gravée sous le stuc par les anges eux-mêmes.

J'étais perdu dans ces pensées délirantes quand, en tournant à l'ouest du Cloître des Morts et en enfilant mes pas jusqu'au portail qui protégeait le réfectoire, je le trouvai grand ouvert. Deux hommes que je n'avais jamais vus bavardaient avec animation sous le linteau.

— Vous êtes au courant pour le bibliothécaire ? dit celui qui était le plus près.

Il avait des chausses rouges et un pourpoint boutonné, à rayures jaunes et blanches. Son visage de chérubin était encadré de boucles dorées. En les entendant parler de frère Alessandro, je mis mon capuchon et, l'air distrait, décidai de les écouter à une distance raisonnable.

— Le maître m'a raconté quelque chose, répondit l'autre, un jeune homme brun à l'aspect athlétique et séduisant. Ils disent qu'il est très nerveux et tous craignent qu'il ne fasse une bêtise.

— C'est logique. Cela fait trop longtemps qu'il pratique ce maudit jeûne. Je crois qu'il est en train de perdre la raison.

— La raison ?

— Le manque d'alimentation doit provoquer en lui des hallucinations. Il est obsédé par l'idée d'être découvert et qu'on l'éloigne de ses chers livres. Vous auriez dû voir comme il tremblait de peur, hier soir. On aurait dit un roseau secoué par le vent.

Le plus costaud des deux regarda ensuite vers l'endroit où je m'étais posté, m'obligeant à m'avancer pour ne pas être surpris. Je pus encore l'entendre dire une dernière chose :

— L'éloigner de ses livres, vous dites ? Ce n'est pas possible, affirma-t-il d'un ton sentencieux, je ne crois pas qu'ils oseraient. Il a toujours accompli son travail avec zèle, il ne mérite pas pareil châtiment...

— Alors vous êtes d'accord avec moi ?

— Oui, tout à fait. Le jeûne va finir par le tuer.

Cela me rendit soupçonneux. Qu'un fait aussi intime, aussi personnel que le jeûne de frère Alessandro fût connu de ces étrangers au monastère n'était pas normal. Je sus plus tard que l'homme aux chausses rouges était Salaino, le disciple favori et protégé de Léonard, et que le brun était un gentilhomme, apprenti du peintre qui répondait au nom de Marco d'Oggiono. C'étaient eux, comme me l'avait dit Bandello, qui utilisaient souvent la clé du réfectoire. Ils allaient y préparer des mélanges de couleurs pour le maître ou installer ses outils pour qu'il les ait à portée de main. Mais comment expliquer leur présence ce dimanche, avec l'enterrement de Béatrice d'Este si proche ? Et que dire de leurs habits de cérémonie ? Et que signifiait la nervosité de frère Alessandro ? Intrigué, je passai devant eux pour me diriger vers l'escalier de la bibliothèque en essayant de ne pas trop attirer leur attention.

Une foule de questions assaillaient mon esprit, impossible d'en arrêter le flot. Où diable le bibliothécaire avait-il passé la nuit ? Avait-il vraiment rencontré Léonard ? Et pour quelle raison ? Le moine n'avait-il pas critiqué ouvertement le maître au cours de nos conversations ? Etait-il subitement devenu l'un de ses amis ?

Soudain, un frisson me parcourut le dos. J'avais vu frère Alessandro la veille, à vêpres. Il avait tenu à me montrer les manuscrits que Léonard avait consultés dans la bibliothèque du monastère, pour m'aider à trouver parmi eux le livre fermé que l'abbé avait vu dans les cartes de la duchesse. Mais à aucun moment je n'avais perçu de changement dans son humeur. Ce jour-là, j'eus de la peine pour lui. Ce moine qui m'avait reçu à bras ouverts, qui s'était mis à mon service à peine avais-je posé le pied à Santa Maria, ignorait ce qui se tramait dans ce lieu. Pris de remords, j'avais fini par lui révéler ce que je savais de Léonard et du défi que constituait le *Cénacle*. Je lui devais bien cela.

— Ce que je vais vous dire, avais-je commencé, ne devra jamais sortir de votre bouche...

Le bibliothécaire m'avait observé, étonné.

— Vous me le jurez ?

— Par le Christ.

Je hochai la tête, satisfait.

— C'est bien. Le prieur pense que Léonard a caché un message secret dans la fresque du réfectoire.

— Un message, dans *La Cène ?*

— Il soupçonne un fait qui pourrait affaiblir la doctrine de la sainte Eglise. Une croyance que le peintre aurait tirée d'un de ces livres que vous lui avez procurés.

— Lequel ? s'impatienta le bibliothécaire.

— Je pensais que vous pourriez me le dire.

— Moi ? Mais il a demandé beaucoup de titres de notre bibliothèque.

— Par exemple...

— Il y en a eu tellement... hésita-t-il. Je ne sais plus. Peut-être a-t-il été intéressé par le *De secretis artis et naturae operibus*[18].

— De quoi traite cet ouvrage ?

— C'est un manuscrit rare, franciscain. Vous en avez certainement entendu parler par le frère Amédée de Portugal. Vous vous souvenez de lui ?

— L'auteur de l'*Apocalipsis nova*.

— Exactement. Dans ce livre, un moine anglais appelé frère Roger Bacon, célèbre inventeur et écrivain accusé d'hérésie et emprisonné par l'Inquisition, rendait compte des douze formes différentes possibles pour cacher un message dans une œuvre d'art.

— C'est un texte religieux ?

— Non, plutôt technique.

— Vous ne voyez pas un autre livre qui aurait pu lui servir de source d'inspiration ? insistai-je.

Frère Alessandro se caressa le menton d'un air pensif. Il ne me paraissait pas nerveux ni altéré par mes questions. Il se montrait aussi serviable que d'habitude, comme si ce que je venais de lui révéler sur Léonard de Vinci ne l'avait pas du tout affecté.

— Voyons, laissez-moi réfléchir..., murmura-t-il. Ah, oui ! Il a pu se servir de la vie des saints de frère Jacques de Voragine... Oui. Là, il aurait pu trouver ce que vous cherchez...

— Dans les œuvres du fameux archevêque de Gênes ? répliquai-je stupéfait. Mais quel rapport cet ouvrage aurait-il avec le message occulte du *Cénacle* ?

— Si ce message existe vraiment, ces livres pourraient contenir la clé pour le déchiffrer. (Frère Alessandro ferma les yeux comme s'il voulait se concentrer.) Jacques de Voragine, dominicain comme nous, recueillit en Orient toutes les informations qu'il put trouver sur la vie des premiers saints ainsi que des disciples de Notre-Seigneur. Ses recherches enthousiasmèrent Léonard.

Je haussai les sourcils, incrédule.

— En Orient ?

— Ne vous étonnez pas, père Leyre, continua-t-il. Les détails que contient ce livre ne sont pas précisément canoniques.

— Ah ?

— Non. L'Eglise n'accepterait jamais les liens de parenté des douze apôtres décrits par frère Jacques. Vous saviez, par exemple, que Simon et André étaient frères ? Ce fait explique peut-être que Léonard les ait peints comme des jumeaux dans le réfectoire.

— Vraiment ?

— Dans son livre, Voragine affirme que l'on confondait Jacques avec le Christ lui-même, et vous avez certainement remarqué l'énorme ressemblance qu'il a avec Jésus dans le *Cénacle* ?

— Alors, Léonard a certainement lu cette œuvre, dis-je.

— Plus encore, il l'a étudiée à fond. Et d'après ce que vous me dites, il l'a fait avec plus d'intérêt que pour l'opuscule de Roger Bacon, vous pouvez en être certain.

Et c'est sur ces mots que s'était terminée ma conversation avec frère Alessandro.

Et donc, quand j'entendis les élèves du Toscan dire que le bibliothécaire avait vu Léonard cette nuit même, je tremblai. Cette indiscrétion fortuite confirmait non seulement que le vieil homme m'avait caché quelque chose d'aussi important que son amitié avec le peintre, mais aussi que celui que je considérais comme mon unique allié à Santa Maria m'avait dénoncé.

Mais pour quelle raison ?

## 22

Je cherchai partout le bibliothécaire. Sur son pupitre étaient encore posés les deux tomes de *La Légende dorée* qu'il m'avait montrés la veille. Le nom de l'auteur et le titre latin du livre se détachaient en lettres repoussées de grande taille : *Legendi di sancti vulgari storiado*. Il n'y avait pas trace par contre de l'autre livre, celui des arts secrets de Roger Bacon. Frère Alessandro devait le tenir bien caché. Avait-il voulu détourner mon attention de ce traité ? Et si c'était le cas, dans quel but ?

Les questions s'accumulaient. J'avais besoin que le moine m'explique certaines choses. Mais j'eus beau le chercher dans l'église, la cuisine ou le bâtiment des cellules, personne ne put me dire où il se trouvait. Je n'osai insister davantage. Avec la foule croissante qui s'approchait de Santa Maria pour voir de près le cortège funèbre, il n'était pas difficile de perdre de vue le bibliothécaire. Je savais que tôt ou tard je finirais par tomber sur lui et qu'alors il m'exposerait ce qui se passait.

Vers dix heures du matin, la place située devant l'église et tout le chemin qui la séparait du château étaient occupés par une foule silencieuse. Tous portaient leurs plus beaux habits et s'étaient pourvus de bougies et de palmes sèches qu'ils agiteraient quand passerait le cercueil de la duchesse. Une aiguille n'aurait pu se glisser dans cette multitude compacte. L'entrée de l'église, par contre, avait été réservée aux invités et membres des ambassades par ordre exprès du duc. On avait érigé sous la tribune une estrade couverte de velours et ornée de cordons dorés terminés par des glands sur laquelle le More et ses hommes de confiance entonneraient leurs oraisons. L'endroit avait été mis sous la protection de la garde personnelle du duc et seuls les moines jouiraient d'une certaine liberté pour entrer et sortir.

Je me dirigeai vers la partie noble de l'église, non pas tant avec l'espoir de rencontrer frère Alessandro qu'avec l'idée de voir pour la première fois le célèbre peintre Léonard de Vinci. Si ses aides avaient ouvert le réfectoire ce matin, il était probable que leur mentor ne devait pas être bien loin.

Mon instinct ne me trompa pas.

A onze heures, une agitation soudaine altéra la tranquillité du temple de Santa Maria. La porte principale, située sous l'oculus le plus grand, s'ouvrit avec grand fracas. A l'extérieur, les trompettes résonnèrent pour annoncer l'arrivée du duc et de sa suite. L'avis suscita une ovation discrète parmi les fidèles auxquels on avait permis l'accès. Une douzaine d'hommes au visage sévère et au regard morne, couverts d'une large cape et d'ornements de peau noire, entrèrent d'un pas martial en se dirigeant vers la tribune. Alors je le vis. Bien qu'il fermât la marche, l'artiste se détachait du groupe comme Goliath parmi les Philistins. Ce ne fut pas sa haute taille seulement qui retint mon attention. Le Toscan, à la différence des brocarts de pierres précieuses et manteaux de soie que portaient les chevaliers, était habillé de pied en cap en blanc, et arborait une longue barbe blonde bien coupée qui tombait sur sa poitrine. Il avança en regardant d'un côté et de l'autre comme s'il cherchait des visages connus dans la multitude. A cette distance, son allure paraissait celle d'un fantôme d'une autre époque. Le More, qui marchait trois pas devant lui, la peau sombre et les cheveux noir foncé coupés au bol, était l'opposé exact du profil solaire du géant. Tout le monde avait les yeux fixés sur ce dernier. Les gonfaloniers, les porte-étendards des différentes maisons royales qui avaient accouru à l'enterrement, tous percevaient d'abord sa présence avant celle du duc. Et pourtant le Toscan paraissait indifférent à toute cette attention.

« Soyez les bienvenus dans la maison de Notre-Seigneur. » Du haut de l'autel, le père Bandello les accueillit par ces mots, entouré de moines habillés pour l'occasion. Près de lui se tenaient l'archevêque de Milan, le supérieur des franciscains et une douzaine des membres du clergé.

Le More et sa suite se signèrent et s'installèrent sur l'estrade qui leur était réservée au moment même où le groupe de musiciens portant le blason des Sforza entrait dans l'église et annonçait l'arrivée du cercueil.

Léonard de Vinci, debout dans la troisième rangée de l'estrade, regardait de tous côtés et notait d'un geste vif ses observations dans un de ces *taccuini* qui ne le quittaient jamais. Il semblait surveiller les visages de la foule de la même façon qu'il écoutait les accords d'orgues ou le claquement des bannières des cortèges. On m'avait dit que, la veille, il était resté en extase en admirant le vol des quatre cents colombes que l'on avait libérées sur la place du Dôme, et l'on m'avait même assuré qu'il avait noté avec joie les salves des canons que le nonce du pape avait donné l'ordre de faire tonner sous les murailles de la ville, en l'honneur de la défunte. A ses yeux, tout méritait d'être consigné. Tout renfermait les traits de la science secrète de la vie.

Evidemment, je ne fus pas le seul à observer ses mouvements durant la cérémonie. Autour de moi, les gens murmuraient à son sujet. Plus je me perdais dans son regard azur et son port majestueux, plus je sentais la nécessité de faire sa connaissance. L'Augure d'abord et le père Bandello ensuite avaient fait croître cette curiosité qui maintenant me brûlait à l'intérieur.

Les invités me rendirent plus curieux encore. Ils chuchotaient comme des perruches au sujet de la dernière lubie du peintre : terminer un traité de peinture dans lequel il prévoyait d'insulter les poètes et sculpteurs afin de montrer la supériorité de ses pinceaux. Son esprit génial employait indifféremment les heures à distraire le More de sa douleur qu'à dessiner des ponts-levis impossibles, des tours d'assaut qui se déplaceraient sans chevaux, ou des grues pour décharger des bateaux de laine depuis les *navigli*[19].

Le peintre, distrait, ignorait les passions qu'il déclenchait. Maintenant, il semblait griffonner sur son carnet une esquisse de l'étrange costume que portait le duc pour l'occasion : un manteau de soie noire magnifique, garni de crevés, peut-être pour donner à entendre qu'il l'avait déchiré de ses propres mains en signe de deuil.

J'ignorais alors combien j'étais près de converser avec le maître.

Ce fut frère Giberto, le sacristain, qui m'offrit le premier contact avec le peintre en profitant d'une circonstance aussi dramatique qu'inespérée. Cela se produisit pendant que frère Bandello prononçait la formule de la consécration. Ce jeune homme du Nord, aux joues rosies et aux cheveux couleur de citrouille, s'approcha de moi par-derrière et tira avec force sur mon habit.

— Père Leyre, écoutez-moi ! me supplia frère Giberto, désespéré, les yeux exorbités et injectés de sang. Il est arrivé quelque chose de terrible en ville. Vous devez venir immédiatement !

— Parlez, je vous écoute !

Les mains du Germain tremblaient.

— Un châtiment de Dieu, siffla-t-il, un châtiment pour ceux qui défient le Très-Haut... !

Le sacristain ne put terminer. Benedetto, le borgne confesseur du prieur, et frère Andrea de Inveruno, avec ses gestes affaiblis, s'approchèrent de moi, arborant sur leurs visages la même expression d'urgence :

— Nous devons partir immédiatement, le temps presse !

— Vous nous accompagnez, père Leyre, dit le sacristain à bout de forces, je crois que nous allons avoir besoin de renforts.

Tant de pression me désarma. Je ne savais pas où je devais les accompagner ni pour quelle raison, mais quand je vis un page du duc s'approcher de Léonard et lui murmurer quelques mots à l'oreille tandis qu'il tirait sur sa manche d'un air effrayé, j'acceptai. Il s'était passé quelque chose de grave et je devais savoir de quoi il s'agissait.

# 23

Les deux gardes du duc n'en croyaient pas leurs yeux. Devant eux, le corps sans vie d'un moine. Une grosse corde de sparte épaisse comme un poing lui serrait le cou alors que son corps se balançait sur une des poutres de la place du marché.

Andrea Rho, leur chef, n'avait pas encore déjeuné quand on l'avait appelé sur les lieux. Il n'avait même pas terminé de boutonner son uniforme quand la nouvelle avait interrompu son ennuyeuse matinée du dimanche. Les cheveux ébouriffés, le ventre vide et l'odeur reconnaissable entre toutes d'un ours à peine réveillé, Rho s'était approché de mauvaise grâce pour voir ce qui se passait. Il ne pouvait plus faire grand-chose. Le malheureux avait la peau bleuie et glacée, les veines du visage gonflées et les yeux ouverts et secs. La terreur qui se lisait dans ses pupilles suggérait une mort cruelle. Le défunt avait agonisé longtemps. Ses bras maintenant raidis tombaient autour de son habit, tandis que les longues manches laissaient à peine entrevoir deux mains soignées, minces, raides. Une odeur aigre de mort parvint aux narines du capitaine.

Rho regarda la foule de curieux assoiffée de spectacle.

Beaucoup rentraient chez eux, déçus de n'avoir pu voir le somptueux carrosse mortuaire de la duchesse, et cette soudaine agitation promettait de compenser leur désappointement. Rho se méfiait de tous. Il cherchait un visage qui trahirait la complicité, qui regarderait la scène avec orgueil.

— Que s'est-il passé ? demanda-t-il au garde qui était venu le chercher.

— C'est un religieux, un moine, répondit ce dernier d'un ton martial tandis qu'il essayait de maintenir à distance les curieux, les bras croisés sur sa poitrine et sa pique enfoncée par terre.

— Oui, merci, j'avais deviné, Adriano.

— Vous allez comprendre, monsieur, balbutia le soldat. Cet homme est apparu pendu ici ce matin même. Aucun atelier, aucun magasin, aucun étal de ce quartier n'a ouvert aujourd'hui, aussi personne n'a rien vu...

— Tu l'as fouillé ?

— Pas encore.

— Qu'est-ce que tu attends ? Tu ne sais toujours pas si on lui a volé quelque chose ?

Adriano secoua la tête avec un geste d'appréhension. Il n'avait sans doute jamais touché un cadavre. Rho fit une moue de dédain avant de s'adresser à la foule.

— Personne n'a rien vu, hein ? leur cria-t-il. Vous êtes tous des lâches ! des rats !

Personne ne bougea. La foule regardait, fascinée, le mouvement pendulaire subtil du moine en se demandant à voix basse ce qui avait pu se passer. Tous savaient que les religieux ne se déplaçaient jamais d'habitude avec une bourse remplie d'or et qu'ils étaient rarement la cible de voleurs. Mais s'il se n'agissait pas de vol, qui avait tué le moine ? Et pourquoi l'avait-on supplicié et abandonné sur la voie publique ?

Andrea Rho fit encore une fois le tour du cadavre avant de poser une autre question malicieuse à son compagnon :

— Bien, Adriano, faisons preuve d'un peu d'intelligence ici. A ton avis, on l'a tué ou il s'est pendu tout seul ?

Le jeune garçon, les épaules basses et le regard vacillant, médita un instant sur cette question comme si elle contenait un avancement pour lui. Il rumina sa réponse avec soin et, quand il fut sur le point d'ouvrir la bouche pour répondre enfin, il en fut empêché par une forte voix qui hurla, magnifique, au milieu de la foule :

— Il s'est tué, capitaine ! Il s'est tué, cela ne fait aucun doute !

Ce timbre viril et sec qui fit presque trembler les arcades du marché impressionna la foule :

— Et de plus, poursuivit la voix, je peux aussi vous donner son identité, il s'agit du frère Alessandro Trivulzio, bibliothécaire du monastère de Santa Maria delle Grazie. Que Dieu accueille son âme.

L'inconnu s'avança alors en se frayant un chemin parmi les curieux. Adriano, qui était demeuré bouche bée, le suivit des yeux. Il s'agissait en effet d'un individu assez extraordinaire : grand, robuste, impeccablement vêtu d'une tunique blanche qui lui tombait aux pieds, sa chevelure épaisse ramassée sous un bonnet de laine. Un jeune garçon d'aspect fuyant qui ne devait pas avoir plus de treize ans et paraissait très impressionné par la proximité du mort l'accompagnait.

— Enfin, un homme courageux ! s'exclama Rho. Et à qui ai-je l'honneur ? Et comment pouvez-vous être aussi sûr de ce que vous dites ?

Le colosse chercha les yeux du capitaine avant de répondre :

— C'est très simple, capitaine. Si vous faites attention à l'aspect du cadavre, vous verrez qu'il ne porte pas d'autre trace de violence que celle de la déchirure du cou. S'il avait résisté à la mort ou s'il avait été attaqué, son habit serait sali, peut-être même couvert de sang. Ce n'est pas le cas. Ce moine a accepté sa fin de bon gré. Et si vous regardez encore plus attentivement, vous verrez en dessous de lui le petit baril qui lui a servi d'estrade pour se hisser jusqu'à la poutre, et nouer la corde autour de son cou.

— Vous savez beaucoup de choses sur les morts, monsieur, se moqua le garde.

— J'ai eu souvent l'occasion d'en voir, et de plus près encore. L'étude des cadavres est l'une de mes passions. Et j'ouvre leurs corps de haut en bas pour transformer leurs entrailles en science.

Le géant mit une certaine emphase sur cette phrase alors qu'un murmure d'horreur se répandait sur la place.

— Si vous aviez eu l'occasion de contempler autant de pendus que moi, capitaine, vous vous seriez aperçu d'un autre élément important.

— Lequel ?

— Ce corps se trouve ici depuis plusieurs heures.

— Vraiment ?

— Sans aucun doute, affirma l'homme. Il suffit de regarder la nuée de mouches qui vole autour. Celles-ci, petites et nerveuses, mettent entre deux et trois heures avant de s'approcher d'un cadavre. Et regardez comme elles virevoltent à la recherche de nourriture. N'est-ce pas extraordinaire !

— Vous ne m'avez toujours pas dit qui vous étiez.

— Je m'appelle Léonard de Vinci, capitaine, et je sers le duc, comme vous.

— Je ne vous avais jamais vu auparavant.

— Les domaines du More sont très étendus, dit Léonard en cachant un rire impropre aux circonstances. Je suis artiste et je travaille à divers de ses projets, l'un d'entre eux se trouve dans le couvent de Santa Maria delle Grazie. C'est pour cela que je connaissais bien ce malheureux. Et vous savez quoi ? C'était même un ami.

Tandis qu'il faisait le signe de croix, le garde regarda les manières de cet inconnu. Il finit par accepter l'idée qu'il devait se trouver devant un notable de la ville. Comme tous à Milan, il avait entendu parler d'un certain savant appelé Léonard et de ses extraordinaires pouvoirs. Il se souvint alors de ce que l'on disait de lui. Que non seulement il était capable de capturer l'âme humaine sur sa toile et de fondre la plus grande statue équestre que virent les siècles pour rappeler le défunt Francesco Sforza, mais aussi qu'il avait des connaissances médicales qui frisaient le miracle. Ce type collait assez bien à l'image qu'il s'était faite de lui.

— Dites-moi donc, maître Léonard, à votre avis pour quelle raison ce moine a-t-il voulu se pendre ici ?

— Cela je l'ignore, capitaine, répondit le peintre, courtois. Bien que je puisse interpréter avec facilité les signes externes, la volonté des hommes est souvent impossible à discerner. Néanmoins, la réponse est peut-être toute simple. De la même manière que je viens souvent acheter mes toiles et peintures dans ce lieu, il aura pu s'approcher à la recherche d'une autre marchandise, puis une pensée funeste lui sera passée par l'esprit, et il aura décidé que c'était un bon jour pour mourir. Vous ne pensez pas... ?

— Un dimanche ? s'exclama le capitaine Rho. Avec les funérailles de la duchesse célébrées dans son propre monastère ? Non, je ne crois pas.

Le géant haussa les épaules :

— Dieu seul sait ce qui peut traverser l'esprit de ses serviteurs...

— Oui.

— Si vous le décrochiez et le fouilliez avec délicatesse, vous trouveriez peut-être un indice vous indiquant ce qu'il était venu faire ici au marché. Et si vous l'estimez opportun, je mets à votre service la science médicale que je possède pour établir la cause et l'heure de sa mort. Il vous suffit d'envoyer son corps à mon atelier de...

Le peintre ne put terminer sa phrase. Giberto, Andrea et moi arrivâmes sur ces entrefaites. Le borgne marchait en tête, muet, avec ce regard des fauves prêts à attaquer. Quand il vit de son unique œil la tunique blanche de Léonard près du corps de frère Alessandro, il pâlit.

— Vous oseriez profaner le corps d'un servant de saint Dominique, messire Léonard ! rugit-il avant de l'atteindre.

Le Toscan tourna la tête dans notre direction. Une seconde après, il nous saluait avec révérence et nous présentait ses excuses :

— Je le regrette, père Benedetto. Je déplore cette mort tout autant que vous.

Le borgne jeta un coup d'œil au visage inerte de frère Alessandro et le reconnut aussitôt. Il semblait impressionné, même s'il l'était moins que moi. Je palpai, stupéfait, ses mains froides et rigides, incapable de croire à sa mort. Et que dire de Léonard ? Que faisait là notre peintre ? Pourquoi montrait-il tant d'intérêt pour le bibliothécaire ? N'avais-je pas là la confirmation définitive que ce dernier et lui avaient maintenu une relation étroite ? Je me signai en me jurant d'éclaircir l'affaire, tandis que le peintre murmurait ces paroles :

— Que le Seigneur le reçoive en sa gloire, dit-il.

— Et en quoi cela vous regarde-t-il ? s'indigna frère Benedetto, furieux. Ce pauvre idiot n'était utile à personne sauf à vous ! Admettez-le maintenant !

— Vous l'avez toujours sous-estimé.

— Pas autant que vous.

Un mouvement d'impatience passa sur le visage du peintre.

— De plus, poursuivit Benedetto, je suis surpris que vous émettiez un jugement aussi prématuré sur sa mort. C'est indigne de votre renommée. Notre bibliothécaire aimait la vie. Pourquoi aurait-il choisi de mourir ?

J'attendis la réponse du Toscan, mais il demeura silencieux. Il avait sans doute deviné le piège du borgne. Les moines de Santa Maria allaient essayer de convaincre la garde ducale que notre frère était tombé dans une embuscade. Accepter la thèse du suicide serait le déshonorer et, de plus, rendrait impossible son inhumation dans un sol consacré.

Nous décrochâmes avec soin le cadavre. Le bibliothécaire conservait cette curieuse moue dessinée sur ses lèvres. Une moue moqueuse, presque amusée, qui contrastait avec son regard décomposé plein de terreur. Le Toscan, dans un geste pieux auquel personne ne s'attendait, s'approcha de lui, lui ferma les yeux et lui murmura quelque chose à l'oreille.

— Vous parlez aussi aux morts ? dit, moqueur, le capitaine Rho qui s'était approché du peintre.

— Oui, capitaine, je vous ai déjà dit que cet homme était mon ami.

Et en disant cela il prit la main de l'enfant aux boucles blondes et au regard transparent qui l'avait accompagné, et rebroussa chemin par la ruelle des Couteliers.

# 24

Je ne m'explique toujours pas les événements qui suivirent.

En voyant s'éloigner Léonard qui disparaissait parmi la foule, je me souvins du conseil de frère Alessandro : « Celui auquel vous pensez le moins aura la réponse à votre énigme. » Et si la solution de l'identité de l'Augure était en possession de son plus grand ennemi ? me dis-je. Je n'avais rien à perdre en le consultant. En quoi échanger quelques mots avec ce géant à la tunique blanche et aux yeux bleus allait-il affaiblir mon enquête ?

Ce fut alors que je pris ma décision.

Je laissai mes compagnons retrousser leurs manches et recueillir le corps de frère Alessandro, m'excusai comme je le pus, et pressai le pas vers la ruelle que venait d'emprunter le maître. Comme je ne le vis toujours pas en tournant le coin, je pressai le pas, le souffle haletant.

— Vous vous donnez beaucoup de mal pour arrêter un pauvre artiste ! tonna soudain derrière moi une voix forte.

Le peintre s'était arrêté pour regarder un étalage de

légumes et je l'avais dépassé sans remarquer sa présence.

Léonard et son éphèbe sourirent de concert, étirant les lèvres de la même manière et plissant leurs yeux clairs d'un geste commun.

— Voyons, laissez-moi deviner, poursuivit le géant tandis qu'il me regardait fixement. C'est le laquais du prieur qui vous envoie, le frère borgne, Benedetto, pour me demander si je sais autre chose sur la mort du bibliothécaire. Je me trompe ?

— Oui, répondis-je tandis que je revenais sur mes pas. Ce n'est pas lui qui m'envoie, mais ma seule curiosité.

— Tiens ?

Je sentis un étrange pincement au cœur. De près, Léonard était beaucoup plus séduisant que ce qu'il m'avait semblé sur la tribune. Ses traits fins montraient un homme de principes. Il avait des mains épaisses, fortes, capables d'arracher une dent s'il le fallait... Ou de donner vie à un mur avec ses dessins magiques. Quand il me transperça de son regard, j'eus l'étrange impression que je ne pourrais pas lui mentir.

— Permettez que je me présente, dis-je. En réalité je n'appartiens pas à la communauté de Santa Maria. Je suis seulement son hôte. Je m'appelle Agustín Leyre, père Leyre.

— Et... ?

— Je suis de passage à Milan. Mais je voulais profiter de cette occasion pour vous dire combien j'admire le travail que vous avez entrepris au réfectoire. J'aurais aimé vous rencontrer dans des circonstances plus propices, néanmoins Dieu dispose à Sa volonté.

— Le réfectoire, oui... (Le peintre baissa les yeux.) Il est regrettable que tous les moines de Santa Maria ne partagent pas votre avis.

— Frère Alessandro vous admirait, lui aussi.

— Je sais, je sais. Le bibliothécaire m'a secouru à des moments difficiles.

— Est-ce à cela que faisait allusion frère Benedetto quand il le traitait d'idiot à votre service ?

Léonard m'observa avec attention comme pour me jauger et déterminer les paroles qu'il allait utiliser. Il ne m'identifia peut-être pas comme l'inquisiteur dont ses disciples lui avaient sans doute déjà parlé. Ou, si c'était le cas, il fit en sorte que je ne m'en rende pas compte.

— Vous ne le savez peut-être pas encore, père Leyre, mais frère Alessandro m'a été d'une grande aide pour achever un des personnages les plus importants du *Cénacle*. Il se montra assez généreux, assez désintéressé pour me servir de modèle sans rien me demander en échange, tout en acceptant les difficultés que lui coûterait son geste.

— De quelles difficultés voulez-vous parler ?

Léonard haussa les sourcils en voyant mon étonnement. Je suppose qu'il ne pouvait pas concevoir un détail de cette importance qui soit passé inaperçu à mes yeux. Et de ce ton serein et magnifique qu'il avait, il daigna éclairer ma lanterne :

— Le travail du peintre est bien plus difficile que ce que les gens pensent, dit-il, très sérieux. Nous passons des mois à rechercher ici un geste, là le profil d'un visage qui correspondent à nos idées et qui nous servent de modèle. Il me manquait un Judas. Un homme qui aurait le mal gravé sur son visage, mais pas n'importe quel mal. J'avais besoin d'une laideur intelligente et éveillée qui reflète la lutte intérieure de Judas se débattant pour accomplir la mission que Dieu lui-même lui avait confiée. Car vous êtes bien d'accord avec moi, sans la trahison de Judas, le Christ n'aurait jamais accompli son destin...

— Et vous avez trouvé votre modèle ?

— Comment ! sursauta le géant, vous n'avez donc toujours pas compris ! Frère Alessandro me servit de modèle pour Judas. Son visage possédait toutes les caractéristiques que je recherchais. C'était un homme intelligent mais tourmenté, aux traits durs, aigus, qui offensaient presque quand il vous regardait.

— Et il s'est laissé peindre en Judas ? dis-je, stupéfait.

— De bon gré, père, et il ne fut pas le seul. D'autres membres de cette communauté ont posé pour cette œuvre. J'ai choisi ceux qui avaient les traits les plus purs.

— Mais, Judas, enfin..., protestai-je.

— Je comprends votre stupéfaction. Néanmoins vous devez admettre que frère Alessandro savait depuis le début à quoi il s'exposait. Il était conscient qu'aucun moine ne le regarderait de la même manière lorsqu'il aurait posé pour moi.

— C'est compréhensible, non ?

Léonard médita un instant comme pour savoir s'il devait continuer à me parler. Il prit de nouveau la main de l'enfant dans la sienne, puis ajouta quelque chose qui paraissait venir du plus profond de ses pensées :

— Ce que je ne pouvais pas prévoir et encore moins désirer, murmura-t-il, c'est que frère Alessandro finirait ses jours comme l'Iscariote lui-même, pendu, seul, loin de ses compagnons, et presque répudié de tous. Ou est-ce que vous n'aviez pas remarqué non plus cette coïncidence, père Leyre ?

— Non, mais j'ignorais qu'il avait posé pour vous.

— C'est vrai. Comme vous l'apprendrez bientôt,

dans cette ville rien n'arrive par hasard. Toutes les apparences sont trompeuses. Et la vérité se trouve toujours là où l'on s'y attend le moins.

Sur ces paroles sibyllines, alors que je n'osai pas lui demander de quoi il avait parlé avec frère Alessandro la nuit précédant sa mort, ni l'interroger pour savoir s'il avait entendu parler un jour d'un ennemi féroce que nous connaissions sous le nom de l'Augure, le peintre me quitta pour disparaître bientôt de ma vue.

# 25

Luini eut envie de fuir, mais la volonté lui fit défaut une fois de plus. Bien que sa conscience lui réclamât à grands cris qu'il s'éloigne de cette jeune fille, son corps jouissait déjà des assauts impétueux de la belle Elena. « Et puis, tant pis pour ma conscience », se dit-il avant de se repentir un instant après.

Il ne s'était jamais trouvé dans une situation semblable. Une des femmes les plus désirables du duché le conduisait sur les sentiers de la passion sans qu'il ait proféré la moindre parole. La fille des Crivelli était belle. Sans aucun doute la Madeleine au visage le plus angélique qu'il eût jamais contemplé. Et pourtant, Luini ne pouvait éviter de penser à Adam entraîné vers la perdition de la main d'une Eve luxurieuse. Il pouvait même sentir comme il mordait à la pomme vénéneuse dont le goût lui faisait perdre une innocence gardée avec tant de jalousie jusqu'à aujourd'hui. Aussi étrange que cela puisse paraître, Bernardino se comptait parmi les rares personnes qui croyaient encore que le véritable arbre de la science du bien et du mal avait été caché par Dieu entre les jambes de la femme, et qu'y goûter, ne serait-ce qu'une fois, équivalait à une condamnation éternelle.

— *Miserere domine...*, se désespéra-t-il.

Si Elena lui avait laissé alors un instant de répit, le peintre aurait éclaté en sanglots. Mais non, rouge de plaisir, il céda à chacune des demandes de la petite comtesse, horrifié pourtant quand celle-ci, juchée sur sa virilité, lui demandait encore et encore les vertus de Marie Madeleine :

— Racontez-les-moi, racontez-moi tout ! exigeait-elle en haletant et riant de plaisir. Expliquez-moi pourquoi la Madeleine vous intéresse tant ! Révélez-moi le secret de Léonard...

Luini, suffoquant, les chausses sur les chevilles, assis sur le divan qu'occupait quelques instants auparavant Lucrezia Crivelli, faisait de véritables efforts pour ne pas bégayer.

— Mais, Elena, dit-il sans plus aucun courage, je ne peux pas comme ça.

— Promettez que vous me le raconterez !

Luini ne répondit pas.

— Promettez !

Et ce pécheur, exténué, finit par le lui jurer deux fois devant le Christ. Dieu seul sait pourquoi.

Quand tout fut terminé et qu'il put récupérer ses esprits, le peintre se releva lentement et se rhabilla. Il était confus, troublé. Léonard l'avait prévenu du danger que représentaient les filles du serpent. Se donner à elles, c'était manquer à la suprême obligation de tout peintre, et violer le précepte sacré de la création solitaire. « Ce n'est qu'en te maintenant loin d'une épouse ou d'une amante que tu pourras te consacrer corps et âme à l'art suprême de la création, écrivait-il. Si au contraire tu prends femme, tu diviseras tes dons par deux. Par trois si tu as un enfant et tu les perdras complètement si tu mets plus de créatures au monde. » Ces reproches commencèrent à émerger dans son esprit. Luini se sentit alors fragile et indigne. Il avait péché. En quelques minutes seulement, il avait détruit sa réputation d'homme parfait. Il n'était plus qu'une mauvaise parodie de lui-même. Et le mal était irréversible.

La jeune Elena, qui n'avait pas bougé, regardait son peintre sans comprendre pour quelle raison il s'était soudain figé.

— Vous vous sentez bien ? demanda-t-elle avec douceur.

Luini demeura silencieux.

— Vous n'avez peut-être pas été satisfait ?

Luini, les yeux humides et une moue retenue, essaya d'étouffer les remords qui l'assaillaient. Que pouvait-il dire à cette créature ? Pouvait-elle comprendre sa sensation d'échec, de faiblesse devant la tentation ? Pire encore, ne lui avait-il pas promis en prenant Jésus pour témoin, qu'il lui révélerait le secret qu'elle désirait tant connaître ? Il tourna le dos à son amante et se maudit de sa faiblesse. Comment se sortir de ce guêpier ? Il serait doublement pécheur dans le même après-midi en manquant d'abord à son vœu de chasteté et à sa parole ensuite.

— Vous êtes triste, mon amour, murmura Elena en lui caressant les épaules.

Le peintre ferma les yeux, encore incapable de prononcer une parole.

— Et pourtant vous m'avez comblée de bonheur. Vous sentez-vous coupable de m'avoir donné ce que je vous demandais avec tant d'ardeur ? Regrettez-vous d'avoir satisfait une dame ?

La petite comtesse, devinant dans le silence du

peintre les funestes idées de ce mâle défait, essaya de soulager sa conscience :

— Vous ne devez rien vous reprocher. Bien d'autres, comme frère Lippi, ont profité de leur travail dans les couvents pour séduire de jeunes novices. Et c'était un prêtre !

— Vous dites que frère Filippo... ?

— Bien sûr ! s'exclama-t-elle. Dans le couvent de Santa Margarita où il terminait un tableau, il séduisit une certaine Lucrezia Buti, et il eut même un fils avec elle. Vous ne le saviez pas ? Allons ! Beaucoup disent même que la famille Buti, déshonorée, se débrouilla pour l'envoyer dans l'autre monde avec une bonne dose de poison. Vous voyez ! Vous, vous n'êtes coupable de rien. Vous n'avez porté atteinte à aucun vœu sacré ! Vous avez juste donné de l'amour à qui vous le demandait.

Le peintre fut pris de doutes. Bien que brisé, il était encore capable de comprendre que la belle Elena essayait de l'aider. Emu, il finit par articuler une phrase intelligible :

— Elena... si vous le désirez encore, si vous voulez encore accéder à ce mystère qui vous intrigue tant et qui inspire le portrait que je suis en train de peindre, je vous raconterai le secret de Marie Madeleine.

La jeune fille l'observa avec curiosité. Luini paraissait arracher avec douleur chacun de ses mots.

— Vous êtes un homme d'honneur, vous tiendrez votre parole, je le sais.

— Oui, mais promettez-moi que plus jamais vous ne me toucherez. Et que vous ne parlerez à personne de ce que je vais vous dire.

— Et ce secret me donnera à connaître la raison de votre tristesse ?

Le peintre chercha le regard clair de la petite

comtesse bien qu'il pût à peine le soutenir. L'insistante préoccupation d'Elena Crivelli pour son bien-être le désarma. Il se souvint alors de ce qu'il avait entendu dire de la descendance de Madeleine, que son regard était capable d'attendrir le cœur de n'importe quel homme grâce à son puissant charme d'amour. Les troubadours ne mentaient pas. Cette créature méritait de connaître la vérité sur ses origines. Serait-il, lui, assez cruel pour ne pas lui indiquer le chemin qu'elle devait parcourir pour la trouver ?

Alors, Bernardino Luini, se forçant à sourire, céda pour la seconde fois au désir d'Elena Crivelli.

## 26

# Le secret de Marie Madeleine selon Bernardino Luini

— Ecoutez donc, dit-il à la jeune fille.

« Je venais d'avoir treize ans quand Léonard de Vinci m'accepta dans sa *bottega* de Florence. Mon père, un soldat de fortune qui avait acquis des richesses grâce aux Visconti milanais, jugea profitable de m'apprendre l'art de la peinture avant que je me consacre à la vie monastique ou du moins à une existence séculière régie par les lois de Dieu. Pour lui alors, ce choix était plus clair que pour moi. Il voulait m'éloigner du fracas de la guerre et me protéger sous l'épais manteau de l'Eglise. Comme il n'existait pas à Milan d'atelier des beaux-arts renommé, il m'assigna une rente annuelle et m'envoya dans la somptueuse Florence alors gouvernée par Laurent le Magnifique.

« Et c'est là que tout a commencé. Léonard de Vinci m'installa dans sa grande maison à l'aspect extérieur peu soigné, à la façade noircie, mais dont l'intérieur était lumineux. Il n'y avait presque pas de murs. Les cloisons avaient été détruites pour laisser place à une succession de grands espaces remplis de la façon la plus étrange que l'on puisse imaginer. A l'étage inférieur, près du vestibule, s'entassaient des collections entières de pots, de cages avec des alouettes et même des faucons. Tout près s'empilaient des moules pour fondre des têtes, des pattes de cheval, et des corps de tritons en bronze. On voyait des miroirs partout. Et des bougies aussi. Pour arriver à la cuisine, il fallait traverser un couloir surveillé par des squelettes de bois et des hélices menaçantes. Imaginer seulement ce que le peintre pouvait cacher dans le grenier me remplissait de peur.

« D'autres disciples du maître vivaient aussi dans cette maison. Ils étaient tous plus âgés que moi, mais, après les plaisanteries d'usage des premiers jours, je finis par me faire une place parmi eux plus ou moins confortable, et commençai à m'acclimater à ma nouvelle vie. Je crois que Léonard me prit en amitié. Il m'apprit à lire et à écrire le latin et le grec en m'expliquant que, sans cette préparation, il était inutile de me montrer cette autre forme d'écriture qu'il appelait « la science des images ».

« Vous imaginez, Elena ? Mes devoirs furent multipliés par trois et inclurent des matières aussi particulières que la botanique ou l'astrologie. Pendant toutes ces années, la devise du maître était *Lege, lege, relege, ora, labora et invenies*. " Lis, lis, relis, prie, travaille et tu trouveras. " Sa lecture préférée, et donc la mienne aussi, était la vie des saints de Jacques de Voragine.

« Tommaso, Andrea et les autres apprentis détestaient ces écrits mais, moi, ils me bouleversèrent. J'appris là des choses incroyables. Ces pages me firent profiter d'une multitude d'informations curieuses sur les miracles et aventures des saints, disciples et apôtres, dont j'ignorais l'existence. J'appris là, par exemple, que Jacques le Mineur ressemblait comme deux gouttes d'eau au Seigneur. Et si Judas se concerta avec le sanhédrin pour donner le signal par un baiser à Jésus sur le mont des Oliviers, c'est parce qu'il craignait que les sicaires ne confondent le véritable Jésus avec Jacques.

« Bien entendu les Evangiles ne disaient rien de tout cela.

« Je me délectai aussi des aventures de l'apôtre Bartolomé. Ce disciple à l'aspect de gladiateur terrorisa les douze grâce à son incroyable don de prédiction. Néanmoins, toute sa science ne lui servit à rien, car il ne put prédire qu'on l'écorcherait vif en Inde.

« Ces révélations firent leur chemin en moi et me fournirent la capacité unique d'imaginer les visages et les caractères de ces personnages si importants pour notre foi. C'était exactement ce que Léonard voulait. Stimuler notre vision avec les histoires sacrées, et nous procurer ainsi un talent particulier pour les traduire sur nos tableaux. Il me donna ensuite une liste de vertus apostoliques tirées de Jacques de Voragine que je possède encore. Regardez, Bartolomé était surnommé le prodigieux, *Mirabilis,* en raison de sa capacité à prédire l'avenir. Le frère jumeau de Jésus, *Venustus*, le plein de grâce... »

Elena, amusée par le geste plein de vénération avec lequel Luini déplia la feuille de papier qu'il gardait dans une poche cousue sur sa chemise, la lui arracha des mains et la lut sans bien la comprendre :

| | | |
|---|---|---|
| Bartolomé | *Mirabilis* | Le prodigieux |
| Jacques le Mineur | *Venustus* | Le plein de grâce |
| André | *Temperator* | Celui qui prévient |
| Judas Iscariote | *Nefandus* | L'abominable |
| Pierre | *Exosus* | Celui qui hait |

| | | |
|---|---|---|
| Jean | *Mysticus* | Celui qui connaît le mystère |
| Thomas | *Litator* | Celui qui apaise les dieux |
| Jacques le Majeur | *Oboediens* | Celui qui obéit |
| Philippe | *Sapiens* | L'amant des choses élevées |
| Matthieu | *Navus* | Le diligent |
| Jude Thaddée | *Occultator* | Celui qui occulte |
| Simon | *Confector* | Celui qui mène à bien |

— Et vous avez gardé ce papier pendant toutes ces années ? dit-elle tandis qu'elle jouait avec la feuille jaunie.

— Oui. Je m'en souviens comme une des leçons les plus importantes du maître Léonard.

— Eh bien, vous ne la verrez plus jamais.

Luini ne tomba pas dans le piège. Elena avait élevé au-dessus de sa tête la liste dans un geste provocateur, en espérant que le peintre se jetterait sur elle. Mais il sut se retenir. Il avait lu tant de fois cette feuille, il l'avait étudiée avec tant d'intense dévotion en essayant de tirer de ces qualités les profils des douze apôtres qu'il n'en avait plus besoin. Il la connaissait par cœur.

— Et Madeleine ? demanda la petite comtesse un peu déçue. Elle ne figure pas parmi ces noms. Quand allez-vous me parler d'elle ?

Luini, qui contemplait les bûches crépitant dans la cheminée, poursuivit son récit :

— Comme je vous l'ai dit, l'étude de *La Légende dorée* me marqua profondément. Maintenant, avec le temps, je reconnais que de tous ses récits celui qui attira le plus mon attention fut celui de Marie Madeleine. Pour une raison que j'ignore, Léonard voulait d'ailleurs que je l'étudie avec un soin particulier.

« A cette époque, les révélations du maître qui complétaient la leçon de l'archevêque de Gênes ne m'effrayèrent pas du tout. A treize ans, je ne distinguais pas l'orthodoxie et l'hétérodoxie, ce qui était accepté par l'Eglise et ce qui ne l'était pas. C'est peut-être pour cette raison que la première chose qui me frappa fut la signification de son prénom : Marie Madeleine veut dire “ mer amère ”, “ illuminatrice ” et aussi “ illuminée ”. Sur le premier sens, l'évêque écrivait qu'il avait un lien avec le torrent de larmes que cette femme avait versé au cours de sa vie. Elle avait aimé le Fils de Dieu de tout son cœur, mais Il était venu au monde avec une mission plus importante que celle de fonder une famille avec elle. Aussi Madeleine dut-elle apprendre à l'aimer d'une autre manière. Léonard me montra que le meilleur symbole pour rappeler les vertus de cette femme était le nœud. Déjà au temps des Egyptiens, le nœud était associé à la déesse Isis et à ses pouvoirs. Dans ce mythe, m'expliqua-t-il, Isis aida Osiris à ressusciter et se vanta de sa dextérité à défaire les nœuds pour parvenir à son but. Madeleine fut la seule qui assista le Christ quand il revint à la vie, et il est juste de penser qu'elle aussi devait être experte dans la science des nœuds. Une science, disait le maître, non exempte d'amertume, car qui ne serait angoissé en voyant un lien très serré à l'heure de le défaire ? “ Quand tu verras un nœud peint de manière parfaitement visible sur un tableau, alors tu sauras que l'œuvre est consacrée à Madeleine ”, m'apprit-il.

« Quant aux deux autres acceptions de son prénom, plus profondes et mystérieuses encore, elles avaient un lien avec une idée chère à notre maître et dont il ne cessait de nous parler : la lumière. Selon lui, la lumière est le seul lieu où repose Dieu. Le Père est lumière. Le ciel est lumière. Tout est lumière. C'est pour cette raison qu'il nous répétait si souvent que, si les hommes apprenaient à la maîtriser, nous serions capables de convoquer le Père et de parler avec Lui chaque fois que nous en aurions besoin.

« Ce que j'ignorais alors, c'est que cette idée de la lumière comme transmission de nos dialogues avec Dieu était arrivée en Europe précisément grâce à Madeleine. Et voici comment : après la mort de Jésus au Golgotha, Marie Madeleine, Joseph d'Arimathie, Jean, le disciple bien-aimé, et un petit nombre de fidèles du Messie, s'enfuirent à Alexandrie pour se protéger des sévices qui allaient s'abattre sur eux. Quelques-uns demeurèrent en Egypte où ils fondèrent les premières communautés chrétiennes les plus savantes dont on ait le souvenir, mais Madeleine, dépositaire des grands secrets de son bien-aimé, ne se sentait pas en sûreté sur cette terre aussi proche de Jérusalem. C'est pour cette raison qu'elle finit par se cacher sur les côtes de France où elle chercha un refuge plus sûr. »

— Et de quels secrets s'agissait-il ?

La question d'Elena tira Luini de son recueillement.

— De grands secrets, Elena. Si grands que, depuis, peu d'hommes y ont eu accès.

La jeune fille écarquilla les yeux.

— Les secrets que Jésus lui révéla après avoir ressuscité d'entre les morts ?

Luini acquiesça d'un hochement de tête.

— Ceux-là mêmes. Mais ils ne m'ont pas encore été révélés, ajouta-t-il pour couper court à toute autre interrogation.

Puis il reprit son récit :

— Marie Madeleine, appelée aussi Marie de Béthanie, posa le pied sur le sol français dans un village du Sud qui depuis porte le nom de Saintes-Maries-de-la-Mer car plusieurs Marie différentes y débarquèrent.

Madeleine annonça la bonne nouvelle de Jésus et initia ses habitants au “ secret de la lumière ” qui devait être accepté par des hérétiques comme les cathares ou albigeois et allait faire d'elle la nouvelle patronne de la France, Notre-Dame de la Lumière.

« Mais l'époque des révélations pacifiques s'arrêta bientôt. L'Eglise se rendit compte que ces idées présentaient un danger pour l'hégémonie de Rome, et elle voulut mettre fin à leur expansion. De son point de vue, c'était logique. Comment un pape pouvait-il accepter l'existence de communautés chrétiennes qui prétendaient pouvoir se passer d'une curie régulière pour s'adresser à Dieu ? Le représentant du Christ sur terre pouvait-il se placer à égalité avec Madeleine, voire même en infériorité ? Et que dire de ceux qui la suivaient ? N'était-ce pas de l'idolâtrie que de vénérer la lumière ? L'Eglise donc lança ses anathèmes, insulta et dégrada immédiatement cette femme qui avait aimé Jésus et qui connut comme nul autre sa condition humaine.

« Mais permettez-moi, chère Elena, de vous expliquer encore autre chose.

« Un jour, au début de 1479, alors que Florence se remettait à peine du terrible attentat contre notre vénéré Laurent de Médicis[20], notre maître reçut une étrange visite dans sa *bottega*. Un homme d'une cinquantaine d'années entra soudain dans notre atelier avec le soleil de midi. Il avait des cheveux blonds, portait des bijoux et se vantait de sa ressemblance avec les chérubins qu'alors nous esquissions avec maladresse sur nos toiles. Cet étranger, impeccablement habillé de noir, avait des manières affables. Il se présenta sans se faire annoncer et se promena dans l'atelier comme s'il était chez lui. Il prit même la liberté de commenter certains travaux que nous avions en cours. Je faisais alors, et c'était un hasard, un portrait de Madeleine qui tenait un récipient d'albâtre entre ses mains. Cela parut réjouir fortement notre visiteur :

« — Je vois que votre maître vous enseigne bien ! applaudit-il. Votre esquisse contient de grandes possibilités, continuez ainsi. (Je me sentis flatté.) Mais, ajouta-t-il, savez-vous quelle est la signification du vase que tient votre Madeleine ? (Je secouai la tête en avouant mon ignorance.) Vous la trouverez au chapitre quatorze de l'Evangile de saint Marc, mon garçon. Cette femme couvrit Jésus des onguents contenus dans ce récipient en les versant sur ses cheveux comme une prêtresse le ferait à un roi... Un roi mortel de chair et d'os.

« Léonard arriva sur ces entrefaites. A notre grande surprise, non seulement il ne fut pas fâché de voir un inconnu dans sa *bottega,* mais son visage s'éclaira. Il se lança dans les bras de l'étranger, ils s'embrassèrent et commencèrent aussitôt à discuter sur place du divin et de l'humain. Ce fut alors que j'entendis pour la première fois quelque chose sur la véritable Marie Madeleine que je n'aurais jamais imaginé.

« — Les travaux avancent à bon train, cher Léonard, dit aimablement l'inconnu. Bien que, depuis la mort de Côme l'Ancien, j'aie l'impression que nos efforts pourraient être réduits à néant à tout moment. La république de Florence, j'en suis sûr, connaîtra de terribles épreuves sous peu.

« Le maître prit les mains délicates du visiteur et les serra dans les siennes, grandes comme celles d'un forgeron :

« — A néant ! s'exclama-t-il de sa voix de stentor. Mais ton académie est un temple du savoir aussi solide que les pyramides d'Egypte. N'est-il pas vrai qu'en peu d'années elle est devenue le lieu de pérégrination favori des jeunes étudiants qui veulent en savoir plus sur nos brillants ancêtres ? Tu as traduit avec succès des œuvres de Plotin, Denys l'Aréopagite, Proclus et Hermès Trismégiste lui-même, ainsi que les secrets des anciens pharaons. Comment tout cela pourrait-il disparaître ? Tu es le philosophe le plus connu de Florence, mon vieil ami !

« Le visiteur rougit à ces mots.

« — Tes paroles sont fort aimables, cher Léonard, néanmoins notre combat pour récupérer le savoir que l'Humanité a perdu dans les temps mythiques de l'âge d'or devient de plus en plus difficile. C'est la raison de ma visite aujourd'hui.

« — Tu parles d'échec, toi ?

« — Tu connais mon obsession depuis que j'ai traduit les œuvres de Platon pour Côme l'Ancien, n'est-ce pas ?

« — Bien sûr. Ta vieille idée de l'immortalité de l'âme. Le monde entier saluera ton nom pour cette prouesse. On lira alors en lettres gravées sur de grands arcs de triomphe : “ Marsile Ficin, le héros qui nous rendit notre dignité. ” Le pape lui-même te couvrira de bénédictions.

« — Tu exagères toujours, Léonard, dit Marsile Ficin en riant.

« — C'est ce que tu crois.

« — En réalité, tout le mérite en revient à Pythagore, Socrate, Platon, et même Aristote. Pas à moi. Je n'ai fait que traduire leurs textes en latin pour que tous puissent accéder à leur savoir.

« — Alors, Marsile, qu'est-ce qui t'inquiète ?

« — Le pape, Léonard, voilà ce qui m'inquiète. J'ai de nombreuses raisons de croire que c'est lui qui a donné l'ordre d'assassiner Laurent de Médicis dans la cathédrale. Et je suis sûr que ce ne sont pas seulement ses ambitions politiques qui ont motivé cet acte, mais d'obscures raisons religieuses.

« Léonard fronça les sourcils sans oser interrompre son ami.

« — Cela fait plusieurs mois que nous vivons avec ce maudit *interdicto* dans la ville. Depuis l'attentat contre les Médicis, la situation est devenue intenable. Les églises se voient interdire la célébration de sacrements ou d'actes de culte. Et le pire, c'est que cette pression continuera de s'exercer jusqu'à ce que je me rende...

« — Toi ? s'étonna le titan, mais qu'as-tu à voir avec tout cela ?

« — Le pape exige que l'Académie[21] renonce à la possession de certains textes et documents anciens dans lesquels sont affirmés des faits contraires à la doctrine de Rome. La conjuration contre Laurent de Médicis cherchait, entre autres, à s'en emparer par la force. Rome se montre tout particulièrement intéressée par les écrits apocryphes de l'apôtre Jean qui sont entre nos mains depuis un certain temps, comme tu le sais.

« — Je vois..., dit mon maître en se caressant le menton comme il le faisait chaque fois qu'il réfléchissait profondément. Et quelles informations crains-tu de perdre, Marsile ? demanda-t-il.

« — Ces écrits, des copies de copies de textes inédits du disciple bien-aimé, traitent des événements qui ont suivi la mort de Jésus. Selon eux, les rênes de la première Eglise, de l'Eglise originelle, n'ont jamais été mises entre les mains de Pierre mais de Jacques. Tu comprends ? Voilà qui remet en question la légitimité du pape !

« — Tu crois vraiment que Rome connaît l'existence de ces papiers et cherche à les obtenir à tout prix ?

« Le visiteur acquiesça d'un hochement de tête, puis ajouta :

« — Les textes de Jean ne s'arrêtent pas là. Ils disent qu'à l'Eglise de Jacques s'ajouta une autre, née d'une scission au sein des disciples, dont Marie Madeleine prit la tête, secondée par Jean lui-même.

« Le maître fit une grimace tandis que Marsile Ficin poursuivait :

« — Selon Jean, Madeleine fut toujours très proche de Jésus. Si proche que beaucoup crurent qu'elle devait poursuivre ses enseignements, elle, et non le troupeau de disciples couards qui le renièrent au moment du danger...

« — Mais pourquoi viens-tu me dire tout cela aujourd'hui ?

« — Parce que je t'ai choisi, toi, Léonard, comme dépositaire de cette information. (Le philosophe au visage noble prit une profonde inspiration avant de poursuivre.) Je sais comme il est dangereux de conserver ces textes. Ils pourraient conduire n'importe qui au bûcher. Néanmoins, avant de les détruire, je te supplie de les étudier, et d'y apprendre tout ce que tu pourras sur cette Eglise de Madeleine et de Jean dont je te parle. Dès que l'occasion se présentera, dépose l'essentiel de ces nouveaux évangiles dans ton œuvre. Ainsi s'accomplira le vieux commandement biblique : “Que celui qui a des yeux pour voir...

« — ... regarde”, termina Léonard en souriant.

« Sa décision fut vite prise. L'après-midi même, il promit à son ami qu'il acceptait son legs. Je sais même qu'ils se revirent et que Marsile Ficin remit à mon maître des livres et des papiers qu'il étudia ensuite avec beaucoup d'attention. Plus tard, devant le tour que prirent les événements, avec l'accès du moine Savonarole au pouvoir et la chute de la maison Médicis, nous déménageâmes à Milan pour nous mettre au service du duc. Nous commençâmes à effectuer toutes sortes de tâches. Après nous être consacrés à la peinture, nous passâmes au dessin et à la construction de machines de guerre. Mais ce secret, cette étrange révélation dont je fus le témoin dans la *bottega* de Léonard, ne me sortit jamais de l'esprit.

« Vous voulez savoir quelque chose d'encore plus surprenant, Elena ? Eh bien, même si le maître n'a plus jamais parlé de cette visite étrange à aucun de ses apprentis, je crois qu'il est en train d'accomplir la promesse qu'il a faite à ce Marsile Ficin à Florence. Je vous assure, il n'y a pas un seul jour où, en regardant la fresque du réfectoire des dominicains, je ne me souvienne des dernières paroles qu'adressa mon maître à cet inconnu en ce lointain après-midi d'hiver :

« — Quand tu verras, sur un tableau, le visage de Jean et le tien, cher Marsile, tu sauras que c'est là et nulle part ailleurs que j'ai décidé de cacher le secret que tu m'as confié.

« Et vous savez quoi, j'ai enfin trouvé le visage de Marsile Ficin dans *La Cène*... »

# 27

On inhuma le bibliothécaire dans le Cloître des Morts peu avant les vêpres du mardi 17 janvier. On craignait que son corps ne se décompose dans la chapelle où l'on l'avait veillé, et il fut décidé qu'il serait enterré le plus tôt possible. Deux novices le recouvrirent d'un drap blanc qu'ils maintinrent avec des courroies, et le descendirent ainsi au fond d'une niche creusée à cet effet qui ne tarda pas à être couverte de terre et de neige. La cérémonie fut brève, sans protocole. Un adieu rapide, à peine justifié par notre obligation de dîner avant qu'il fasse nuit. Et, tandis que les frères murmuraient sur le riz aux légumes qui les attendait ou les petits gâteaux de miel qui restaient encore de Noël, une étrange tristesse s'empara de moi. Pour quelle raison le prieur et sa suite, trésorier, cuisinier, responsable du *scriptorium,* avaient-ils présidé à ce deuxième enterrement dans leur monastère en moins d'une semaine avec si peu d'égards ? Pourquoi le frère Alessandro semblait-il si peu compter pour eux ? Personne n'avait versé la moindre larme sur sa disparition...

Seul le père Bandello montra, à la fin, un semblant d'humanité pour le malheureux qui gisait à nos pieds.

Dans son bref sermon, il avait insinué qu'il détenait des preuves démontrant que le bibliothécaire avait été victime d'un dément qui s'était installé dans Milan ces derniers jours. « Aussi lui plus qu'aucun autre mérite une sépulture chrétienne dans ce lieu », conclut le prieur. Il poursuivit d'un ton très grave en nous faisant la leçon : « Ne croyez pas ces mensonges qui circulent dans la ville, dit-il sans lever les yeux du corps qu'on descendait peu à peu. Notre frère Trivulzio, que Dieu le reçoive dans sa gloire, a trouvé la mort des mains d'un criminel abominable qui tôt ou tard recevra son châtiment. J'y veillerai, croyez-moi. »

Crime ou suicide, j'avais beau essayer de faire taire mes doutes, il n'était pas facile d'accepter que deux enterrements, en un laps de temps si court, fussent chose courante à Santa Maria. Les dernières paroles que m'avait adressées Léonard avant de se perdre dans les ruelles et de se diriger vers son atelier, résonnèrent dans mon esprit, tel le tonnerre présageant la tempête : « Dans cette ville, avait-il dit, rien n'arrive par hasard, ne l'oubliez jamais. »

Ce jour-là, je ne dînai pas. J'en étais incapable.

Les autres moines, moins scrupuleux, coururent se remplir l'estomac dans un salon voisin qui servait de salle à manger, en profitant du reste des agapes que le duc avait offertes pour l'enterrement de son épouse. Comme le réfectoire était rendu inutilisable à cause des échafaudages et des odeurs de peinture, les habitudes des frères étaient bousculées depuis des années, et ils trouvaient cela presque normal que le repas soit servi au premier étage.

Au milieu de tout ce désordre, je découvris que la salle de *La Cène* ferait un refuge parfait pour me retirer et méditer à l'heure de la pitance. Aucun moine ne viendrait troubler ici mes pensées. Et aucune personne extérieure au monastère n'oserait fouiner dans ce lieu en travaux, froid et couvert de poussière.

Je dirigeai donc mes pas vers le réfectoire, l'esprit occupé à ressasser tous ces moments partagés avec frère Alessandro pour résoudre l'énigme qui nous avait tant occupés. Je souhaitai prier là pour le repos de son âme.

La salle était vide. Les dernières lueurs du jour illuminaient à peine la partie inférieure, rehaussant les pieds de Notre-Seigneur qui apparaissaient croisés l'un sur l'autre. Fallait-il lire là une prophétie du calvaire qu'allait connaître le Christ ? Le peintre avait-il disposé les pieds de cette manière pour une raison obscure ? Je me signai. La fine clarté filtrée par les colonnes irrégulières de la cour voisine conférait un air fantomatique à la scène.

Ce fut seulement alors, en regardant les visages des commensaux de la sainte Cène, que je compris enfin. C'était certain, Judas avait les traits de frère Alessandro. Comment ne m'en étais-je pas aperçu auparavant ? Le mauvais apôtre était assis là, à la droite du Galiléen, et admirait, muet, sa sereine beauté. D'ailleurs, à part la mine étonnée de Jacques le Majeur, et la discussion animée que paraissaient avoir Matthieu, Jude Thaddée et Simon à l'autre extrémité de la table, les apôtres gardaient le silence. Et dire qu'à cet instant précis l'âme de frère Alessandro contemplait peut-être le visage du Père éternel *en vérité*.

Pourtant, si, comme Judas, le bibliothécaire avait décidé de s'ôter la vie, et Bandello se trompait en misant sur son innocence, son destin à cette heure ne serait pas la gloire mais les tourments perpétuels.

En observant la fresque, un nouveau détail attira

mon attention. Judas et Jésus paraissaient rivaliser pour un morceau de pain, ou un fruit, qu'aucun des deux ne semblait pouvoir atteindre. Le traître, qui tenait à sa droite la bourse d'argent de l'infamie, allongeait la main gauche vers l'extérieur de la table essayant d'attraper quelque chose. Le Seigneur, étranger à ce geste, étendait sa main droite dans la même direction. Que pouvait-il y avoir à cet endroit qui intéressât de la même façon les deux personnages ? Que pouvait voler Judas au Nazaréen à cet instant, alors que le fils de Dieu savait déjà qu'il l'avait trahi, et que le sort en était jeté ?

J'étais plongé dans ces pensées quand une visite inespérée interrompit mes réflexions :

— Je parie que vous n'y comprenez rien !

Je sursautai. Une silhouette couverte d'une cape grenat traversa la pénombre et s'arrêta à quelques pas de moi.

— Seriez-vous le père Leyre, par hasard ?

J'écarquillai les yeux en découvrant le visage d'une jeune femme, doux et arrondi sous une toque violette emplumée. Cette créature était habillée en homme, ce qui n'était pas seulement illégal mais dangereux, et elle me contemplait avec une curiosité non dissimulée. Elle était plus ou moins de ma taille et ses formes féminines étaient bien dissimulées sous ses amples vêtements. Tandis qu'elle attendait ma réponse, elle caressa de sa main couverte d'un gant de peau le manche brillant d'une épée.

Je crois que je parvins à balbutier une réponse.

— Ne vous inquiétez pas, dit-elle en souriant, cette arme n'est là que pour vous défendre. Je ne vous veux aucun mal. Je suis venue vous chercher parce que vos doutes méritent réponse. Mon seigneur peut vous aider...

Je me tus.

— J'aimerais que vous m'accompagniez dans un lieu plus discret, ajouta-t-elle. Une affaire urgente réclame votre présence dans une autre partie de la ville.

Ses paroles ne ressemblaient pas à une menace, mais à une invitation courtoise. Cette jeune femme aux manières élégantes resplendissait sous sa cape. Il se dégageait d'elle une force peu commune. Elle avait un regard éveillé, félin, et une attitude ferme qui n'admettait pas de refus. Et bien que les ténèbres eussent déjà pris possession des lieux, l'intruse rebroussa chemin sans hésitation en m'entraînant dans le couloir qui unissait le réfectoire à l'église et qu'habituellement n'empruntaient que les moines. Comment pouvait-elle connaître aussi bien les lieux ? Quand nous sortîmes dans la rue, sans avoir croisé un seul dominicain, elle m'invita à presser le pas.

Nous mîmes dix minutes pour parvenir jusqu'à l'église de Santo Stefano qui se trouvait quatre pâtés de maisons plus loin. Il faisait nuit noire. Nous fîmes le tour de l'édifice par la droite et prîmes une ruelle qu'il eût été difficile de trouver sans guide. La façade de brique d'un imposant palais de deux étages, flanquée de flambeaux récemment allumés, scintillait au bout de l'étroite rue. Mon interlocutrice, qui n'avait pas pipé mot depuis que nous avions quitté le monastère, m'indiqua le chemin.

— Nous sommes arrivés ? demandai-je.

Un serviteur avec un pourpoint de laine ceint à la taille, la tête couverte d'un capuchon, vint à notre rencontre.

— Si vous voulez bien me suivre, dit-il d'un ton cérémonieux, je vous conduirai jusqu'à mon seigneur. Il est impatient de vous voir.

— Votre seigneur ?

— C'est cela, dit-il en faisant une révérence exagérée.

La jeune femme habillée en spadassin sourit.

La maison était décorée de pièces de grande valeur. De vieilles colonnes romaines de marbre, des statues récemment arrachées à la terre, des tableaux et des tapisseries s'accumulaient sur les paliers et les murs. Cet édifice superbe était ordonné autour d'une ample cour centrale ornée de haies vers lequel nous dirigeâmes nos pas. Le silence qui régnait m'étonna. Je fus encore plus surpris en constatant, alors que nous sortions dans la cour, que les allées du labyrinthe étaient parsemées de visages graves.

Plusieurs domestiques entouraient deux individus qui s'affrontaient du regard. Ils étaient en manches de chemise, soutenaient deux fers dégainés à la lame fine, et suaient copieusement en dépit du froid. La jeune femme qui m'avait accompagnée s'avança et contempla la scène, fascinée.

— Ils ont déjà commencé, se plaignit-elle. Mon seigneur tenait à ce que vous assistiez au duel.

— Un duel ! m'écriai-je, inquiet.

Avant qu'elle n'ait pu me répondre, l'aîné des deux hommes, de grande taille, au corps corpulent, large d'épaules et chauve, se lança sur le plus jeune en lâchant sur lui toute la force de son arme.

— *Domine Jesu Christe !* cria l'assailli tandis qu'il retenait l'assaut en croisant son arme sur sa poitrine, les yeux écarquillés de pure terreur.

— *Rex Gloriae !* répliqua son agresseur.

Ce spectacle n'avait rien d'un divertissement. La furie du chauve croissait par moments tandis que les fers s'entrecroisaient violemment. Les attaques étaient brèves, dures. Chaque impact résonnait comme la note d'une mélodie frénétique et mortelle.

— Mario Forzetta, me murmura la jeune femme en désignant le plus jeune duelliste qui reculait maintenant pour prendre sa respiration, est l'apprenti d'un peintre de Ferrare. Il a voulu tromper mon seigneur alors qu'ils avaient passé un marché. Le duel suit la règle du premier sang, comme en Espagne. Celui qui blesse son adversaire le premier a gagné.

La lutte redoubla de violence. Un, deux, trois, quatre nouveaux échanges retentirent dans la cour comme des coups de canon. Les lames semblaient lancer des éclairs métalliques. Le plus jeune semblait uniquement occupé à parer les coups sans porter d'attaques.

— Ce n'est pas votre jeunesse qui vous sauvera la vie, cria le plus âgé, mais ma clémence !

— Faites ce que vous voulez, Jacaranda.

L'orgueil de ce Forzetta dura peu. Trois assauts violents portés des deux mains minèrent sa résistance. Il tomba à genoux, et posa ses mains au sol. Son adversaire sourit, triomphant, tandis qu'une ovation éclatait dans la cour. L'ennemi du maître de la maison avait perdu le défi. Il restait à accomplir le rituel et ainsi, avec une précision de chirurgien, l'épée du vainqueur fendit l'air jusqu'à tomber de sa pointe sur la joue du jeune homme qui à l'instant même libéra un flot de sang vermillon.

Premier sang.

— Vous voyez ! rugit satisfait le plus âgé des deux hommes, Dieu a rendu justice contre vos mensonges. Vous n'oserez plus jamais me tromper avec de fausses antiquités. Jamais.

Il se dirigea alors vers l'endroit où je me trouvais, ravi de voir mon habit blanc et ma capuche noire. Il fit une révérence et ajouta d'une voix forte pour que tous l'entendent :

— Justice a été rendue pour ce ruffian, mais pas pour tout le monde, n'est-ce pas, père Leyre ?

Je demeurai muet. L'éclat diabolique de ses yeux me rendait méfiant. Qui était cet homme qui connaissait mon nom ? De quelle injustice voulait-il parler ?

— Les prêcheurs sont toujours les bienvenus dans cette maison, dit-il, mais je vous ai fait venir parce que je désire que nous réhabilitions ensemble le nom d'un ami commun.

— J'ignore de qui vous voulez parler.

— Si, si, insista-t-il, à moins que vous ne vous comptiez pas parmi ceux qui pensent que la mort du cher frère Alessandro Trivulzio a quelque chose d'étrange ?

Le vainqueur dont j'appris bientôt qu'il s'appelait Oliverio Jacaranda abandonna la scène du duel et s'approcha de moi. Il tapota légèrement mon épaule en signe d'amitié, puis se dirigea vers le palais. Mon accompagnatrice me demanda de l'attendre dans la cour. Je pus observer ainsi le petit régiment des serviteurs entrer en action : en moins de dix minutes, ils avaient démonté l'estrade sur laquelle le duel avait été mené, et avaient emporté Forzetta, blessé et attaché, au rez-de-chaussée du palais. Lorsqu'il passa à côté de moi, je découvris que le malheureux n'était encore qu'un enfant au visage rond. Pendant un court instant, ses yeux émeraude se fixèrent sur les miens dans une imploration muette.

— Les Espagnols sont des hommes d'honneur, dit la jeune femme qui avait dénoué ses cheveux blonds et retiré le ceinturon avec son épée. Oliverio est de Valence, comme le pape, et son fournisseur préféré.

— Que lui fournit-il ?

— Il est antiquaire. Une profession nouvelle, très

rentable, qui sauve de l'oubli des trésors enfouis. Vous ne pouvez pas imaginer ce que l'on peut trouver à Rome en griffant seulement le sol des sept collines.

— Et vous, mademoiselle, qui êtes-vous ?

— Sa fille, Maria Jacaranda, pour vous servir.

— Pour quelle raison votre père souhaitait-il donc tant que je le voie se battre contre ce Forzetta. Quel rapport ce duel a-t-il avec la mémoire du père Trivulzio ?

— Il vous l'expliquera lui-même dans un instant, répondit-elle. La faute en revient au négoce des livres anciens. Je ne sais pas si vous êtes au courant, mais il circule bon nombre de volumes qui valent plus que l'or, et il ne manque pas de vauriens comme ce Forzetta qui trafiquent ou, pire encore, prétendent faire passer des livres modernes pour des ouvrages anciens en recevant des sommes disproportionnées pour cela.

— Et vous croyez vraiment que ce sujet relève de mes attributions ?

— Oh, oui ! n'en doutez pas, répondit-elle de manière énigmatique.

# 28

Le seigneur des lieux ne tarda pas, en effet, à revenir. Ses domestiques avaient fait disparaître toute trace du duel, et la maison retrouvait peu à peu son aspect habituel. Le père de Maria ne pouvait cacher sa satisfaction. Il s'était changé et parfumé, et revenait revêtu d'une toge de laine neuve qui lui arrivait aux pieds. Il salua sa fille avec un compliment, et m'invita tout de suite à passer dans son bureau. Il voulait me parler en privé.

— Je sais que mon travail déplaît aux hommes de foi comme vous, me dit-il.

Sa voix me déconcerta. Mon hôte parlait un mélange d'espagnol et de dialecte milanais qui lui donnait un accent particulier. Il était aussi étrange que la pièce où nous nous trouvions, un lieu singulier où les instruments de musique côtoyaient des tableaux et des chapiteaux anciens.

— Ce que vous voyez vous étonne ? (Sa question interrompit mon examen des lieux.) Laissez-moi vous expliquer : mon travail consiste à tirer de l'oubli des trésors enfouis. Il peut s'agir de pièces de monnaie, ou de simples os, ou encore d'effigies de dieux païens qui, selon des personnes comme vous, n'auraient jamais dû revoir le jour. J'adore ces sculptures de la Rome impériale. Elles sont belles, bien proportionnées... Parfaites et chères... Très chères. Mon commerce, pourquoi le nier, est florissant.

Jacaranda versa du vin dans les coupes d'argent et m'en offrit une avant de continuer, plein de verve :

— Je crois que Maria vous a dit que le pape bénissait mes activités. Cela fait des années qu'il s'est réservé le privilège de voir mes pièces avant tout le monde. Depuis qu'il est cardinal en fait. Il choisit celles qui lui plaisent, et les paie généreusement.

— Votre fille m'a mis au courant en effet, mais je doute que vous m'ayez fait appeler pour m'informer de vos affaires.

Le seigneur du palais laissa échapper un rire cynique :

— Je sais parfaitement qui vous êtes, père Leyre. Il y a de cela quelques jours, vous vous êtes présenté en qualité d'inquisiteur devant les fonctionnaires du duc et avez prétendu vouloir offrir vos condoléances avant les funérailles de la duchesse. Vous arrivez de Rome. Vous avez pris logement dans le monastère de Santa Maria et vous passez la majeure partie de votre temps à résoudre des énigmes en latin. Comme vous pouvez le constater, vous avez peu de secrets pour moi.

L'antiquaire but une gorgée avant de reprendre :

— Mais quelques-uns quand même...

— Je ne comprends pas.

— Permettez-moi d'en venir directement au but. Vous paraissez être un homme intelligent et vous pouvez peut-être m'aider à résoudre un problème que nous avons en commun. Il s'agit de frère Alessandro. Bien avant votre arrivée à Milan, lui et moi étions de bons amis. On pourrait même dire que nous étions associés. Trivulzio me servait d'intermédiaire avec quelques familles importantes de Milan. A travers lui, je leur faisais parvenir mes offres sans éveiller les soupçons de la Curie. Bien sûr, frère Alessandro recevait une compensation en échange de ses services.

Je ne pus retenir un sursaut.

— Comment ! Cela vous étonne ? La pratique est courante et d'autres moines à Bologne, Ferrare, ou Sienne m'aident dans cette tâche. Nous ne faisons de mal à personne, nous nous moquons simplement de certains interdits et scrupules absurdes propres à des esprits arriérés. Qu'y a-t-il de mal à récupérer des fragments de notre passé et à les donner à ceux qui peuvent se les offrir pour qu'ils en profitent ? Un obélisque égyptien ne brille-t-il pas sur la place Saint-Pierre à Rome ?

— Vous vous jetez dans la gueule du loup, monsieur, répliquai-je d'un ton sévère. Je vous rappelle que je fais partie de cette Curie que vous cherchez à éviter.

— Oui, oui, mais laissez-moi poursuivre. Car il n'y a pas que votre sévère Curie qui nous mette des bâtons dans les roues. Comme vous le devinez sans doute, je vends des œuvres d'art et des pièces antiques à de riches dames de la Cour, parfois même dans le dos de leurs maris qui n'approuvent pas plus que vous ce genre de marchandages. Frère Alessandro joua un rôle essentiel dans certaines de mes opérations les plus importantes. Il pouvait s'inviter tout naturellement, avec une habileté exquise, dans n'importe quelle maison de Milan, sous le prétexte d'une confession, et était capable après coup de conclure un accord à la barbe même des notables lombards.

— Que vous demandait-il en échange ? De l'argent... ? Permettez que j'en doute.

— Des livres, père Leyre. Il recevait des livres manuscrits ou imprimés, selon la valeur de la vente. Des œuvres copiées avec délicatesse ou fabriquées avec des planches modernes en France ou en Allemagne. Il se faisait payer en nature, si vous préférez. Son unique obsession était de réunir de plus en plus de volumes pour sa bibliothèque de Santa Maria. Mais je suppose que, cela, vous le savez déjà.

— Ce que je ne comprends toujours pas, c'est pourquoi vous me racontez tout cela. Si frère Alessandro était votre ami, pourquoi entacher sa mémoire avec ces confidences ?

— Rien n'est plus éloigné de mes intentions, dit Jacaranda en riant nerveusement. Vous allez comprendre. Peu de temps avant sa mort, le bibliothécaire participa à une commande un peu spéciale. Comme elle concernait l'une de mes meilleures clientes, je mis l'affaire entre ses mains, sans douter de lui un instant. C'était la première fois qu'une personne de ce rang ne me demandait pas la statue d'un faune quelconque pour décorer une villa. Cette demande singulière nous étonna tous les deux.

Je regardai Jacaranda, intrigué, en l'invitant à poursuivre par mon silence.

— Ma cliente demandait seulement qu'on éclaircisse pour elle une petite énigme presque domestique. Me considérant comme un expert en antiquités, elle avait pensé que je pourrais l'aider à identifier un objet précieux dont elle avait une description extérieure assez précise.

— Un bijou ?

— Non, pas du tout. Il s'agissait d'un livre.

— Un livre comme ceux dont vous vous serviez pour payer... ?

— Celui-ci n'avait jamais été imprimé, me coupa-t-il, il s'agissait d'un ancien manuscrit d'une rareté et d'une valeur exceptionnelles. Un exemplaire unique dont elle avait eu vent de l'existence par des sources bien diverses. Et que ma cliente souhaitait posséder plus que n'importe quel trésor au monde.

— De quel ouvrage s'agissait-il ?

— Je ne l'ai jamais su. Elle me donna uniquement quelques détails concernant son aspect. L'ouvrage avait une couverture bleue rivetée de quatre clous d'or, comportait peu de pages. La couverture et la tranche de ses feuilles étaient recouvertes du même métal précieux. Un petit bijou avec l'aspect d'un bréviaire, sans aucun doute importé d'Orient.

— Et vous vous êtes mis à l'œuvre avec l'aide de frère Alessandro ?

— Nous disposions de deux pistes assez sûres. La première concernait la personne qui avait parlé pour la première fois de ce texte à ma cliente, le peintre Léonard de Vinci. Heureusement, votre bibliothécaire le connaissait bien, et il lui a été facile de vérifier s'il le détenait ou pas.

— Et la seconde ?

— Ma cliente put me fournir un dessin exact du livre que je devais retrouver.

— Votre cliente possédait un pareil dessin ?

— Mais oui. Il figurait dans un jeu de cartes très apprécié d'elle. Cette œuvre apparaissait représentée sur l'une de ces cartes qui montrait le portrait en pied d'une femme, une religieuse. Ce n'était pas grand-chose, certes, mais j'ai débuté des recherches avec beaucoup moins d'informations au cours de ma carrière. La religieuse tenait ce livre entre ses mains. Il était fermé, ne portait aucun titre sur la couverture, ni aucun autre signe d'identification.

« Un livre dans un jeu de cartes ! », pensai-je, inquiet. Frère Bandello m'avait parlé de la même chose, exactement.

— Puis-je vous demander le nom de votre cliente ? l'interrogeai-je.

— Bien sûr. C'est pour cela précisément que je vous ai convoqué à cette réunion. Il s'agissait de la princesse Béatrice d'Este.

J'écarquillai les yeux.

— L'épouse du More ? Vous voulez dire que frère Alessandro et la duchesse se connaissaient ?

— Très bien même. Et maintenant, ils sont morts tous les deux.

— Que voulez-vous insinuer par là ?

Jacaranda chercha un siège derrière son écritoire, satisfait d'avoir enfin toute mon attention :

— Je vois que vous commencez à comprendre ma préoccupation, père Leyre. Dites-moi, jusqu'à quel point connaissez-vous Léonard de Vinci ?

— Je n'ai parlé qu'une seule fois avec lui, et c'était ce matin.

— Vous devez savoir qu'il s'agit d'un homme étrange, extravagant et mystérieux. Il emploie chaque minute de ses journées à travailler, lire, dessiner et penser sur les sujets les plus absurdes que l'on puisse imaginer. Il invente de la même façon des recettes de cuisine par lesquelles il distrait le duc, et des machines de guerre d'aspect étonnant qu'il modèle avec du massepain pour ses banquets. C'est un homme méfiant, aussi. Il protège ce qui lui appartient. Il ne laisse personne fouiller dans ses notes et encore moins dans sa bibliothèque qu'il n'est pas difficile d'imaginer fournie et de grande valeur. Il écrit même de droite à gauche comme les juifs.

— Vraiment ?

— Je ne mentirais pas sur un pareil sujet. Pour lire ses cahiers, il faut se munir d'un miroir. On ne comprend ce qui y est écrit qu'en lisant le reflet. N'est-ce pas là une ruse diabolique ? Vous connaissez quelqu'un d'autre capable d'écrire de cette manière inversée ? Croyez-moi, cet homme cache des secrets terribles...

— Je continue à ne pas comprendre pourquoi vous me racontez tout cela...

— Parce que... (Il fit une pause théâtrale.) Parce que je suis sûr que l'on a attenté à la vie de notre ami commun, frère Alessandro, sur ordre de Léonard de Vinci. Et je crois que la faute en revient à ce maudit livre, le même que convoitait la princesse et qui lui a sans doute coûté la vie.

Je dus pâlir.

— Vous portez là une accusation très grave.

— Vérifiez mes dires dans ce cas, insista-t-il. Vous êtes le seul à pouvoir le faire. Vous vivez à Santa Maria delle Grazie, mais vous n'êtes pas vendu au duc comme tous les autres. Le prieur désire terminer les travaux du monastère grâce à l'argent du duc, et je doute qu'il ose attaquer son artiste favori et mettre ainsi en danger ses subventions. Récupérez le livre, et vous ferez non seulement toute la lumière sur les morts de la princesse d'Este et de frère Alessandro, mais vous obtiendrez des preuves pour accuser Léonard d'assassinat.

— Je n'aime pas vos méthodes, monsieur Jacaranda.

— Mes méthodes ! se moqua-t-il. Vous avez fait attention à l'homme que j'ai battu en duel ?

— Forzetta ?

— Lui-même. Eh bien, je vais vous apprendre encore autre chose sur mes méthodes. Je lui avais demandé de m'aider à récupérer le livre bleu dans la *bottega* de Léonard de Vinci. Forzetta a été un disciple du peintre. Et il connaissait mieux que quiconque les lieux où l'ouvrage pouvait être caché.

— Vous lui avez donné l'ordre de voler son ancien maître ?

— Je voulais résoudre cette affaire, père. Mais je reconnais mon échec. Cet incapable a pris dans le bureau du peintre une œuvre différente : la *Divini Platones Opera Omnia*. Un livre imprimé il y a quelques années en Vénétie qui a peu de valeur. Et il prétendait me le vendre comme s'il s'agissait de l'incunable que je cherchais.

— *Divini Platones*..., murmurai-je. Je connais cette œuvre.

— Vraiment ?

— C'est la fameuse traduction des œuvres complètes de Platon que fit Marsile Ficin pour Côme de Médicis, à Florence.

— Forzetta, le très filou, m'assura que Léonard le tenait en grande estime. Que cela faisait des jours qu'il l'utilisait pour donner forme à l'un des apôtres du *Cénacle*. Mais en quoi cela me concernait-il ? J'ai perdu un ami à cause de lui, et je veux savoir pour quelle raison. M'aiderez-vous ?

# 29

La Porta Romana était le quartier élégant de la ville. Traversée jour et nuit par les carrosses les plus splendides de la Lombardie, elle prétendait être l'unique accès monumental à Milan. Ses portiques étaient toujours remplis de gens à la belle prestance et les dames aimaient à s'y promener tous les jours pour voir ce qui se passait en ville. Nonces du pape, légats étrangers ou gentilshommes, tous essayaient de s'y montrer, et aspiraient à se faire admirer. Sa situation près du principal canal de la ville faisait de Porta Romana une galerie de vanités à nulle autre pareille.

Le Palazzo Vecchio s'élevait juste au milieu de la rue. C'était un édifice public chéri des Milanais, forum habituel de fraternités, corporations, et même tribunaux. Il comportait trois étages, six amples salons et un labyrinthe de bureaux qui changeaient sans cesse de propriétaires.

Tandis que je me trouvais ce soir-là chez Oliverio Jacaranda, dans toutes ces pièces bouillait la même impatience. Plus de trois cents personnes faisaient la queue dans la rue pour admirer la dernière œuvre de Léonard de Vinci ; beaucoup de gentilshommes de la ville s'étaient donné rendez-vous là, en usant de ce prétexte si opportun pour commenter les derniers faits de la Cour. Il n'y avait pas un citoyen, homme ou femme, qui ne voulût une invitation pour cette représentation.

Le Toscan avait organisé sa présentation sur un coup de tête, peut-être à la demande du duc lui-même qui, quarante-huit heures seulement après l'enterrement de son épouse, pensait déjà à animer la vie publique milanaise.

Bernardino Luini apparut accompagné d'une Elena rayonnante. Elle avait tant insisté que le jeune peintre avait accepté de l'emmener avec lui. Il rougissait encore au souvenir de ce qui s'était passé entre eux il y avait à peine deux jours, et il se montrait agité comme par une tempête intérieure. Pour lui rendre les choses plus difficiles, la fille de *donna* Lucrezia avait choisi une tenue impressionnante pour l'occasion, une robe bleue garnie de peaux, ornée d'un corsage sans manches au décolleté carré bordé de fil d'or. Ses cheveux ramassés dans un filet de pierres précieuses et le ton carmin de ses lèvres parachevaient son allure de déesse. Luini s'efforçait de garder ses distances pour éviter même de la frôler.

— Bernardino ! cria de sa voix forte Léonard de Vinci en les arrêtant alors qu'ils montaient vers le deuxième étage du Palazzo Vecchio. Quelle joie de te voir ! et en si bonne compagnie. Dis-moi, qui est cette jeune fille ?

Luini inclina la tête avec cérémonie, surpris par la franche curiosité du peintre.

— Je vous présente Elena Crivelli, messire, dit-il très vite.

— Crivelli ! Quelle surprise ! Seriez-vous par hasard parente du peintre Carlo Crivelli ?

— Je suis sa nièce, monsieur.

Les yeux clairs d'Elena rappelèrent de nombreux souvenirs au Toscan. Léonard parut soudain très joyeux.

— Vous êtes donc la fille de...

— De Lucrezia Crivelli, que vous connaissez bien.

— *Donna* Lucrezia ! Bien sûr ! dit-il en regardant de nouveau Luini. Et vous êtes venue avec Bernardino dont vous avez fait la connaissance pendant vos séances de pose, puisque vous êtes sa nouvelle Madeleine !

— C'est exact.

— Magnifique ! Vous ne pouviez mieux tomber !

Léonard observa de nouveau la jeune fille. Il cherchait les traits qui l'avaient tant impressionné dans sa génitrice. Un coup d'œil rapide lui suffit pour identifier une même architecture de front, un nez identique, des pommettes et un menton semblables. Le prodige géométrique du visage de Lucrezia s'était perpétué dans la noblesse de sa fille.

— Si vous avez un peu de temps, je serais heureux que vous m'accompagniez dans la salle que j'ai préparée pour montrer mon portrait. Elle sera bientôt pleine d'invités et nous n'aurons plus alors l'occasion de l'admirer en privé.

Le peintre leur indiqua une petite salle contiguë au gigantesque escalier. Le lieu avait été rénové avec soin. Chaque mur était couvert d'énormes toiles noires qui laissaient visible seulement une petite planche de noyer, de 63 × 45 centimètres, encadrée d'un liséré de bois clair de pin lisse.

— Vous savez, poursuivit Léonard, j'ai pensé que c'était le meilleur moment pour le montrer. La mort de *donna* Béatrice nous a tous tant assombris que nous avons besoin de belles choses pour retrouver de l'énergie. Luini vous l'a peut-être déjà dit, j'ai besoin de joie autour de moi, de vie, et comme chaque fois que j'ai sorti un tableau de mon atelier, il a été si bien accueilli...

— Vous avez pensé que montrer une œuvre nouvelle pourrait remettre de la gaieté dans les rues de Milan ! applaudit Bernardino.

— Exactement. Et malgré le froid, il semble que je vais atteindre mon but. Alors ? demanda le Toscan en se tournant vers sa composition, qu'en dites-vous ?

Tous trois contemplèrent le tableau qui représentait une femme jeune, vêtue d'une robe rouge dont l'artiste avait réussi à rendre l'aspect du velours et la nuance des tons mais aussi les points du brocart du cou. Elle les regardait, sereine, de toute sa hauteur. Ses cheveux étaient ramassés en une longue queue de cheval et un fin diadème embrassait ses tempes avec une tendresse infinie. C'était un portrait extraordinaire. Un nouveau prodige du maître. D'un réalisme inouï. Si, au lieu d'un cadre, ce visage s'était penché par une fenêtre, on aurait pu croire que cette dame se trouvait réellement ici à les observer[22].

Elena et Bernardino se regardèrent, perplexes, sans savoir que dire :

— Nous pensions..., balbutia Luini. Nous pensions que vous alliez nous montrer un portrait de Béatrice d'Este.

— Mais pourquoi l'aurais-je fait ? sourit il. La princesse d'Este n'a jamais trouvé le temps de poser pour moi.

Les yeux d'Elena se brouillèrent d'émotion.

— Mais... c'est...

— Oui, c'est bien votre mère, *donna* Lucrezia, dit le peintre. Sans aucun doute une des femmes les plus belles que j'aie connues. Et la beauté et l'harmonie, c'est précisément ce dont nous avons besoin en ce temps de deuil, n'est-ce pas ?

La jeune Elena ne pouvait quitter le tableau des yeux.

— Je n'aurais jamais montré cette œuvre au public si cela n'avait pas été nécessaire. Vous devez me croire.

— C'est... (Elle hésita.) C'est à cause de votre théorie de la lumière ? Bernardino m'a expliqué à quel point elle est importante pour vous.

— Tiens, tiens...

Les yeux du peintre brillèrent de malice.

— Pour vous, la lumière est l'essence du divin. Sa présence ou son absence dans un tableau révèle le but final d'un artiste, c'est bien cela ?

— Eh bien... Vous me surprenez, Elena. Dites-moi, alors, quel but vous devinez dans ce portrait ?

La petite comtesse examina l'œuvre une fois de plus. Il ne manquait que la parole au visage resplendissant de sa mère.

— Il agit comme un signe.

— Un signe ?

— Oh, oui ! vous envoyez des signes au milieu de l'obscurité, comme un phare dans la nuit. Vous envoyez des signes aux hommes de foi. A ceux qui préfèrent la lumière aux ombres.

Le peintre parut troublé.

A la surprise avait succédé une expression de préoccupation. Elena le remarqua. Léonard s'assura que personne d'autre n'écoutait leur conversation et demanda à la jeune fille qu'elle les laisse un instant seuls, Bernardino et lui. Elena obéit aussitôt et s'éloigna vers une des grandes fenêtres qui donnaient sur la Porta Romana.

— Mais qu'as-tu fait, Bernardino ?

Le murmure de Léonard résonna comme le tonnerre dans les oreilles de son disciple honteux.

— Je...

— Tu as parlé de la lumière à cette enfant !

— Mais...

— Il n'y a pas de mais... Sait-elle aussi que la lumière est un des attributs de sa famille ? Que lui as-tu dit d'autre, insensé !

Luini était paralysé par la terreur. Il comprit soudain la terrible erreur qu'il avait commise en acceptant qu'Elena l'accompagne. Suffoqué de honte, il baissa la tête sans mot dire.

— Je vois, poursuivit Léonard, je comprends tout maintenant.

— Que comprenez-vous ? (Un nœud lui serra la gorge soudain.)

— Tu as eu des relations avec elle, n'est-ce pas ?

— Des relations ?

— Réponds !

— Je... Je regrette.

— Tu regrettes ! Tu ne comprends donc pas ce que tu as fait !

Léonard essaya de baisser le ton pour ne pas attirer l'attention de la petite comtesse.

— Tu as couché avec une Madeleine, toi ! Un fidèle de la cause de Jean !

Le peintre s'interrompit. Il lui fallait reprendre son calme pour réfléchir. Son esprit essayait d'aborder cette situation de la même manière qu'il cherchait les pièces de ses engins afin qu'elles s'ajustent les unes aux autres. Que pouvait-il faire d'autre ? Il finirait par considérer cet incident comme un nouveau signe de la Providence. Une autre indication que les temps changeaient à grande allure, et que bientôt son secret lui glisserait entre les doigts.

Comment avait-il pu se montrer si ingénu ? Et ne pas prévoir l'éventualité que son disciple chargé de surveiller de près la fille de *donna* Lucrezia puisse tomber dans ses bras ? Léonard, qui répudiait l'amour charnel, devait se dépêcher. Je crois que ce fut ce jour-là qu'il décida que le temps était venu d'initier Elena aux mystères de son apostolat avant que d'autres amants ne viennent la dévier de son chemin.

Oui, ce fut alors qu'il réclama Elena à ses côtés et fit quelque chose que personne ne l'avait vu faire auparavant : il lui confia ses inquiétudes.

— Veuillez excuser cet aparté, dit-il, mais sachez que votre visite ne pouvait mieux tomber. J'avais besoin de parler avec quelqu'un de confiance. Je crois que l'on m'espionne, que l'on surveille mes mouvements et ceux de mes assistants.

— Vous, maître ? s'inquiéta Luini d'une voix tremblante.

— Vous allez comprendre, poursuivit-il. Cela fait deux ans que ces soupçons m'ont assailli. Tu me connais, Bernardino, tu sais que je me méfie toujours de tout le monde. Cela fait des années que je chiffre toute ma correspondance et toutes mes notes, de manière à ce que peu de personnes puissent la lire, et que je me garde de ceux qui m'approchent uniquement pour fouiner dans mes affaires. Néanmoins, dimanche, le jour où nous avons enterré la princesse, ces vieilles craintes se sont confirmées de manière dramatique. Ce jour-là, tout près d'ici, deux hommes de Dieu ont trouvé la mort dans des circonstances très étranges.

Bernardino et Elena l'écoutaient, incrédules, en secouant la tête. Ils n'avaient pas entendu parler de ces faits.

— L'un est apparu pendu sur la place du marché. Il portait sur lui une carte que toi, Luini, tu connais aussi bien que moi. Elle appartient à un jeu dessiné pour les

Visconti et montre une sœur de saint François avec la croix du Baptiste dans une main et le livre de Jean dans une autre.

— La Madeleine... !

— C'est l'une de ses nombreuses représentations, en effet, poursuivit le peintre. Les nœuds de la corde qui entouraient son ventre gonflé le prouvent. Mais très peu connaissent ce signe.

— Continuez, s'il vous plaît, le pressa Bernardino d'un ton anxieux.

— Comme tu peux l'imaginer, j'interprétai la présence de la carte comme un signal, un avertissement. Quelqu'un essayait de m'atteindre. Je tentai de convaincre les soldats du duc que le moine s'était suicidé. Je voulais gagner du temps pour mener mon enquête, mais la seconde mort a confirmé mes pires craintes.

— Quelles craintes ? demanda Elena qui n'avait pas sourcillé depuis le début de la conversation.

— L'autre victime était aussi un vieil ami, vous comprenez ?

La petite comtesse sursauta :

— Vous les connaissiez ?

— Oui, les deux. Giulio, le second, est mort en perdant tout son sang devant la *Maesta*. Quelqu'un lui a transpercé le cœur d'une épée. On ne lui a pas volé d'argent, ni aucun autre bien, à part...

— A part...

— ...la carte de la franciscaine que l'on trouva ensuite sur le corps du moine. J'ai la désagréable impression que l'assassin voulait que je sois au courant de ses crimes. En fin de compte, la *Maesta* est l'une de mes œuvres, et le moine que l'on a retrouvé pendu appartenait au couvent de Santa Maria.

Bien qu'ayant peur d'importuner, Elena osa reprendre la parole :

— Tout cela a-t-il un lien avec votre désir de montrer maintenant le portrait de ma mère ? Est-ce lié à ces affreuses nouvelles ?

— Vous allez comprendre tout de suite, Elena, répondit Léonard. Votre mère a déjà posé pour moi avant ce portrait. Plus jeune, elle me servit de modèle pour la *Maesta*. J'ai eu de nouveau besoin d'elle pour refaire ce tableau il y a quelques mois. Je l'ai remis, il y a dix jours, aux franciscains, qui ont remplacé l'ancienne version par celle-ci. Tout est allé si vite que je n'ai pas eu le temps de prévenir les frères de cette substitution.

« Quels frères ? », se demanda Elena sans oser poser sa question à voix haute.

— Je vois que Luini ne vous a pas encore tout raconté, murmura Léonard. Ce tableau est comme un évangile pour eux. Il leur offre un soulagement spirituel, surtout depuis que l'Inquisition les a privés de leurs livres sacrés. Ils venaient la vénérer par dizaines. Cependant, quand les franciscains se sont aperçus de certains détails et ont commencé à contester mon interprétation, j'ai été obligé de leur présenter une nouvelle version dépourvue des symboles qui rendaient le tableau si particulier. J'ai mis dix ans à accomplir cette commande, mais je ne pouvais plus retarder le moment de le faire. Malheureusement je n'ai pas prévenu les frères pour qu'ils cessent d'aller à cette église chercher l'illumination. Le dernier d'entre eux à s'être présenté, mon cher Giulio, a payé mon erreur de sa vie. Quelqu'un l'attendait.

— Vous avez une idée de qui il peut s'agir ?

— Non, Bernardino. Mais le motif est toujours le

même. Le même qui conduisit saint Dominique à fonder l'Inquisition : en finir avec les chrétiens purs. Prétendre étouffer par la force ce qu'ils ne purent étouffer à Montségur en écrasant les cathares.

— Alors, où iront maintenant les frères pour satisfaire leur foi ?

— Au *Cénacle,* bien sûr. Mais seulement quand il sera terminé. Pourquoi croyez-vous donc que je le peins sur le mur et non sur une toile ? Cela n'a rien à voir avec sa taille, rien du tout, dit-il en secouant l'index. J'ai choisi une fresque pour que personne ne puisse l'arracher ou m'obliger à la refaire. C'est la seule manière d'offrir aux frères un lieu pour leur consolation définitive. Personne n'ira protester contre une œuvre placée chez les inquisiteurs eux-mêmes.

— C'est ingénieux, maître... Mais très risqué.

Léonard sourit de nouveau :

— Entre les chrétiens de Rome et nous, il y a une grande différence, Bernardino. Ils ont besoin de sacrements tangibles pour se sentir bénis de Dieu. Ils mangent du pain, se couvrent d'huiles, s'immergent dans une eau bénite. Nos sacrements à nous sont invisibles. Leur force réside dans leur abstraction. Qui arrive à les percevoir à l'intérieur de lui sent un coup dans la poitrine, et une grande joie qui l'inonde. On sait que l'on est sauvé quand on sent ce courant. Ma *Cène* leur donnera ce privilège. Pourquoi croyez-vous que le Christ n'y présente pas l'hostie des Romains ? Parce que son sacrement est autre...

— Maître, l'interrompit Bernardino, vous parlez devant Elena comme si elle était au courant de votre foi, et pourtant elle ignore encore la portée de ce que vous dites.

— Et alors ?

— J'aimerais que vous m'accordiez une grâce : donnez-moi la permission de l'emmener voir *le Cénacle* et de l'initier à votre langage. A vos symboles. Nous pourrons peut-être ainsi... nous purifier tous les deux et mériter une nouvelle place auprès de vous. Elle le désire aussi, j'en suis sûr.

Le Toscan ne parut pas très surpris.

— Cela est-il vrai, Elena ?

La jeune fille acquiesça d'un signe de la tête.

— Alors vous devez savoir que la seule manière de connaître mon œuvre est d'y participer. Et toi, Bernardino, tu le sais mieux qu'un autre, grogna-t-il. Je suis le seul oméga vers lequel vous devrez désormais vous diriger.

— Si votre intention est de la guider vers vous, maître, alors pourquoi ne pas la prendre comme modèle ? Sa mère servit votre évangile de la *Maesta*. Pourquoi sa fille ne vous servirait-elle pas pour la fresque que vous terminez ?

Léonard vacilla.

— Pour *La Cène* ?

— Pourquoi pas ? Il vous manque bien un modèle pour l'apôtre bien-aimé ! Vous ne pourrez jamais trouver de visage plus angélique que celui-ci pour terminer Jean.

Elena baissa les yeux, ravie. L'ascète aux habits blancs caressa d'un geste pensif sa barbe tandis qu'il scrutait de nouveau la jeune Crivelli. Puis il lâcha un éclat de rire tonitruant qui résonna dans toute la salle :

— Oui ! dit-il. Pourquoi pas ? En fin de compte, je ne vois pas qui d'autre qu'elle pourrait mieux servir de modèle.

# 30

— Oliverio Jacaranda... ?

Une moue de mépris se dessina sur le visage du prieur alors qu'il prononçait ce nom. Frère Vicenzo m'avait fait appeler dès mon retour au monastère. La communauté était en alerte depuis plusieurs heures en raison de mon absence inattendue. Quelques frères, munis de bâtons et de torches, étaient sortis à ma recherche à peine la nuit était-elle tombée. Et lorsque Maria Jacaranda m'avait raccompagné aux portes du monastère, indemne mais l'esprit troublé, le prieur se dépêcha de me réclamer à ses côtés.

— Et vous dites que vous avez passé la soirée dans sa demeure ? me demanda-t-il d'un ton très préoccupé.

— Je vois que vous le connaissez.

— Oh, oui ! répliqua-t-il. Tout Milan connaît ce mécréant qui fait commerce d'objets liturgiques, de portraits de saints et de Vénus dénudées ! Il manie plus d'argent et a plus d'entregent que beaucoup de nobles de la maison du duc. Ce que je ne comprends pas, ajouta-t-il en croisant ses mains d'un air rusé, c'est ce qu'il pouvait vous vouloir...

— Il voulait me parler de frère Alessandro.

— Du père Trivulzio ?

J'acquiesçai. Bandello parut déconcerté.

— Tous les deux entretenaient une relation commerciale. Ils étaient... Comment dire... ? Associés.

— Mais quelle bêtise ! Que pouvait trouver d'intéressant le père Trivulzio, que son âme repose en paix, à cet homme immoral et dépravé ?

— Si les dires d'Oliverio Jacaranda sont justes, frère Alessandro menait une double vie. En votre présence, c'était un homme qui craignait Dieu, aimait les lettres et l'étude. Mais, loin de votre regard protecteur, il se transformait en trafiquant d'antiquités.

Bandello fulminait.

— Je ne peux vous croire, finit-il par lâcher. Et pourtant, en y repensant, cela explique peut-être certaines choses...

— A quoi faites-vous allusion ?

— Je me suis entretenu avec la garde ducale sur les circonstances de cette mort. Il y a un point obscur que personne n'a su interpréter. Une contradiction suprême qui nous déconcerte.

— Expliquez-vous, je vous prie.

— Voilà. On n'a trouvé aucun signe de violence sur le corps de la victime, il ne semble pas avoir résisté à son agresseur. Et pourtant, il ne s'est pas pendu tout seul. Il y avait quelqu'un avec lui à cet instant précis. Un inconnu qui a laissé une étrange carte de visite aux pieds du bibliothécaire.

Le prieur fouilla dans ses poches et me tendit un bout de parchemin couvert de griffonnages assez peu lisibles. Ils avaient été tracés sur une espèce de carton à l'italienne aux bords fins, très détérioré par l'usage.

— Regardez vous-même, me dit-il en me le tendant.

Je dus prendre un air stupéfait, car le prieur

semblait très satisfait d'avoir capté toute mon attention. Comment aurais-je pu réagir différemment ? Une partie de ces inscriptions correspondait à l'énigme qui m'avait conduit à Milan. En effet, *Oculos ejus dinumera,* l'étrange signature de l'Augure, occupait le centre de la carte. Les sept vers avaient été écrits d'une main tremblante et donnaient l'impression d'avoir fait l'objet d'un examen intense, les annotations qui les entouraient montraient les efforts d'un érudit pour leur donner un sens.

— C'est mon énigme, admis-je.

— « Compte ses yeux/ mais ne regarde pas son visage./ Le chiffre de mon nom/ tu trouveras sur son flanc... » Oui, je sais. Vous me l'avez confiée avant que frère Alessandro meure. Vous vous en souvenez ? Mais ces notes, dit-il en dessinant un cercle avec son doigt autour du texte, ne sont pas les miennes, père Leyre.

La malice brillait dans ses yeux.

— Et ce n'est pas tout, reprit-il. Regardez.

Le père Bandello retourna la carte. Au dos figurait l'estampe, impossible à confondre, d'une franciscaine tenant dans la main droite une croix et dans la gauche un livre.

— Par le saint Christ ! m'exclamai-je, bouleversé, cette carte... C'est votre carte !

— Non. Celle de Léonard, me corrigea-t-il. Personne ne sait qui l'a placée sur le corps de frère Alessandro après sa mort, mais il est évident qu'elle signifie quelque chose. Je vous rappelle que le Toscan nous a défiés avec ce même dessin qui apparaît maintenant accompagné de votre énigme. Qu'en pensez-vous ?

Je pris une profonde inspiration :

— Il y a quelque chose dont je ne vous ai pas parlé.

Bandello plissa le front.

— Je ne sais pas comment interpréter ce fait à la lumière de vos révélations, mais sachez que Jacaranda et moi avons parlé de cette carte, ou pour être plus précis, du livre que tient cette femme.

— Ce livre ! Mais pourquoi ?

— Il ne s'agit pas de n'importe quel livre. Jacaranda devait le trouver pour satisfaire une commande importante et il avait demandé son aide à frère Alessandro. Il semblerait que le propriétaire de cet ouvrage si important soit Léonard de Vinci. Je pense donc que notre bibliothécaire était le mieux placé pour mettre la main dessus et lui faire une offre. Mais ce qui devait être une simple opération commerciale semble avoir déjà coûté la vie à deux personnes.

— Comment « deux » ?

— Je ne vous l'ai pas encore dit, mais la cliente de Jacaranda était Béatrice d'Este, que son âme repose en paix.

— Dieu du ciel ! s'exclama le prieur avant de m'inviter à poursuivre.

— Jacaranda ne sait pas pour quelle raison la duchesse a fait appel à ses services pour retrouver ce livre au lieu de le demander directement au peintre. Mais il est convaincu que Léonard est impliqué dans ces morts d'une manière ou d'une autre.

— Et quel est votre avis, père Leyre ?

— J'ai du mal à le croire. Léonard est un artiste, pas un assassin.

Frère Vicenzo baissa les yeux, préoccupé.

— Je partage votre opinion, mais il faut reconnaître que les morts s'accumulent de manière insolite autour du maître.

— Que voulez-vous dire ?

— Pas plus tard qu'hier, un fait étrange s'est produit

non loin d'ici. L'église de San Francesco a été profanée par l'assassinat d'un pèlerin.

La nouvelle me bouleversa

— Un crime ! Sur un sol sanctifié ?

— Oui. Le malheureux a eu le cœur transpercé juste devant l'autel majeur, sous le nouveau retable de Léonard. Cela a dû se produire plusieurs heures avant la mort de frère Alessandro. Mais ce n'est pas tout...

Le prieur inspira profondément avant de poursuivre :

— La police a trouvé, parmi les effets du pèlerin, le jeu auquel appartient cette carte. L'assassin l'a volée, a annoté votre énigme sur le verso et l'a ensuite déposée près du corps de notre bibliothécaire... Vous devez m'aider à le trouver, père Leyre ! A moins que je ne me trompe lourdement, notre assassin, quel qu'il soit, cherche lui aussi ce maudit livre de Léonard.

# 31

— J'aimerais que vous me remettiez votre prisonnier.

Maria Jacaranda me regarda d'un air stupéfait. Elle ne portait plus les habits masculins de la veille, mais une robe peu ajustée, aux manches d'un blanc bleuté, et au corsage rayé. Elle avait ramassé ses cheveux blonds dans une petite résille et rayonnait de toute sa beauté.

Il était évident qu'elle ne s'attendait pas à me revoir si tôt, et encore moins avec un motif si singulier. Ce qu'elle ignorait, c'est que je n'avais d'autre choix. Mario Forzetta, que son père avait mis en déroute, était la dernière personne qui avait essayé de s'emparer du « livre bleu » figurant sur la carte du peintre. Et le seul à être encore en vie. Comment n'aurais-je pas souhaité parler avec lui ?

— Je ne crois pas que cette idée plaise beaucoup à mon père, dit-elle après avoir écouté mes explications maladroites.

— Vous vous trompez, Maria. Vous étiez présente quand don Oliverio m'a demandé de l'aider à trouver le livre. Sachez que je suis venu précisément pour cela.

— Mais que comptez-vous faire de Mario ?

— Le placer sous l'autorité de l'Inquisition et l'interroger.

A la simple mention de ce nom, les dernières réticences de la jeune fille tombèrent. La belle Maria, impressionnée par mon sérieux, changea d'attitude. Sa méfiance fit place à une obéissance zélée. Soucieuse d'éviter tout conflit avec les dominicains en l'absence de son père, elle accepta de m'accompagner jusqu'aux caves du palais. Elle m'expliqua que ce dernier était parti en voyage juste après notre rencontre et qu'il ne devait pas rentrer avant une semaine. Pendant son absence, elle était chargée du bon fonctionnement de la maison, et devait surveiller toutes ses possessions. Le jeune Forzetta en faisait naturellement partie.

— Il est violent ? demandai-je.

— Oh ! non, pas du tout. Je crois qu'il serait incapable de faire du mal à une mouche. Mais il est rusé. Faites attention à lui.

— Rusé ?

— Une qualité qu'il a apprise avec Léonard. Tous ses disciples le sont.

Le garçon avait été enfermé dans une partie du palais qui avait autrefois servi de prison. Des murs épais et des escaliers profonds donnaient passage à un étrange monde souterrain impossible à imaginer si l'on avait accès seulement comme moi aux jardins. Dans sa grande bienveillance, Jacaranda avait jeté son serviteur si impudent dans un cachot *murus strictus* dont les dimensions permettaient de s'allonger, de se mettre debout, et de faire deux pas. Il ne disposait d'aucune fenêtre et était plongé dans une obscurité impénétrable. Mais Mario Forzetta pouvait s'estimer heureux. A quelques mètres seulement de là, les cellules *murus strictissimus* empêchaient, elles, tout prisonnier de se lever ou de s'allonger entièrement. De celles-ci, on ne sortait que fou ou mort.

Maria me laissa devant la porte du cachot. Une sensation d'étouffement me saisit. Je ne voulais pas que la fille de Jacaranda me vît vaciller. Mais je détestais les prisons ; les lieux fermés me rendaient malade. D'ailleurs, bien qu'au service de l'Inquisition, j'avais refusé tout autre travail qu'administratif. Je préférais supporter l'énorme charge de nombreux dossiers à cette odeur d'humidité, au bruit continu des gouttes sur la pierre, au confinement. Cette atmosphère me coupait le souffle. Alors que je demeurais seul en tenant entre mes mains une torche et un trousseau de lourdes clés de fer, il me fallut encore un certain temps avant que je puisse articuler un mot.

— Mario Forzetta ?

Aucune réponse.

J'introduisis une clé dans la serrure et ouvris la cellule sans savoir ce qui m'attendait de l'autre côté de la porte. Forzetta se tenait debout, appuyé contre un mur, le regard perdu. Le pauvre, aveuglé par ma torche, se cacha les yeux de sa main. Sa chemise était tachée de sang. La blessure sur sa joue avait pris une couleur préoccupante. Ses cheveux étaient couverts de poussière. Malgré le peu de temps qu'avait duré sa réclusion, il offrait un aspect déplorable.

— Ainsi, tu es originaire de Ferrare, comme l'était la duchesse, dis-je tout en m'asseyant sur le bord de la paillasse.

Il semblait s'habituer à la lumière. Il acquiesça, troublé. Il n'avait jamais entendu ma voix et ignorait qui j'étais.

— Quel âge as-tu, mon garçon ?

— Dix-sept ans.

« A peine un homme », pensai-je. Mario ne cessait de regarder mes habits blancs et noirs, émerveillé d'une telle visite. Pour être franc, j'avoue qu'un courant de sympathie s'établit immédiatement entre nous. Je décidai d'en tirer parti :

— Mario Forzetta, je vais t'expliquer la raison de ma visite. J'ai la permission de te sortir d'ici et de te rendre la liberté, si tu acceptes mes conditions, mentis-je avec aplomb. Il te faudra juste répondre à certaines de mes questions. Si tu me dis la vérité, je te laisserai partir.

— Je dis toujours la vérité.

Le jeune garçon se détacha du mur et s'assit à côté de moi. Vu de près, il ne semblait pas très dangereux en effet. D'un aspect frêle, les épaules voûtées, il paraissait peu doué pour les travaux physiques. Je ne fus pas surpris de la victoire facile de Jacaranda.

— Tu as été le disciple de Léonard de Vinci, n'est-ce pas ?

— Oui, c'est vrai.

— Que s'est-il passé ? Pourquoi as-tu quitté son atelier ?

— Je ne me suis pas montré digne de lui. Le maître est très exigeant avec ses élèves.

— Explique-moi cela plus clairement.

— Je n'ai pas réussi les épreuves auxquelles il m'a soumis, c'est tout.

— Quelles épreuves ?

Mario prit une profonde inspiration en contemplant ses mains attachées avec des fers. Je vis alors qu'il avait les poignets violacés.

— Des preuves d'intelligence. Il ne lui suffit pas que ses disciples sachent mélanger des couleurs ou esquisser un profil. Il exige des esprits éveillés...

— Et ces épreuves, insistai-je, en quoi consistent-elles ?

— Un jour, il m'a proposé d'aller voir ensemble plusieurs de ses œuvres, raconta Mario. Il voulait que je les interprète. Nous avons vu *La Cène* qu'il venait à peine de commencer mais aussi certains portraits, dans le château du duc. Je suppose qu'il n'a pas été satisfait de mes réponses puisque, peu de temps après, il me demandait de quitter son atelier.

— Je comprends... Et tu as alors décidé de te venger et de le voler ?

— Non, pas du tout ! s'exclama Mario, très agité. Je ne volerais jamais le maître. Il s'est toujours comporté comme un père avec moi. Il nous a toujours emmenés partout pour nous apprendre à travailler, et nous nourrissait même. Quand l'argent est venu à manquer, il nous a réunis dans le réfectoire du monastère de Santa Maria et nous a fait asseoir comme les apôtres autour d'une grande table en nous contemplant à une certaine distance tandis que nous mangions...

— Alors tu as été témoin de l'évolution de *La Cène* ?

— Bien sûr, c'est la grande œuvre du maître. Cela fait des années qu'il étudie pour pouvoir la compléter.

— Il étudie des livres comme celui que tu lui as volé, n'est-ce pas ?

Mario protesta avec énergie :

— Je ne lui ai rien volé, père ! J'ai fait ce que don Oliverio m'a demandé, je suis allé à la *bottega* et j'ai pris dans la bibliothèque un livre ancien avec une couverture bleue.

— C'est ce qui s'appelle voler.

— Non, la dernière fois que je me suis trouvé dans l'atelier en présence de Léonard, je le lui avais demandé. Quand je lui ai expliqué pourquoi je le voulais, et que c'était pour contenter mon nouveau maître, il m'a donné ce livre que j'ai ensuite remis à don Oliverio. Il me l'a donné comme un cadeau, en souvenir des anciens temps. Il m'a dit qu'il n'en avait plus besoin.

— Et toi, tu as voulu le vendre à ton maître ?

— Léonard lui-même me l'a appris : à ceux qui vivent de l'or, il faut demander de l'or. C'est pour cela que j'ai mis un prix. Rien de plus. Mais don Oliverio n'a pas écouté mes suppliques. Hors de lui, il m'a donné une épée et m'a obligé à défendre mon honneur dans un duel. Après, il m'a fait enfermer ici.

Ce garçon paraissait sincère. En tout cas, bien plus que Jacaranda, cet homme mesquin capable de trafiquer avec des moines et des adolescents pour mettre la main sur un livre ancien dont il pensait tirer une bonne poignée de ducats ! Et si je prenais Mario à mon service ? Et si je profitais des connaissances de cet ancien élève de Léonard, maître des énigmes, et le sondais avec ma propre devinette ?

Je décidai de tenter ma chance :

— Que sais-tu d'un jeu de cartes dans lequel apparaît une femme habillée en franciscaine qui tient un livre dans la main ?

Mario me regarda, surpris, sans répondre.

— Tu vois de quoi je veux parler ?

— Don Oliverio m'a montré cette carte avant de m'envoyer chercher le livre.

— Continue.

— Quand je suis allé voir messire Léonard, je la lui ai montrée et il a éclaté de rire. Il m'a dit qu'elle recelait une grande énigme, et que je devais être capable de la déchiffrer moi-même, car jamais il ne m'en parlerait. Il agit toujours de cette manière. Il ne vous révèle jamais rien, c'est à vous de trouver.

— Et il t'a expliqué comment faire ?

— Le maître forme tous ses disciples à l'art de la lecture des choses occultes. Il nous a appris l'*Ars memoriae* des Grecs, les codes numériques des juifs, les lettres qui dessinent les figures des Arabes, la mathématique occulte de Pythagore... Mais, comme je vous l'ai dit, j'ai été un élève maladroit et je n'ai pas réussi à comprendre toutes ses leçons.

— Tu travaillerais pour moi sur une énigme si je te le demandais ?

Mario hésita un instant avant de hocher la tête en signe d'acquiescement.

— C'est une devinette digne de ton précédent maître, lui expliquai-je tandis que je cherchais un bout de papier pour me faire comprendre. Elle contient le nom d'une personne que je recherche. Regarde ce texte avec soin, étudie-le, dis-je en lui tendant le feuillet. Fais-le pour moi, pour me remercier du don qu'aujourd'hui je vais te faire.

Le garçon s'approcha de la lumière pour lire :

— *Oculos ejus dinumera...*, commença-t-il. C'est du latin.

— Oui.

— Et vous me libérerez ?

— Après t'avoir demandé une dernière chose, Mario. D'après ce que j'ai compris, tu as dit à don Oliverio que Léonard avait utilisé le livre qu'il t'a remis pour donner forme à l'un des disciples de *La Cène*.

— Oui.

— De quel disciple s'agit-il, Mario ?

— De l'apôtre Matthieu.

— Et sais-tu pourquoi il a utilisé cette œuvre ?

— Je crois... Matthieu a rédigé l'Evangile le plus populaire du Nouveau Testament, Léonard souhaitait que l'homme qui prêterait son visage à l'apôtre soit empreint de la même dignité.

— Et de quel homme s'agissait-il ? Platon ?

— Non, pas Platon, dit Mario en souriant. Un homme vivant dont vous avez peut-être entendu parler. Il a traduit *Divini Platones Opera Omnia* et s'appelle Marsile Ficin. Un jour, j'ai entendu notre maître dire que, lorsqu'il apparaîtrait dans l'une de ses œuvres, ce serait le signal.

— Le signal de quoi ?

Forzetta hésita un instant avant de répondre :

— Cela fait longtemps que je n'ai pas parlé avec messire Léonard. Mais si vous accomplissez votre promesse et me libérez, je chercherai la réponse pour vous. Je vous en donne ma parole. Et je ferai de même pour l'énigme que vous m'avez confiée. Je ne vous décevrai pas.

— Tu sais que tu t'engages devant un inquisiteur...

— Et je réitère ma promesse. Donnez-moi la liberté et je vous serai fidèle.

Qu'avais-je à perdre ?

Cet après-midi-là, Mario et moi abandonnions le palais des Jacaranda sous le regard surpris de Maria. Une fois dehors, le garçon aux cheveux noirs et à la cicatrice sur le visage me baisa la main, caressa ses poignets enfin libres avant de s'élancer en courant vers le centre de la ville. Curieusement, je ne m'inquiétai pas de savoir si je le reverrais. Au fond, cela m'importait peu. J'en savais déjà plus sur *La Cène* que bon nombre des moines dont je partageais le toit.

# 32

Le jeudi 19 janvier, Matteo Bandello, le jeune neveu du prieur, fit irruption dans le réfectoire de Santa Maria, à la première heure. Il avait le visage décomposé et les yeux pleins de larmes. Il entra en bégayant, désemparé et apeuré. Il devait parler avec son oncle. En le trouvant devant la mystérieuse fresque de Léonard de Vinci, il parut réconforté. Mais cette accalmie ne dura pas. Il se remit aussitôt à trembler car, si ce qu'on lui avait dit sur la place du marché était vrai, demeurer trop de temps dans ce lieu à observer les progrès de cette œuvre diabolique pouvait les conduire tous à la tombe.

Matteo s'approcha avec prudence en essayant de ne pas interrompre la conversation que l'abbé avait avec son inséparable secrétaire, le père Benedetto.

— Dites-moi, père Bandello, entendit-il dire à ce dernier, quand Léonard a peint les portraits de Simon et Jude Thaddée dans le réfectoire, vous n'avez pas remarqué quelque chose de bizarre dans son comportement ?

— Bizarre ? Que voulez-vous dire ?

— Allons ! Vous savez exactement ce dont je veux

parler ! Est-ce qu'il a consulté un cahier ou une esquisse pour doter ces disciples de leurs traits caractéristiques ? Ou quelqu'un est-il venu lui rendre visite afin de lui donner des instructions pour terminer ces portraits ?

— Quelle étrange question, père Benedetto. Je ne vois pas où vous voulez en venir.

— Eh bien..., hésita le borgne, comme vous m'avez demandé de faire des recherches sur l'énigme que frère Alessandro et le père Leyre avaient entre les mains, et que je n'ai rien trouvé, je me suis amusé à m'enquérir de ce qu'ils faisaient tous les deux pendant les jours qui ont précédé la mort du bibliothécaire.

Matteo trembla de peur. Le prieur et son secrétaire parlaient de la chose même qui l'avait conduit dans ces lieux.

— Et alors ? insista son oncle d'un ton tranquille.

— Le père Leyre a passé ici toutes ses heures libres grâce à la clé que vous lui avez donnée. Ce qui est naturel.

— Et frère Alessandro ?

— Voilà ce qui est étrange. Le sacristain l'a surpris plusieurs fois en train de parler avec Marco d'Oggiono et Andrea Salaino, les disciples préférés de Léonard. Ils se retrouvaient dans le Cloître des Morts et bavardaient là assez longtemps. Ceux qui les ont croisés disent tous les avoir entendus parler de l'énorme préoccupation du peintre pour le portrait de Simon.

— Et cela a attiré votre attention ? (Matteo vit son oncle grogner en plissant le nez et le front comme il le faisait souvent.) Léonard est un perfectionniste, soucieux du détail, de l'infime... Vous le savez bien. Je ne connais aucun artiste qui révise autant de fois ce qu'il fait que lui.

— Il est comme vous le dites, c'est vrai, cependant, ces jours-là, frère Alessandro a répondu plus que de coutume aux caprices de Léonard. Il est allé chercher des livres et des gravures pour lui, travaillant en dehors de ses heures à la bibliothèque. Il est même allé à la forteresse du duc pour garantir le transport d'un paquet très lourd dont on n'a rien pu savoir jusqu'à maintenant.

Le prieur haussa les épaules.

— Peut-être n'y a-t-il là rien de bizarre. Frère Alessandro a posé pour Léonard, le peintre l'a choisi, lui entre tous, pour donner un visage à Judas, et les deux hommes se sont sans doute liés d'amitié. Léonard a pu continuer à demander de l'aide à notre bibliothécaire, même au cours des journées qui ont précédé sa mort, sans que cela ne soit inquiétant.

— Vous croyez qu'il s'agit d'une coïncidence ! Je pense que le père Leyre vous a parlé de ses soupçons, non ?

— Le père Leyre, le père Leyre, grogna le prieur. Je me méfie de cet homme. Il garde un secret par-devers lui. Je le vois à son visage chaque fois que nous parlons...

Matteo hésitait à les interrompre. Plus il les écoutait divaguer sur *La Cène* et ses secrets, plus il s'impatientait. Il avait appris quelque chose d'important sur cette fresque !

— Mais il est de l'avis que Léonard a pu participer d'une manière ou d'une autre à l'assassinat de frère Alessandro ?

— Vous vous trompez. Il n'a fait que répéter les paroles d'Oliverio Jacaranda, un vieil ennemi du peintre. Que Léonard soit un homme extravagant aux goûts insolites que nous ne voyons pas souvent à la messe et qui se vante d'avoir caché un mystère dans sa fresque, soit ! Cela ne fait pas de lui un assassin pour autant.

— Hum... Non, mais cela fait de lui un hérétique. Quel autre nom donneriez-vous à un homme assez vaniteux pour se peindre dans la Cène, et qui plus est sous les traits de Jude Thaddée !

— C'est une ambiguïté intéressante. Il se peint comme le bon Judas et utilise frère Alessandro comme le mauvais.

— Mais enfin, vous n'avez pas remarqué comment Léonard s'est placé dans le tableau ?

— Mais si, dit-il en se tournant vers la fresque, il tourne le dos au Christ.

— Exactement, Léonard, ou Jude Thaddée, si vous préférez, parle avec Simon au lieu de prêter attention à l'annonce de la trahison que le Christ vient de faire. Pourquoi ? Pourquoi Simon serait-il plus important que Notre-Seigneur ? Mais allons plus loin encore : puisque chaque disciple représente une personne significative pour le peintre, qui est réellement Simon ?

— Je ne vois pas où vous voulez en venir...

— C'est simple, poursuivit Benedetto. Si les personnages de *La Cène* ne sont pas ceux qu'ils semblent être, et que Léonard lui-même montre sa prédilection pour Simon et non le Messie, ce Simon doit être forcément quelqu'un de très important pour lui. Et cela, frère Alessandro le savait.

— Saint Simon... Saint Simon, le Cananéen...

Le prieur se caressa les tempes comme s'il peinait à faire entrer le nouvel élément que Benedetto venait de lui apporter dans le puzzle que constituait la fresque. Matteo s'impatientait en silence. Son message était pourtant urgent !

— Puisque vous insistez, frère, je me souviens d'un

fait étrange survenu quand Léonard a terminé cette partie de la fresque, dit enfin son oncle qui continuait à ignorer sa présence dans le réfectoire.

— Vraiment ? s'exclama Benedetto dont le visage s'illumina.

— Ce fut assez particulier. Cela faisait trois ans que Léonard recevait des candidats pour incarner les apôtres. Il nous fit tous poser, vous vous en souvenez, avant de réclamer la garde du duc, les jardiniers, les orfèvres, les pages... Tirant de chacun un détail, un geste, un profil, le contour d'une main, un bras. Mais quand l'heure de peindre le côté droit arriva, Léonard arrêta ces entretiens, et ne s'appuya plus sur des modèles humains.

Le borgne fronça les sourcils dans un geste d'incompréhension.

— Ce que j'essaie de vous expliquer, c'est que, pour peindre Simon, il n'a utilisé aucun de ces modèles vivants.

— Il l'a imaginé, alors ?

— Non. Il a utilisé un buste. Une sculpture du château du More qu'on lui a apportée.

— Voilà ! Le paquet de frère Alessandro !

— Je me souviens bien du jour où l'on apporta cette pièce de marbre au monastère, continua le prieur sans ciller. Il faisait une chaleur terrible et les chevaux durent faire un effort mémorable pour monter jusqu'ici la caisse qui protégeait le buste. Je ne sais pas pourquoi il tenait tant à cette manœuvre, mais je me souviens que, alors qu'ils avaient déjà commencé à la sortir, *donna* Béatrice arriva.

— La duchesse !

— Oh, oui ! Elle était radieuse dans une de ces tenues ornées de petites résilles qu'elle aimait tant, et les joues rougies de chaleur. Elle arriva escortée comme toujours, mais rompit le protocole pour s'approcher des ouvriers qui transportaient le buste. Et vous savez quoi ? Elle leur cria dessus !

— La princesse s'adressa directement aux porteurs ?

— Elle fit même plus. Elle perdit sa digne réserve. Elle les insulta. Elle les humilia et menaça de les faire pendre s'ils faisaient la moindre égratignure à son philosophe.

— Son philosophe ! Mais ne s'agissait-il pas d'un buste de Simon ?

— Justement, c'est cela qui est insolite. Mais il y a plus étrange encore.

— Pardonnez mon interruption et poursuivez, je vous prie.

— Léonard installa alors ce buste près de l'entrée du réfectoire sur une pile de sacs de terre. C'était un vieux buste, une antiquité. Il le déplaçait de temps en temps pour étudier les effets des différentes lumières du jour sur lui, et quand il l'eut appris par cœur, il se dépêcha d'en dessiner les traits sur le mur. Sa technique était prodigieuse...

— Et d'où provenait ce buste ?

— Voilà le plus curieux ; comme je l'ai appris depuis, *donna* Béatrice l'avait fait venir de Florence juste pour satisfaire le maître.

Matteo n'en pouvait plus. Il devait les interrompre mais n'osait toujours pas.

— La duchesse s'est-elle montrée toujours aussi bienveillante envers le peintre ? demanda le borgne.

— Oh, oui ! Léonard était son peintre favori.

— Et pourriez-vous m'expliquer l'intérêt de Léonard pour ce Simon de Florence ?

— Je fus très étonné, moi aussi, qu'on aille chercher

à Florence cet apôtre. Si cela avait été pour Jean le Baptiste qui est le patron de cette ville, j'aurais compris, mais un Simon...

— Ce n'est pas Simon, mon oncle, ce n'est pas lui ! cria Matteo, le visage rouge de honte.

Il savait qu'il ne devait pas interrompre les conversations des adultes mais il ne put tenir sa langue plus longtemps.

— Matteo ! s'exclama le prieur, stupéfait. (Son neveu de douze ans se trouvait planté là et se balançait d'une jambe sur l'autre, tout débraillé, le visage sali par les larmes et le regard désemparé.) Mais que se passe-t-il, mon petit ?

— Je sais qui est l'apôtre, mon oncle, murmura-t-il en essayant de cacher ses tremblements.

Puis il s'évanouit.

# 33

Les deux moines mirent un certain temps à ranimer le garçon. Il se réveilla, nerveux. Il lui était difficile de parler et quand il y parvenait son corps tremblait de froid et de peur. Sa seule obsession était de sortir du réfectoire au plus vite. « C'est une œuvre de Satan », balbutiait-il entre deux sanglots, au grand étonnement de son oncle et du borgne. Comme il était impossible de le calmer, ils cédèrent à ses supplications et allèrent chercher refuge dans la bibliothèque. Là, grâce à la chaleur de la pièce, l'enfant recouvra peu à peu ses esprits.

Il refusa de parler au début. Il s'accrochait au bras du prieur de toutes ses forces et secouait la tête chaque fois qu'on lui adressait la parole. L'enfant ne présentait aucune blessure, aucune trace de coups visible. Malgré son air dépenaillé et son habit taché de boue, il ne semblait pas avoir subi de violences. Alors ? Benedetto descendit à la cuisine chercher un peu de lait chaud et de massepain de Sienne qu'il conservait pour les occasions spéciales. Le ventre plein et le corps réchauffé, Matteo parla enfin. Et ce qu'il leur raconta les rendit muets de stupeur.

Comme à l'accoutumée, le novice était allé ce jour-là sur la place du marché acheter quelques victuailles pour le monastère. Le jeudi était le meilleur jour pour s'approvisionner en céréales et légumes, aussi avait-il pris quelques pièces d'argent dans la bourse de frère Guglielmo et se disposait-il à accomplir sa mission le plus rapidement possible. En chemin, il était tombé sur un rassemblement important. La foule extasiée écoutait sans ciller les harangues d'un orateur qui avait improvisé une scène juste sous les colonnes d'un palais. La scène le surprit peu, mais soudain, alors qu'il s'apprêtait à tourner le dos à la multitude, Matteo s'arrêta. Il avait reconnu le prêcheur.

« Ici même, dans ce lieu, un véritable croyant a donné sa vie pour Dieu, l'entendit-il vociférer. Un *bonhomme*[23] qui s'est sacrifié pour sa foi et pour vous, comme le Christ ! Et pour quoi ? Pour rien puisque vous ne vous émouvez même pas quand je vous le rappelle. Vous ne comprenez pas que chaque jour qui passe nous ressemblons davantage à des animaux ! Vous ne voyez pas qu'avec votre attitude passive vous tournez le dos à Dieu ? »

Le prieur et son secrétaire cachèrent leur étonnement. C'est sous ce porche que leur décrivait Matteo qu'ils avaient trouvé frère Alessandro. Entre deux gorgées de lait, le novice poursuivit son récit. Quand il leur révéla l'identité de cet orateur, les deux moines furent encore plus perplexes. L'homme qui accusait les passants d'avoir perdu leur âme pour ne pas avoir reconnu les envoyés du Très-Haut était frère Giberto. Le sacristain aux cheveux roux, l'homme qui gardait les portes du monastère, avait abandonné ce matin-là ses fonctions pour aller prêcher à l'endroit même où le bibliothécaire avait mis fin à ses jours... Pour quelle raison ? Mais il y avait plus étrange encore. Matteo poursuivit.

« Vous serez tous condamnés, disait frère Giberto, si vous ne renoncez pas à l'Eglise de Satan et ne revenez pas à l'authentique religion. Ne mangez rien qui provienne du coït ! clamait le sacristain hors de lui. Refusez la viande, abominez les œufs et le lait ! Préservez-vous des faux sacrements ! Ne communiez pas et ne vous baptisez pas faussement ! Désobéissez à Rome et révisez votre foi si vous voulez encore être sauvés ! »

Le borgne secoua la tête, incrédule. Le prieur fit signe à son neveu de poursuivre. Plus serein, le garçon leur raconta que, lorsque le sacristain découvrit sa présence parmi la foule, il descendit comme une flèche de son estrade improvisée et le prit par le cou en le montrant à tout le monde.

« Regardez-le bien, dit-il en le secouant comme un prunier, c'est le neveu du prieur de Santa Maria delle Grazie. Si personne n'élève cet enfant dans la véritable foi, que deviendra-t-il ? Je vais vous le dire ! Il deviendra un fidèle serviteur de Satan, comme son oncle ! C'est un maudit renégat de Dieu, et il traînera des centaines d'ânes comme vous derrière lui vers la condamnation éternelle ! »

Le visage du prieur se ferma, sévère.

— Il a dit cela, tu en es sûr ?

Le novice acquiesça.

— Puis il m'a déshabillé.

— Quoi ?

— Et il m'a soulevé pour que tous puissent me voir.

— Mais pourquoi, Matteo, pourquoi ?

Les yeux de l'enfant se remplirent de larmes à ce souvenir :

— Je ne sais pas mon oncle. Je l'ai juste entendu crier aux gens qu'ils seraient idiots de croire à la pureté d'un enfant seulement parce qu'il n'a pas perdu son innocence. Que nous venons tous en ce monde pour purger nos péchés et que, si nous ne le faisons pas au cours de cette existence, nous retournerons à cette vallée de larmes qu'est la matière, et y mènerons une vie pire que la première !

— La réincarnation n'est pas une doctrine chrétienne ! protesta le borgne.

— Mais bien cathare, le coupa le prieur. Laissez-le terminer, frère.

Matteo s'essuya les yeux et reprit :

— Ensuite... Ensuite, il a dit que les moines de Santa Maria professaient dans l'Eglise de Satan, et suivaient un pape qui adorait les dieux païens, mais il a promis que cette maison deviendrait bientôt un phare qui guiderait le monde vers le salut.

— Il a dit cela ? s'étonna Benedetto en fronçant les sourcils. Et il a expliqué comment ?

— Ne le bousculez pas, frère, recommanda le prieur à son secrétaire.

Le novice s'accrocha aussitôt à son oncle.

— Ce n'est pas vrai, n'est-ce pas ? pleurnicha-t-il. Nous ne sommes pas l'Eglise de Satan !

— Bien sûr que non, Matteo, le rassura Bandello en lui caressant la tête. Pourquoi en doutes-tu ?

— C'est que... C'est que frère Giberto s'est beaucoup fâché quand je lui ai dit que ce n'était pas vrai. Il m'a giflé et a crié qu'un jour on vous chassera de *La Cène* et que cette dernière s'offrira à la contemplation de tous, et qu'alors elle pourra de nouveau briller sur la véritable Eglise.

Une sensation croissante de rage s'empara du prieur :

— Il a osé porter la main sur toi !

Matteo parut ne pas l'entendre.

— Frère Giberto disait que plus nous regarderions *La Cène*, plus nous nous approcherions de son Eglise. Que la fresque de Léonard de Vinci cachait le secret du salut éternel. Que c'était pour cette raison que lui et frère Alessandro avaient accepté qu'il fasse leur portrait près du Christ.

— Il a vraiment dit cela ?

— Oui, répondit Matteo en étouffant un sanglot. Et que, comme ils étaient peints sur cette fresque, ils avaient déjà gagné la gloire.

L'enfant scruta les visages sérieux des deux adultes. Ce fut le borgne qui le tira du doute. Le bibliothécaire n'était pas le seul à avoir posé pour le peintre. D'autres moines comme Giberto avaient servi, eux aussi, de modèles aux apôtres. Le sacristain incarnait Philippe. Mais Bartolomé, les deux Jacques, André possédaient eux aussi des visages qui appartenaient aux dominicains. Benedetto lui-même s'était laissé peindre en Thomas. « Je suis de profil pour que l'on ne voie pas mon œil perdu », avait-il expliqué.

Le borgne caressa la tête de Matteo.

— Tu es très courageux, lui dit-il, tu as bien fait de nous faire sortir du réfectoire. Le mal peut nous faire perdre la raison comme le serpent avec Eve.

Il devait pressentir quelque chose sur les véritables identités des apôtres parce que, presque de but en blanc, Benedetto interpella Matteo avec une question qui surprit le prieur lui-même :

— Tout à l'heure tu as dit que tu savais qui était vraiment l'apôtre Simon. C'est le sacristain qui te l'a dit ?

Le novice baissa les yeux vers les pupitres vides du *scriptorium* et acquiesça d'un hochement de tête.

— Tandis qu'il me tenait déshabillé, suspendu en l'air pour que tout le monde me voie, il raconta l'histoire d'un homme qui avait vécu avant le Christ et prédisait l'immortalité de l'âme.

— Vraiment ?

— Il disait que cet homme avait appris des sages les plus anciens du monde. Et qu'il avait aussi prêché sur des sujets comme le jeûne, l'oraison et le froid.

— Te souviens-tu de ce qu'il a dit exactement ?

— Que ces trois choses nous aidaient à abandonner le corps, siège des péchés et bassesses, et à nous identifier avec l'âme... Et il a dit aussi que, dans *La Cène*, cet homme continue à dispenser son savoir habillé de blanc.

— Cette description correspond à un seul des apôtres, fit observer Bandello, et c'est Simon.

— A-t-il donné le nom de cet homme si sage ? demanda le borgne.

— Oui, il l'a appelé Platon.

— Platon ! répéta Benedetto en sursautant. Evidemment, le philosophe de Béatrice d'Este, le buste qu'elle fit transporter de Florence était le sien[24]...

Le prieur se passa les mains sur les tempes, perplexe :

— Mais pourquoi Léonard se serait-il peint en train d'écouter Simon plutôt que le Christ ?

— Comment ? Vous ne comprenez toujours pas ! C'est pourtant bien clair ! Léonard nous indique dans sa fresque d'où viennent ses connaissances. Léonard, comme frère Giberto et frère Alessandro, est un cathare. Vous-même avez prononcé ce mot, il y a quelques instants. Et vous avez raison. Platon, comme les cathares plus tard, défendait l'idée que la véritable connaissance humaine s'obtenait directement du monde spirituel, sans médiateurs, sans Eglise, ni messe. Il appelait cela *gnosis*, prieur, la pire hérésie de toutes.

— Comment pouvez-vous en être aussi sûr ? Ce genre de témoignage ne suffira pas pour accuser d'hérésie Léonard de Vinci.

— Ah, non ? Vous ne voyez pas que Léonard s'habille toujours en blanc comme Simon dans *La Cène* ? Vous ne savez pas qu'il refuse de manger de la viande et pratique le célibat. L'avez-vous déjà vu avec une femme ?

— Mais nous aussi portons des habits clairs et pratiquons le jeûne, frère Benedetto. De plus, on dit de Léonard qu'il aime les hommes, qu'il n'est pas aussi chaste que vous le dites..., répliqua frère Vicenzo devant le regard déconcerté de son neveu.

— On dit... Et qui le dit ? Ce ne sont que des commérages. Léonard est un homme solitaire. Il fuit l'idée du couple comme la peste. Je suis certain qu'il est chaste comme les *parfaits*[25] du catharisme... ! Tout concorde !

Le prieur ne put dissimuler son malaise.

— Supposons que vous ayez raison. Comment agir sans éveiller les soupçons ?

— D'abord, conseilla Benedetto, nous devons convaincre de son hérésie le père Leyre. C'est lui, l'inquisiteur. Sa présence parmi nous est une aubaine et il en sait certainement beaucoup plus que nous sur les cathares.

— Et ensuite ?

— Il faut arrêter frère Giberto pour l'interroger.

— Cela ne va pas être possible...

Matteo murmura cette phrase avec la crainte d'importuner. Bien qu'il se sentît déjà mieux, il n'avait pas tout à fait terminé de raconter ce qu'il avait vu sur la place du marché.

— Que dis-tu ?

— Que vous ne pouvez pas l'arrêter.

— Explique-toi, Matteo.

— Après avoir terminé son sermon, frère Giberto... (Matteo hésita avant de reprendre d'une voix basse :) Il a mis le feu à ses vêtements et s'est immolé devant la foule rassemblée.

— Dieu du ciel ! s'exclama le borgne en se couvrant la bouche dans un geste d'horreur. Vous voyez, père Bandello, il ne reste plus aucun doute. Le sacristain a préféré se soumettre à l'*endura* plutôt qu'à notre tribunal...

— L'*endura* ?

La question de Matteo demeura sans réponse, flottant dans l'air raréfié de la bibliothèque. Benedetto demanda la permission de se retirer pour réfléchir et quitta les lieux d'un pas pressé. Impressionné par les révélations de Matteo, il ne tarda pas à venir m'expliquer qu'au moins deux *bonshommes*[26] – tel était le nom que se donnaient les cathares – avaient vécu à Santa Maria. En tant qu'inquisiteur, je devais être mis au courant. Mais le borgne mit l'accent sur la seconde découverte qui, selon lui, relevait de mes fonctions : il avait enfin réussi à identifier l'interlocuteur de Léonard dans la tablée du *Cénacle*. Il connaissait l'identité de l'homme au manteau blanc et aux mains ouvertes qui distrayait l'attention d'au moins deux disciples du Christ. Il s'agissait de Platon. La confidence opportune du frère borgne combla une lacune qui m'avait obsédé depuis ma rencontre avec Oliverio Jacaranda. La présence du philosophe dans le réfectoire expliquait pourquoi Léonard de Vinci gardait dans sa bibliothèque les œuvres complètes du penseur athénien. Ces livres, à cette heure, devaient se trouver dans un coin du palais de Jacaranda sans que personne ne leur accorde l'attention qu'ils méritaient.

Le cercle, donc, se fermait petit à petit.

# 34

*Rome, trois jours plus tard*

Un garde pontifical, raide comme la corde tendue d'une arbalète, indiqua d'un geste au maître général des Dominicains le chemin qu'il devait emprunter. Ces mesures de sécurité parurent extrêmes au père Torriani, que les hommes du pape connaissaient si bien. Mais les ordres étaient stricts : un cardinal venait de mourir, le troisième en à peine six mois, et le pape, que beaucoup jugeaient responsable de ces morts soudaines, avait ordonné un simulacre d'enquête, et accru les mesures de sécurité sur les accès au palais pontifical.

L'atmosphère était exécrable. Rome avait eu raison de trembler quand Alexandre VI nomma cardinal un des gentilshommes de sa communauté. Tous savaient que si le pape convoitait les possessions de quelqu'un, il lui suffisait de le nommer cardinal d'abord et de le faire assassiner discrètement après. La loi était de son côté : le pape était l'unique et légitime héritier des biens de sa Curie. Et avec le cardinal Michieli, richissime patriarche de Venise dont le corps refroidissait déjà, la loi s'était appliquée de nouveau avec une précision absolue.

Torriani se soumit aux contrôles pour pénétrer dans les salles Borgia sans protester. Il laissa derrière lui la porte d'or de la chapelle du Saint-Sacrement et distingua clairement les silhouettes qui l'attendaient dans la troisième salle, les yeux fixés sur le plafond, une étrange expression de triomphe se dessinant sur leurs visages. Près des fenêtres de l'aile est, à l'abri des rigueurs de l'hiver romain, Annio de Viterbe et le pape discutaient avec animation sous des fresques tout juste terminées. Elles sentaient encore le vernis et la résine.

Le pape, tonsuré, dissimulait son ventre sous une soutane couleur lie qui le couvrait des pieds à la tête. A l'inverse, Annio avait l'aspect d'une belette avec son nez effilé. De ses mains larges et osseuses, il faisait de grands gestes ampoulés en direction des tableaux et déclarait d'un ton tonitruant :

— L'art est la plus nécessaire de vos armes, Saint-Père ! Ayez-le toujours à votre service et vous dominerez la chrétienté ! Perdez-le et vous échouerez dans votre tâche pastorale !

Torriani vit Alexandre VI acquiescer sans mot dire tandis qu'il notait que ses aigreurs d'estomac reprenaient. Il avait entendu ce discours de nombreuses fois. Cette idée remarquable avait envahi Rome en emportant à sa suite les meilleurs artistes florentins. Le pape lui-même avait enlevé un véritable régiment de peintres à Laurent de Médicis, juste pour satisfaire les désirs occultes d'Annio. L'irrésistible ascension des peintres et sculpteurs au détriment des moines et cardinaux causait de grandes souffrances à Torriani. Mal à l'aise, jaloux de l'influence que ce pernicieux moine de

Viterbe exerçait sur le pape, le maître général des Dominicains fit comme si de rien n'était, et se dirigea vers le chef de la garde pour qu'il annonce son arrivée. Le plus haut responsable de l'ordre de saint Dominique était venu à la demande d'Alexandre VI.

Le pape sourit :

— Enfin, vous voilà, cher Gioacchino ! s'exclama-t-il en tendant son anneau au visiteur. Vous tombez à pic. Il y a quelques instants à peine, Nanni et moi parlions de cette affaire qui vous préoccupe tant...

Le dominicain leva les yeux.

— Que... Que savez-vous à ce sujet ?

— Allons, allons ! Nul besoin de vous montrer aussi discret avec moi. Je sais pratiquement tout, et même que vous avez envoyé un espion en mon nom à Milan pour vérifier certaines rumeurs concernant une hérésie qui aurait pris place à la cour du More.

— Mais... (Le vieux prêcheur était troublé.) Je venais précisément vous mettre au courant de tout ce que notre homme a découvert.

— Je m'en réjouis, sourit le pape. Je vous écoute.

Annio de Viterbe et le Saint-Père abandonnèrent la contemplation des fresques pour s'asseoir dans les grands fauteuils de cuir que de zélés serviteurs venaient d'apporter. Torriani, nerveux, préféra rester debout. Il tenait un porte-documents sous le bras qui contenait la longue lettre que je lui avais envoyée lorsque j'avais découvert l'existence d'une souche cathare au cœur de Milan.

— Depuis quelques mois, commença Torriani encore impressionné par ce qu'il venait d'apprendre, nous recevons régulièrement des messages insinuant que le duc de Milan utilise un célèbre peintre florentin, Léonard de Vinci, pour diffuser des idées hérétiques dans une œuvre majestueuse qu'il prépare sur la dernière Cène du Christ.

— Léonard de Vinci, dites-vous ?

Le pape regarda Nanni en attendant une de ses sages remarques.

— Léonard de Vinci, Votre Sainteté, répéta ce dernier. Vous ne vous souvenez pas de lui ?

— Je ne crois pas.

— C'est naturel. Son nom ne figurait pas dans la liste des artistes que vous avaient recommandés les Médicis pour embellir Rome quand vous étiez encore cardinal. D'après ce que nous savons de lui, il s'agit d'un homme orgueilleux, irascible et certainement peu ami de notre sainte Eglise. Les Médicis le savaient et, avec discernement, évitèrent de nous le recommander.

Le pape soupira.

— Encore un problème, alors ?

— Sans aucun doute, Votre Sainteté. Léonard se sentit évincé et décida de quitter Florence en 1482, tournant le dos aux Médicis, pour s'installer à Milan et y travailler comme inventeur, cuisinier et non comme peintre si possible.

— A Milan ? Et comment ont-ils accueilli un homme pareil, se moqua le pape avant de reprendre : Ah ! je comprends... c'est pour cela que vous disiez que le duc ne m'est pas fidèle, c'est cela, Nanni ?

— Il faut poser la question à notre maître général ici présent, répondit Annio sèchement. Il vous apporte des preuves pour vous le démontrer, je crois.

Torriani, qui était resté debout, protesta :

— Ce ne sont pas encore des preuves, juste des indices. Léonard, guidé et protégé par le More, s'est lancé dans la création d'une œuvre de thème chrétien aux proportions considérables, mais remplie d'irrégularités qui préoccupent le prieur de notre monastère de Santa Maria delle Grazie.

— Soyez donc plus précis, quelles irrégularités ?

— La fresque représente une Cène.

— Et qu'a d'étrange une œuvre semblable ?

— Vous allez comprendre. Nous savons que les douze apôtres peints par Léonard de Vinci sont en réalité les portraits de personnages païens ou à la foi douteuse. Leur disposition obéit à un ordre secret et paraît vouloir transmettre une information qui n'est pas chrétienne.

Le pape et Nanni échangèrent un long regard. Quand le sage de Viterbe lui demanda plus de détails, le dominicain serra son porte-documents contre lui et déclara :

— Nous venons de recevoir la première lettre de notre envoyé à Milan, dit-il. C'est un érudit de Béthanie, expert en langages chiffrés et codes secrets. Il étudie en ce moment autant l'œuvre que le peintre. Il a examiné chaque portrait de cette Cène et a cherché des concordances entre eux. Il a essayé presque toutes les combinaisons possibles, comparant chaque apôtre avec un signe du zodiaque, cherchant des équivalences entre la position de leurs mains et les notations musicales. Ses conclusions ne tarderont pas à nous arriver, et ce qui n'est aujourd'hui qu'un indice deviendra demain une preuve.

Nanni parut exaspéré par ces paroles.

— Mais a-t-il, oui ou non, découvert quelque chose ?

— Oui, père Annio. La véritable identité de trois apôtres nous a déjà été complètement révélée. Nous savons que le visage de Judas Iscariote est celui d'un certain frère Trivulzio, mort peu après le jour des Rois, retrouvé pendu en plein centre de la ville.

— Tiens, comme le vrai Judas, fit remarquer le pape.

— En effet. Nous n'avons pas pu déterminer encore s'il s'agissait d'un suicide ou d'un assassinat, mais notre informateur pense que ce moine appartenait à une communauté de cathares infiltrés dans notre couvent.

— Des cathares ? s'écria le pape en écarquillant les yeux.

— Des cathares, oui. Ceux-là mêmes qui croient représenter la véritable Eglise de Dieu, qui n'acceptent comme prière que le Notre Père et rejettent les prêtres et le pape, vicaire de Christ, comme unique représentant de Dieu sur Terre...

— Je connais parfaitement les croyances des cathares, Torriani ! cria le pape, furieux. Mais je croyais qu'ils avaient tous brûlé à Carcassonne et Toulouse en 1325, que l'évêque de Pamiers en avait fini avec eux !

Torriani aussi connaissait cette histoire. Mais tous les cathares ne périrent pas à cette date. Après le triomphe de la croisade contre les cathares du sud de la France et la chute de Montségur en 1244, des familles hérétiques fuirent vers l'Aragon, la Lombardie et l'Allemagne. Ceux qui traversèrent les Alpes s'installèrent immédiatement dans les environs de Milan où des forces politiques plus tolérantes, comme celles des Visconti, les laissèrent vivre en paix. Peu à peu, leurs idées extrémistes tombèrent en désuétude et beaucoup finirent par disparaître sans perpétuer leurs rites ou idées hétérodoxes.

— La situation peut devenir grave, poursuivit Torriani d'un ton solennel. Frère Trivulzio n'est pas le seul à être suspecté de professer le catharisme dans notre monastère milanais. Il y a trois jours, un autre moine déclara ouvertement son hérésie avant de s'ôter la vie.

— *Endura* ? demanda Annio.

— Exactement.

— Par tous les saints ! s'exclama-t-il. L'*endura* fut une des pratiques les plus extrêmes des cathares. Cela fait plus de deux cents ans que personne n'y a eu recours.

L'assistant du pape regarda ce dernier qui paraissait ne pas avoir très bien compris ce qu'était l'*endura*. Annio le lui expliqua :

— Dans sa version passive, dit-il, cette règle consistait en un vœu solennel de ne pas ingérer d'aliments ni rien qui puisse contaminer le corps du cathare qui aspirait à la perfection. S'il mourait pur, ce malheureux croyait sauver son âme et s'intégrer à Dieu. Mais il existe aussi une version active, celle de l'immolation par le feu, qui ne fut accomplie que lors du siège de Montségur. Les habitants de ce dernier bastion militaire cathare préférèrent se jeter dans un grand bûcher plutôt que de se rendre aux troupes du pape.

— Le moine dont je parle s'est immolé par le feu.

Nanni n'arrivait pas à surmonter sa stupéfaction.

— J'ai du mal à croire qu'on ait pu ressusciter cette vieille pratique, maître Torriani. Je suppose que vous disposez d'autres informations sur lesquelles fonder votre inquiétude.

— C'est malheureusement le cas, en effet. Nous avons toutes les raisons de penser que les preuves de l'existence d'une communauté cathare active à Milan se cachent dans la fresque que termine en ce moment même Léonard de Vinci. Lui-même s'est peint dans son œuvre en train de converser avec un apôtre qui n'est n'autre que Platon. Vous savez, le philosophe antique auquel se référaient ces maudits hérétiques.

Annio de Viterbe sursauta sur son siège pliant :

— Platon, vous êtes sûr ?

— Tout à fait. Le pire, père Annio, c'est que ce lien n'est pas exempt d'une logique perverse. Comme vous le savez, Léonard s'est formé à Florence sous les ordres de Andrea del Verrochio, un artiste puissant bien considéré des Médicis et très proche de l'Académie que Côme l'Ancien plaça sous la direction d'un certain Marsile Ficin. Et comme vous le savez aussi, cette Académie a été créée pour imiter celle de Platon à Athènes.

— Et alors ? dit l'assistant du pape en fronçant les sourcils, jaloux de tant d'érudition.

— La conclusion est évidente. Si les cathares partageaient beaucoup de doctrines platoniciennes des plus douteuses, et si même l'Académie de Ficin pratique encore des coutumes cathares, comme ne pas manger de viande, qu'est-ce qui nous empêche de penser que Léonard utilise son œuvre pour transmettre des doctrines contraires à Rome ?

— Mais que voulez-vous de nous ? Faut-il l'excommunier ? demanda le pape.

— Pas encore. Nous avons besoin de prouver, sans laisser aucun doute, que Léonard a introduit ses idées dans sa fresque. Notre homme à Milan travaille à rassembler ces preuves. Nous agirons ensuite.

— Mais, maître Torriani, le coupa Annio avant que son discours n'aille trop loin, de nombreux artistes comme Botticelli ou Pinturicchio se sont formés dans cette Académie florentine, et pourtant ce sont d'excellents chrétiens.

— Ils le paraissent seulement. Vous devriez vous méfier.

— Les dominicains sont toujours si soupçonneux ! Regardez autour de vous. Pinturicchio a peint ces magnifiques fresques pour Sa Sainteté, répliqua-t-il en indiquant le plafond. Est-ce que vous voyez là une trace quelconque d'hérésie ? Répondez !

Le dominicain connaissait bien ces décors. Béthanie avait ouvert en secret un dossier à ce sujet, mais cela n'avait jamais rien donné.

— Nul besoin de vous montrer si exalté, maître Annio. D'autant que, sans le vouloir, vous me donnez raison. Regardez bien l'œuvre de ce Pinturicchio : des dieux païens, des nymphes, des animaux exotiques et des scènes que vous ne trouverez jamais décrites dans la Bible. Seul un disciple de Platon, imbu de ses vieilles doctrines païennes, pourrait avoir l'idée de peindre quelque chose de semblable.

— Mais c'est l'histoire d'Isis et Osiris ! protesta Annio de Viterbe, hors de lui. Osiris, au cas où vous l'ignoreriez, ressuscita d'entre les morts, comme Notre-Seigneur. Et son souvenir, bien que de forme païenne, renouvelle pour nous l'espérance dans le salut. Osiris apparaît ici sous la forme d'un taureau, et notre Saint-Père est du signe du Taureau, je vous le rappelle. La relation entre cette figure mythologique, symbole de force et de courage, et la bête armée de cornes qui brille sur son blason est évidente ! Les symboles ne sont pas des hérésies, maître !

Alors que Torriani allait répondre, la voix veloutée et fatiguée du pape coupa la discussion :

— Ce que je ne comprends pas très bien, dit-il en faisant traîner ses mots comme si cette conversation l'ennuyait, c'est où vous voyez le péché du More dans tout cela...

— C'est parce que vous n'avez pas examiné l'œuvre

de Léonard, Votre Sainteté, se défendit Torriani. Le duc de Milan la finance entièrement et il protège l'artiste des reproches de nos moines. Cela fait des mois que le prieur de Santa Maria essaie de diriger la fresque vers une esthétique plus pieuse, mais c'est peine perdue. C'est le More qui a permis à Léonard de se peindre le dos tourné au Christ et en pleine conversation avec Platon.

— Oui, oui, dit le pape avant de bâiller. Vous avez aussi mentionné Ficin, non ?

Torriani acquiesça d'un hochement de tête.

— N'est-ce pas de cet homme que vous m'avez si souvent parlé, cher Nanni ?

— Si, Votre Sainteté, confirma ce dernier avec un sourire faux. Il s'agit d'un personnage extraordinaire. Unique. Je ne crois pas que ce soit un hérétique, comme le prétend maître Torriani. Il est chanoine de la cathédrale de Florence et doit avoir aujourd'hui dans les soixante-cinq ans environ. Vous admireriez son esprit éclairé.

— Esprit éclairé... Mais ce n'est pas un autre Savonarole, n'est-ce pas ? D'ailleurs, ne sont-ils pas tous les deux chanoines de la même église ?

Le pape fit un clin d'œil à Torriani qui trembla en écoutant le nom du dominicain exalté qui prédisait la fin de « l'Eglise riche ».

— Il est vrai qu'ils partagent le même temple, s'excusa Annio, troublé, mais ils ont des personnalités totalement opposées. Ficin est un lettré qui mérite tout notre respect. Un sage qui a traduit en latin de nombreux textes anciens comme les traités égyptiens qui ont servi à Pinturicchio pour décorer ce plafond.

— Vraiment ?

— Avant de travailler sur vos fresques, Pinturicchio

a lu les œuvres d'Hermès Trismégiste que Ficin venait de traduire du grec. Elles narrent les splendides scènes d'amour entre Isis et Osiris...

— Et Léonard, marmonna le pape, lui aussi a lu ce Ficin ?

— Il a même souvent eu affaire à lui. Pinturicchio le sait. Tous deux furent ses disciples dans l'atelier de Verrochio et tous deux suivirent ses explications sur Platon et sa croyance dans l'immortalité de l'âme. Mais quoi de plus chrétien que cette idée ?

Nanni prononça ces dernières paroles en défiant les critiques de maître Torriani. Il savait très bien que la majeure partie des dominicains étaient thomistes, défenseurs de la théologie de Thomas d'Aquin inspirée d'Aristote, et ennemis de tout mouvement qui aiderait à tirer Platon de l'oubli. Torriani comprit qu'il venait de perdre contre cet interlocuteur. Il baissa les yeux et annonça son départ soudain :

— Votre Sainteté, vénérable Annio, salua-t-il, courtois, il est inutile que nous continuions à spéculer sur les sources d'inspiration de cette *Cène* de Milan tant que notre enquête ne sera pas terminée. Avec votre bénédiction, elle se poursuivra et déterminera quel type de péché Léonard est en train de commettre contre notre doctrine.

— S'il en a commis un..., murmura l'homme de Viterbe.

Le pape retourna son salut à Torriani et, traçant le signe de la croix dans l'air, ajouta :

— Un dernier conseil avant que vous partiez, Torriani : à partir de maintenant, faites bien attention où vous mettez les pieds.

# 35

Jamais je ne vis de visages aussi maussades que ceux des moines de Santa Maria ce dimanche matin. Avant que sonnent les matines, le prieur lui-même avait parcouru tout le monastère, cellule après cellule, pour nous réveiller les uns après les autres et demander d'une voix forte que nous nous habillions au plus vite et préparions nos consciences pour la tenue d'un chapitre extraordinaire.

Evidemment, personne ne rechigna. Tous les moines savaient que la mort du sacristain ne pouvait rester sans explications. Cela justifiait peut-être le fait que tous avaient commencé à se montrer méfiants les uns à l'égard des autres du jour au lendemain. Pour moi, l'étranger, la situation était devenue insoutenable. Les frères se rassemblaient en petits groupes selon leur origine. Ceux du sud de Milan ne parlaient pas avec ceux du Nord, lesquels à leur tour évitaient de se lier avec les moines provenant de la région des lacs. Chacun soupçonnait son voisin d'être responsable de la triste fin de frère Giberto. Santa Maria était secouée par ces divisions... Et j'étais incapable d'y mettre un terme.

Ce matin-là, après m'être lavé et habillé dans la

pénombre, je compris à quel point cette crise était profonde. Il n'y avait pas un moine qui ne murmurât contre un autre, pourtant ils semblaient tous être d'accord sur un point : ils devaient me tenir écarté de leurs soucis. Car s'il y avait bien quelque chose qui les terrorisait, c'était le fait qu'en vertu de mes pouvoirs d'inquisiteur, je puisse ouvrir un procès contre la communauté. La rumeur selon laquelle frère Giberto était mort en prêchant comme un cathare les avait atterrés. Aucun, bien sûr, n'avait osé le montrer ouvertement. Mais ils me regardaient comme si j'avais moi-même poussé frère Alessandro à se pendre, et avais manigancé pour faire perdre la raison au sacristain. Tel était le pouvoir diabolique qu'ils me conféraient.

Mais je fus surtout frappé par la manière qu'eut le prieur, Vicenzo Bandello, de tirer parti de ces peurs.

Après nous avoir rassemblés, il nous conduisit vers une grande table vide qu'il avait fait disposer dans un salon, près des écuries. Il faisait froid et la salle était encore moins éclairée que nos cellules. Mais ce fut ainsi, presque à tâtons, que Bandello nous fit participer à l'intense journée qu'il nous avait préparée. Nous devions nous livrer de matines à complies à des exercices spirituels, révision des péchés, actes de contrition et confession publique. Puis un groupe de frères, désigné par lui-même, se chargerait de se rendre au Cloître des Morts et d'exhumer les restes de frère Alessandro Trivulzio. Non seulement on arracherait son corps du sein de la terre mais on l'emmènerait loin des murs de la ville pour l'exorciser, le brûler et répandre ses cendres. Et avec lui frère Giberto.

Bandello voulait débarrasser son monastère de toute trace d'hérésie avant la tombée de la nuit. Lui qui avait cru dans l'innocence du frère bibliothécaire, et avait même défendu l'idée d'un complot contre sa vie, savait désormais que frère Alessandro avait tourné le dos au Christ en mettant sérieusement en danger l'intégrité morale du couvent.

Je vis Mauro Sforza, le moine chargé des enterrements, se signer d'un geste nerveux à une extrémité de la table.

Le père Vicenzo se montra encore plus grave et taciturne que jamais. Il avait mal dormi. Les cernes sous ses yeux, sombres et profonds, en étaient la preuve, et lui conféraient un aspect désolant. La responsabilité de ce déplorable état me revenait en partie. La veille, dans l'après-midi, tandis que maître Torriani et le pape Alexandre se voyaient à Rome sans que je sois au courant, Bandello et moi avions discuté des implications qu'avait la présence de deux cathares infiltrés dans la communauté. Milan, lui avais-je alors expliqué, était attaqué par les forces du mal comme jamais au cours de ce siècle. Toutes mes sources le confirmaient. Au début, le prieur m'avait regardé d'un air incrédule, comme s'il doutait qu'un nouveau venu puisse comprendre les problèmes de son diocèse, mais, au fur et à mesure que je lui exposais mes arguments, il avait changé d'attitude.

Je lui expliquai pourquoi à mon avis la série de morts violentes que nous venions de subir ne relevait pas du simple hasard. Je lui expliquai même en quoi elles étaient liées à celles des pèlerins assassinés dans l'église de San Francesco. L'enquête de la garde ducale me donnait raison. Elle avait conclu que ces malheureux étaient morts sans opposer aucune résistance, comme frère Alessandro. Il y avait plus : le lieu exact des crimes de San Francesco était l'autel majeur placé juste sous un tableau du maître Léonard que l'on appelait la *Maesta*. Ce détail, ajouté au fait que parmi toutes leurs possessions on n'avait trouvé qu'une miche de pain et un jeu de cartes illustrées, rendait ces crimes plus que suspects. Les victimes avaient le même bagage, comme si cela faisait partie d'un rituel obscur. Peut-être même d'un cérémonial cathare inconnu jusqu'alors...

C'était étrange. Léonard de Vinci, comme je le suggérai au prieur, était devenu une véritable source de problèmes. Frère Alessandro était mort après avoir posé pour lui comme Judas Iscariote, et je lui rappelai que le sacristain faisait aussi partie des moines avec lesquels il avait le plus sympathisé. Sans parler de Béatrice d'Este : morte après lui avoir offert sa protection. Comment ne pas voir le fil subtil qui reliait tous ces événements ? N'était-il pas évident que Léonard de Vinci était entouré de dangereux ennemis, peut-être aussi méfiants vis-à-vis de son hétérodoxie que nous, mais prêts à en venir aux armes pour en finir avec lui et les siens ?

Ce furent toutes ces victimes et la crainte que d'autres puissent s'y ajouter qui m'obligèrent à parler à Bandello de l'Augure. Et je crois que j'eus raison.

Au début, il me regarda avec effarement quand je lui expliquai que Rome était déjà prévenue de cette accumulation de malheurs. Les hautes instances pontificales recevaient en effet depuis un certain temps des nouvelles d'un mystérieux expéditeur qui avait prédit que tout cela se produirait si on n'arrêtait pas le chantier du *Cénacle*. Le profil de cet émissaire, lui expliquai-je, était celui d'un individu sagace, intelligent, de formation dominicaine, qui cachait sans doute son identité par crainte des représailles du duc. Un homme qui agissait par dépit contre le peintre et dont la seule obsession semblait être de le mener à la ruine et au discrédit... Un homme qu'il fallait donc localiser au plus vite si nous voulions faire cesser cette série de crimes et avoir les preuves certaines et incriminatoires contre Léonard qu'il disait posséder.

— Si je ne me trompe pas, père Bandello, la passivité de Rome face à ses menaces l'a obligé à rendre justice de ses propres mains.

— Et pour quelle raison ? Que peut avoir cet homme contre notre peintre ? demanda le prieur, stupéfait.

— J'y ai beaucoup réfléchi, vous savez, et je ne trouve qu'une seule explication possible. (Bandello me regarda, intrigué, et m'invita à poursuivre.) Mon hypothèse est la suivante : il n'y a sans doute pas si longtemps, l'Augure a été le complice de Léonard de Vinci, et a même dû partager ses croyances hérétiques. Pour une raison obscure qui reste encore à déterminer, notre homme s'est senti trahi par le peintre et a décidé de le dénoncer. Il a commencé par envoyer des lettres à Rome pour nous informer de son délit contre la foi, et des mystères dangereux qu'il cache dans sa *Cène*. Désespéré par notre scepticisme, il a décidé de passer à l'action.

— Je ne comprends pas, de quelle action parlez-vous ?

— Je sais, c'est difficile à saisir. Et je n'ai pas encore toutes les clés, moi non plus. Cependant mon idée prend sens si nous acceptons l'hypothèse que l'Augure fut un cathare comme frère Alessandro ou frère Giberto. Pendant un temps, il a dû se croire lui aussi l'héritier des véritables apôtres du Christ et, comme eux, il a dû attendre avec patience le jour du second Avènement du Messie. C'est le rêve de tout *bonhomme*.

Ils croient que, ce jour-là, sera confirmée leur « véritable religion » aux yeux de la chrétienté.

Je profitai de l'attention du prieur pour achever, d'un ton solennel :

— Je pense qu'après une longue et vaine attente, bouleversé par un certain événement, l'Augure a perdu la tête, a renié son vœu de non-violence et s'est apprêté à faire payer dans le sang le temps qu'il avait perdu avec les « hommes purs ».

— C'est une accusation horrible, père Leyre.

— Etudions les faits. Les cathares connaissent parfaitement le Nouveau Testament. Quand l'Augure a tué frère Alessandro, il s'est arrangé pour que cela ressemble à un suicide. Léonard, lui, s'est tout de suite rendu compte qu'il s'agissait d'un crime. Bien qu'il ait essayé de détourner l'attention de la police, ce jour-là, sans le vouloir, il me donna une piste essentielle. Alessandro était mort de la même manière que Judas Iscariote après avoir dénoncé Jésus.

— Et cela vous paraît important ?

— Très important même. L'univers cathare se meut grâce aux pouvoirs des symboles. Si l'Augure réussissait à faire croire à la communauté de parfaits que les mêmes événements qui avaient précédé la mort de Jésus étaient en train de se répéter, il pourrait leur faire croire aussi que le second Avènement était proche. Vous comprenez ? Le « suicide » du bibliothécaire leur annonçait que les temps prophétiques étaient sur le point de s'accomplir, que le Christ allait revenir sur Terre et que sa foi resurgirait triomphante parmi les hommes.

— Le Jugement dernier...

— Exactement. C'est pour cela que Giberto, impressionné par cette révélation et ne craignant plus rien, est sorti prêcher comme un cathare et s'est ôté la vie sans peur, certain que, lorsque le Seigneur reviendrait, il ressusciterait d'entre les morts. L'Augure a consommé sa vengeance avec une intelligence diabolique.

— Vous me paraissez bien certain de votre hypothèse.

— Je le suis, en effet. Je vous ai déjà dit que notre correspondant a une personnalité complexe, il est brillant et n'a rien laissé au hasard, pas même le lieu choisi pour pendre Alessandro.

— Ah ?

— Je pensais que vous aviez deviné, lui dis-je avec un sourire cynique. En me promenant sous les arcades du palais de la Raison, j'ai inspecté la poutre à laquelle était pendu notre bibliothécaire. Elle comporte un étrange bas-relief. Il appartient à un certain Orlando da Tressano, ancien exterminateur d'hérétiques que l'inscription désigne comme « *Spada et Tutore della fede per aver fatto bruciare come si doveva i Catari*[27] ». Curieux, n'est-ce pas ?

Vicenzo Bandello était surpris. La peste de l'hérésie avait infecté son monastère dans des proportions qui allaient au-delà de ce qu'il pouvait imaginer.

— Dites-moi, père Leyre, me demanda-t-il, consterné, jusqu'à quel point estimez-vous que l'Augure réussisse à tromper les siens ?

— Suffisamment pour avoir poussé les pèlerins de San Francesco à abandonner leur cachette dans la montagne et à partir à la recherche du salut dans la ville. Ils ont donné leur vie docilement devant la proximité du Jugement dernier. L'Augure a obtenu ainsi que la communauté cathare se dévoile spontanément. Et il doit penser que c'est juste une question de temps avant que Léonard de Vinci ne trébuche à son tour...

— Alors..., dit le prieur d'un ton hésitant, vous croyez que l'Augure est encore parmi nous ?

— J'en suis certain, et il se cache parce qu'il sait qu'il est trop tard pour obtenir votre pardon. Il a non seulement péché contre la doctrine de l'Eglise mais il a aussi enfreint le cinquième commandement : Tu ne tueras point.

— Comment allons-nous l'identifier ?

— Nous avons de la chance, il a commis une petite erreur.

— Laquelle ?

— Dans ses premières lettres, quand il espérait encore une intervention de Rome, il nous a donné une piste pour que nous puissions le trouver.

Le visage du prieur se détendit soudain sous l'effet de la surprise. Son esprit bien entraîné à mettre en relation des informations dispersées et à résoudre des énigmes lui donna la solution avant que j'aie pu parler :

— Bien sûr ! s'exclama-t-il en portant les mains à la tête. C'est votre énigme ! La signature de l'Augure ! C'est pour cette raison qu'elle était écrite sur la carte que nous avons trouvée près du bibliothécaire.

— Frère Alessandro avait voulu déchiffrer le mystère de son côté. Imprudent, je lui avais donné le texte, et ce fut peut-être sa curiosité qui précipita sa mort.

— Dans ce cas, père Leyre, nous tenons notre criminel. Il suffit de déchiffrer ces vers pour le trouver.

— Si seulement c'était aussi simple...

# 36

Le bon prieur n'avait pas dû fermer l'œil de la nuit après notre conversation. En le voyant là, debout devant ses moines, les yeux rougis et cernés, je sus qu'il n'avait probablement pas cessé de réfléchir au maudit *Oculos ejus dinumera*. Je regrettais presque de l'avoir chargé de cette nouvelle responsabilité. A son obligation de démasquer ceux qui au sein de sa communauté professaient des croyances hérétiques, de déterminer quel message provocant se trouvait peint dans son propre réfectoire, s'ajoutait maintenant celle de localiser le frère qui s'était rendu coupable de plusieurs morts tout en étant convaincu d'œuvrer pour une cause juste.

Les religieux le regardaient, déconcertés. Le chapitre allait commencer :

— Mes frères, dit le prieur d'une voix dure et solennelle, les poings appuyés sur la table. Cela fait presque trente ans que nous vivons entre ces murs, et jamais jusqu'à maintenant nous n'avions été confrontés à une situation aussi grave. Dieu nous met à l'épreuve en nous permettant d'être les témoins de la mort de deux de nos compagnons les plus chers, et en nous révélant que leurs âmes étaient noircies par la laideur de l'hérésie. Comment croyez-vous que le Père éternel regarde notre faiblesse ? Avec quelles dispositions allons-nous le prier si nous n'avons pas été capables de voir les erreurs de nos frères et avons permis qu'ils meurent dans le péché ? Ces défunts, qu'aujourd'hui nous répudions, mangeaient notre pain et buvaient notre vin. Cela ne nous rend-il pas complice de leurs fautes ?

Bandello prit une profonde inspiration et reprit :

— Mais Dieu, mes chers frères, ne nous a pas abandonnés dans cette terrible épreuve. Dans son infinie miséricorde il a voulu placer parmi nous un de ses plus savants docteurs.

Un murmure s'éleva parmi l'assemblée tandis que le prieur me désignait de la main.

— C'est pour cette raison que j'ai demandé à notre illustre père Leyre, du Saint-Office romain, de nous aider à trouver la voie parmi tous les sentiers tortueux que nous traversons en ces moments de douleur.

Je me levai afin que tous puissent me voir et les saluai d'une légère révérence. D'un ton conciliateur, le prieur poursuivit son sermon en faisant de véritables efforts pour ne pas intimider les moines :

— Vous avez tous vécu avec nos frères Giberto et Alessandro, dit-il, vous les connaissiez bien. Et pourtant, aucun de vous n'a remarqué d'irrégularité dans leur comportement, aucun n'a su voir leur funeste dévotion cathare. Nous dormions tranquilles en croyant que cette doctrine s'était éteinte il y a plus de cinquante ans, et nous avons péché par superbe. Nous avions tort de penser que plus jamais nous ne serions confrontés à elle. Nous nous trompions. Le mal, chers frères, est réticent à disparaître. Il profite de notre ignorance. Il se nourrit de notre maladresse. C'est pour cette raison, afin de nous prévenir de nouvelles attaques, que j'ai prié le père Leyre de nous éclairer sur la plus perfide des déviances chrétiennes. Il est possible que, dans ses paroles, vous reconnaissiez des habitudes et des coutumes que vous avez vous-mêmes pratiquées sans en connaître l'origine. Ne craignez rien. Parmi vous, nombreux sont ceux qui viennent de familles lombardes dont les ancêtres ont pu avoir un contact avec les hérétiques. Mon but est que, avant que le soleil se couche et que vous abandonniez cette salle, vous abjuriez vos erreurs et vous vous réconciliez avec la sainte Eglise de Rome. Ecoutez notre frère, méditez ses paroles, repentez-vous et demandez la confession. Je veux savoir si nos défunts frères étaient les seuls infectés par la peste cathare et prendre les mesures opportunes.

Le prieur me céda la parole en faisant un geste pour que je m'approche de lui. Personne ne sourcilla. Les moines les plus âgés, Luca, Jorge et Esteban, trop vieux pour assumer aucune tâche active dans le monastère, étirèrent leurs cous pour m'écouter. Les autres suivirent mes pas du regard. Une authentique frayeur se lisait dans leurs yeux.

— Chers frères, *laudetur Jesus Christus.*

— Amen, répondirent-ils en chœur.

— J'ignore jusqu'à quel point vous avez présente à l'esprit la vie de saint Dominique de Gúzman, commençai-je tandis qu'un murmure parcourait l'assemblée. D'ailleurs, peu importe, ensemble nous allons faire revivre son souvenir et celui de son œuvre.

Un soupir de soulagement parcourut la table.

— Laissez-moi d'abord vous raconter quelque chose. C'est au début de l'année 1200 que les premiers cathares ont essaimé leur doctrine sur une bonne partie de la Méditerranée occidentale. Ils prêchaient la pauvreté, le retour aux habitudes des chrétiens primitifs et se faisaient les avocats d'une religion simple qui n'avait pas besoin d'églises, ni de dîmes ou de privilèges pour les ministres du Seigneur. Ceux qui la suivaient rejetaient le culte des saints et de la Vierge, comme des sauvages ou, pire encore, des musulmans. Ils reniaient le baptême aussi. Et ces animaux ne craignaient pas d'affirmer que le créateur de ce monde n'était pas Dieu mais Satan ! Quelle perversion de la doctrine ! Vous imaginez ? Selon eux, Yahvé, père de l'Ancien Testament, fut en réalité un esprit diabolique qui expulsa Adam et Eve du Paradis, mais détruisit aussi des régiments au passage de Moïse. Entre ses mains, nous, les hommes, serions de simples marionnettes incapables de discerner le bien du mal. Le peuple simple accueillit ces calomnies avec enthousiasme. Il trouvait là une foi qui les excusait du péché et leur permettait de comprendre qu'il y ait tant de souffrances dans le monde créé par le Malin. Quel anathème ! Ils mettaient Dieu et le diable, le bien et le mal à la même place avec des qualités et des pouvoirs identiques !

« L'Eglise, poursuivis-je, voulut combattre ces bâtards depuis les chaires. Mais le remède se révéla inutile. La lutte était disproportionnée, et beaucoup même finissaient par prendre pitié des hérétiques qu'ils considéraient comme des voisins exemplaires. Ils disaient que les cathares prêchaient par leur exemple, donnaient des preuves d'humilité et de pauvreté, tandis que nos prêtres revêtaient de fines chasubles et de beaux habits pour les condamner du haut de leur chaire couverts d'atours coûteux. Aussi, loin de déterrer l'hérésie, l'Eglise obtint l'effet contraire : elle se répandit comme la peste. Saint Dominique fut le seul à comprendre cette erreur, et il décida de descendre sur le terrain des

« purs », car c'est le sens du mot *katharos* en grec, pour leur prêcher avec cette même pauvreté apostolique qu'ils admiraient. L'Esprit saint le rendit fort. Et lui insuffla le courage de pénétrer dans les bastions hérétiques de France là où les cathares étaient foule. Il leur répondit point par point. Il démontra l'absurdité de leur thèse et proclama Dieu comme seul Seigneur de la création. Mais cet effort même fut inutile. Le mal était déjà trop répandu. »

Bandello m'interrompit. Lui aussi avait étudié cette histoire pendant ses années de préparation théologique, et il savait que non seulement le catharisme avait gagné des adeptes chez les paysans et les artisans, mais aussi parmi les rois et les nobles qui le considérèrent comme la formule parfaite pour éviter de payer des impôts et de céder des privilèges aux ecclésiastiques.

— C'est juste, admis-je. Beaucoup refusaient de payer cette dîme que la Bible avait établie pour les prêtres, méprisant ainsi les lois de Dieu[28]. Rome ne pouvait assister à cela les bras croisés. Cette déviance préoccupa tant notre aimé Dominique qu'il décida de se mettre à l'ouvrage. Il fonda un groupe de prêcheurs pour évangéliser de nouveau d'amples territoires comme le Languedoc français. Nous sommes aujourd'hui les héritiers de cet ordre et de sa mission divine. Néanmoins, à sa mort, voyant qu'il était impossible de combattre le mal uniquement par la parole, le pape, aidé des couronnes fidèles, décida de lancer une répression militaire à grande échelle pour en finir avec ces maudits. Des villes entières furent mises à feu et à sang, la persécution et la douleur secouèrent pendant longtemps les fondements du peuple de Dieu. Quand les troupes du pape entraient dans une ville où l'hérésie s'était installée, ils tuaient tout le monde sans faire de distinction entre cathares et chrétiens. Dieu, disait-on, reconnaîtrait les siens.

Je fis une pause pour m'assurer de leur attention avant de poursuivre :

— Telle fut notre première croisade. Il semble incroyable qu'elle ait eu lieu il y a moins de deux cents ans et si près d'ici. A cette époque, nous ne craignions pas de renier nos familles mêmes. Les chevaliers rendirent justice par les armes, divisèrent les « purs », en finirent avec beaucoup de leurs chefs, et obligèrent à l'exil des centaines d'hérétiques loin des terres qu'un jour ils avaient dominées.

— Et ce fut ainsi, en fuyant les troupes du pape, que les derniers cathares arrivèrent en Lombardie, précisa Bandello.

— En effet, ils parvinrent sur ces terres très affaiblis. Et bien que tout eût laissé croire à leur extinction, ils eurent de la chance. La situation politique favorisa la réorganisation des hérétiques. Je vous rappelle que c'était l'époque des luttes entre guelfes et gibelins. Les premiers défendaient le pape qu'ils considéraient comme investi d'une autorité supérieure à celle de n'importe quel roi. Il était le représentant de Dieu sur Terre et donc avait droit à une armée propre et à de grands recours matériels. Les gibelins, par contre, le capitaine Matteo Visconti à leur tête, rejetaient cette idée et défendaient la séparation du pouvoir temporel et divin. Rome, disaient-ils, ne devait s'occuper que du spirituel. Le reste était la tâche des rois. Cela n'étonna donc personne quand les gibelins accueillirent les derniers cathares en Lombardie. C'était une manière de défier le pape. Les Visconti les soutinrent en secret et les Sforza poursuivirent cette politique. Il est presque certain que Ludovic le More suit encore cette direction et cela explique que cette maison, qui aujourd'hui repose sous sa protection, se soit convertie en refuge pour ces maudits.

Nicola di Piadena se leva pour prendre la parole :

— Père Leyre, vous accusez notre duc d'être gibelin ?

— Je ne peux le faire officiellement, répliquai-je en esquivant sa question sournoise. Pas sans preuves. Mais si je soupçonne certains d'entre vous de les cacher, je n'hésiterai pas à recourir à un tribunal ou à la torture si nécessaire pour les obtenir. Je suis décidé à utiliser les moyens les plus extrêmes.

— Et comment allez-vous démontrer qu'il existe des « hommes purs » dans cette communauté ? demanda frère Jorge, l'aumônier, en s'abritant derrière ses enviables quatre-vingts ans. Vous comptez nous torturer tous vous-même ?

— Je vais vous expliquer comment je compte agir.

Je fis un geste pour que Matteo, le neveu du prieur, apportât à la table une cage d'osier où j'avais enfermé un poulet. Je le lui avais demandé quelques minutes avant de commencer le chapitre. L'animal tournait la tête de tous les côtés.

— Comme vous le savez, les cathares ne mangent pas de viande et refusent de tuer tout être vivant. Si vous étiez un *bonhomme* et que je vous tendais un poulet en vous demandant de le sacrifier, vous refuseriez de le faire.

Jorge rougit en me voyant prendre un couteau que j'élevai au-dessus du poulet.

— Celui qui refuse de tuer sera dévoilé. Les cathares pensent que dans les animaux résident les âmes des humains qui moururent dans le péché et retournent ainsi à la vie pour les purger. Ils craignent en sacrifiant un animal d'enlever la vie à l'un d'entre eux.

Je soulevai le poulet au-dessus de la table et tirai son cou pour que tous puissent le voir, puis je tendis le couteau à Giuseppe Boltraffio, le moine le plus proche. Sur un geste de ma part, il trancha la gorge de l'animal en éclaboussant de sang nos habits.

— Voilà, dis-je en souriant, frère Giuseppe est lavé de tout soupçon.

— Vous ne connaissez pas de méthode plus subtile pour détecter un cathare, père Leyre ? me demanda Jorge horrifié par le spectacle.

— Si, bien sûr. Il y a beaucoup de façons de les identifier, mais elles sont moins concluantes. Si vous leur montrez une croix, par exemple, ils refusent de poser leurs lèvres dessus. Ils pensent que seule une Eglise satanique comme la nôtre est capable d'adorer l'instrument de torture sur lequel a péri Notre-Seigneur. Ils n'ont pas de reliques, ils ne mentent pas, ils ne craignent pas la mort. Mais cela vaut seulement pour les *parfaits*.

— Les *parfaits...*, répétèrent certains moines en entendant ce mot étranger.

— Ce sont eux qui dirigent la vie spirituelle des cathares. Ils pensent qu'ils observent fidèlement la vie des apôtres comme aucun de nous ne le fait. Ils rejettent toute forme de propriété parce que ni le Christ ni ses apôtres ne possédèrent quoi que ce soit. Ils sont chargés d'initier leurs aspirants au *melioramentum*, une génuflexion qu'ils doivent accomplir chaque fois qu'ils se trouvent devant un *parfait*. Ils sont les seuls à diriger les *apparellamentum*, ces confessions générales dans lesquelles les péchés de chaque hérétique sont exposés, débattus et pardonnés publiquement. Et, comme si cela ne suffisait pas, ils sont les seuls à pouvoir administrer le seul sacrement reconnu par les cathares : le *consolamentum*.

Ce mot suscita de nouveaux murmures étonnés.

— Il servait à la fois de baptême, de communion et d'extrême-onction, expliquai-je. Il se faisait en plaçant un livre sacré sur la tête du néophyte. Ce n'était jamais la Bible. Ils considéraient cet acte comme un « baptême de l'esprit », et celui qui méritait de le recevoir se convertissait en un « véritable » chrétien. Un consolé.

— Et qu'est-ce qui vous fait croire que le sacristain et le bibliothécaire furent consolés ? demanda frère Stefano Petri, le gai trésorier de la communauté, toujours satisfait de réussir les affaires matérielles de Santa Maria. Si vous me permettez, je n'ai jamais vu mes frères abjurer la croix, et je ne crois pas qu'ils furent baptisés par l'imposition d'un livre sur leur crâne.

Quelques moines acquiescèrent d'un hochement de tête.

— Par contre, vous les avez vus pratiquer de terribles jeûnes ?

— Comme nous. Nous savons tous ici que le jeûne élève l'esprit.

— Pas dans leur cas. Pour un cathare, le jeûne poussé à l'extrême est une façon de gagner le *consolamentum*. Quant à la croix, il ne faut pas se tromper : il suffit aux cathares de limer les extrémités de n'importe quel crucifix latin et de l'arrondir pour pouvoir le porter autour du cou sans souci. Si la croix est grecque et même pattée, ils la tolèrent. Et, frère Petri, vous les avez certainement vus prier avec vous le *Pater Noster*. En effet, c'est la seule oraison qu'ils reconnaissent.

— Vous ne donnez que des arguments circonstanciels,

père Leyre, répliqua Stefano avant de reprendre sa place assise.

— C'est possible. Je suis disposé à admettre que les frères Alessandro et Giberto étaient de simples sympathisants en attendant leur baptême. Cependant, cela ne leur enlève pas tout péché. Je n'oublie pas non plus que le bibliothécaire accepta de collaborer avec Léonard de Vinci pour sa *Cène*. Il voulut être dépeint comme Judas au centre d'une œuvre douteuse, et je crois savoir pour quelle raison.

Des murmures accueillirent mes paroles.

— Aux yeux des cathares, Judas Iscariote est l'apôtre qui a servi à faire accomplir le dessein de Dieu. Ils pensent qu'il a bien agi. Qu'il a dénoncé Jésus pour qu'ainsi s'accomplisse la prophétie et que le Christ puisse donner sa vie pour nous.

— Vous suggérez que Léonard aussi est hérétique ?

La nouvelle question de frère Piadena fit sourire de satisfaction le père Benedetto qui, peu après, quitta la table pour aller se soulager.

— Jugez vous-mêmes, frères. Le peintre s'habille de blanc, il ne mange pas de viande, il est certain qu'il ne tuera jamais un animal, on ne lui connaît aucune relation charnelle et, comme si cela ne suffisait pas, il a omis le pain de la communion dans son *Cénacle* et a placé une dague, une arme, dans la main de Pierre pour indiquer où se trouve, à son avis, l'Eglise de Satan. Pour un cathare, seul un serviteur du Malin oserait porter une arme à la table pascale.

— Et pourtant, le peintre a respecté le vin, fit observer le prieur.

— Parce que les cathares boivent du vin. Mais remarquez bien, père Bandello, au lieu de l'agneau pascal qui, selon les Evangiles, fut l'aliment consommé lors de cette veillée, le maître a peint un poisson. Vous savez pourquoi ?

Le prieur indiqua son ignorance en secouant la tête. Je m'adressai à lui :

— Souvenez-vous de ce que votre neveu a entendu de la bouche du sacristain avant sa mort : les cathares n'acceptent aucun aliment qui procède du coït. Pour eux, les poissons ne copulent pas, ils peuvent donc les manger.

Un murmure d'admiration s'étendit sur toute la salle. Les moines suivaient mes explications bouche bée, stupéfaits de ne pas avoir détecté auparavant ces hérésies sur les murs de leur futur réfectoire.

— Maintenant, mes frères, j'aimerais que l'un après l'autre vous répondiez à ma question, déclarai-je en prenant un ton plus sévère. Faites un examen de conscience et répondez au nom de votre communauté : l'un de vous a-t-il suivi par sa volonté propre ou étrangère une des règles que je viens de vous décrire ?

Je vis les moines retenir leur respiration.

— La sainte Eglise se montrera miséricordieuse envers celui qui abjurera de ses pratiques avant de quitter cette assemblée. Après, le poids de la justice tombera sur lui.

# 37

L'Augure se déplaçait avec une précision inquiète. Si quelqu'un avait eu le malheur de croiser son chemin, il en aurait conclu qu'il marchait comme s'il connaissait le moindre recoin du monastère. Enfoncé dans une cape noire qui le couvrait de la tête aux pieds, il traversa les bancs vides de l'église, tourna à sa gauche vers la chapelle de la Madonna delle Grazie et entra dans la sacristie. Personne ne le suivit. Les moines étaient réunis à cette heure pour un chapitre extraordinaire, indifférents à ses agissements.

Satisfait, il abandonna l'oratoire puis traversa la cour qui ouvrait sur le petit cloître du prieur. Il le longea d'un pas léger et, une fois dans le Cloître des Morts, laissa le réfectoire derrière lui pour monter trois par trois les marches conduisant à la bibliothèque.

L'Augure, homme ou esprit, ange ou démon, peu importait, se déplaçait avec sûreté. Après avoir examiné d'un œil professionnel la salle du *scriptorium*, il dirigea ses pas vers le pupitre de frère Alessandro. Il n'avait pas de temps à perdre. Il savait que Marco d'Oggiono et un autre élève du Toscan que l'on appelait Bernardino Luini venaient de quitter la maison de

Léonard de Vinci située juste en face du monastère. Ils ne tarderaient pas à faire leur entrée dans le réfectoire. Il ignorait ce qui les amenait là et surtout qu'une jeune fille les accompagnait, selon le désir exprès du Toscan.

L'Augure déposa avec soin sa cape sur la table du bibliothécaire et, prenant des précautions pour ne pas faire de bruit, il tapa du pied le carrelage au sol. Serrées les unes contre les autres, seules deux dalles vacillèrent sous ses petits coups. C'était ce qu'il cherchait. Il se pencha pour les examiner et vit qu'elles n'étaient pas unies par du mortier, que les bords étaient propres et le revers aussi, signe évident d'un usage fréquent. Il les souleva et reconnut le conduit de chauffage de vapeur. Il l'observa, satisfait. L'Augure savait que ce minuscule canal de maçonnerie parcourait le plafond du réfectoire d'un bout à l'autre, et permettait à une oreille bien entraînée de ne pas perdre une bribe de tout ce qui se disait en dessous. Il s'allongea par terre pour coller son oreille à la dalle et ferma les yeux pour mieux se concentrer.

Une minute plus tard, on entendait un crissement. Le verrou du réfectoire. Les invités de Léonard étaient sur le point d'entrer dans la salle du *Cénacle*.

— Qu'a voulu dire le maître avec cette histoire d'oméga ?

La question de la belle Elena monta, diaphane, jusqu'à l'étage supérieur. L'Augure se surprit à écouter le timbre délicat de la jeune femme.

— La première fois que je l'ai entendu en parler, c'est en présence de sœur Veronica, le jour de sa mort, répondit Marco d'Oggiono dont il reconnut immédiatement la voix.

— Vous étiez avec elle le jour où sa prophétie s'accomplit ? s'exclama Elena, pleine d'admiration.

La jeune fille avait passé la nuit en veille, bouche bée devant les explications de Léonard et les plaisanteries de ses disciples, se préparant pour sa séance de pose. Léonard avait accepté de la peindre sous les traits du disciple Jean, si avant elle prouvait, avec l'aide de ses compagnons, qu'elle était capable de comprendre l'importance de cette fresque.

Le maître, séduit par la beauté de l'aînée des Crivelli, n'avait pu se l'ôter de l'esprit depuis qu'il avait fait sa connaissance au Palazzo Vecchio. C'était un « Jean » parfait. Mais il ne voulait pas se précipiter. Il l'avait invitée à deux reprises, toujours en présence de Luini, à ces célèbres veillées musicales agrémentées par des poètes et troubadours. Il voulait suivre de près l'évolution de ce couple inespéré. La petite se sentait enivrée. Se voir fréquenter un cercle que seule connaissait sa mère, c'était comme entrer dans le monde de ses rêves. Et elle ne voulait pas se réveiller. Depuis que Lucrezia Crivelli avait illuminé ses nuits avec des contes de princes et de jongleurs, de cérémonies de chevalerie et de réunions de mages, Elena avait toujours désiré en faire partie un jour.

— Oui, cette religieuse avait vraiment mauvais caractère, se souvint Marco en soufflant sur ses mains pour les réchauffer.

— Vraiment ?

— Oh ! oui. Elle reprochait toujours au maître ses goûts excentriques et le critiquait parce que, selon elle, il connaissait mieux les œuvres des philosophes grecs que les Ecritures sacrées. Il était rare qu'ils parlent d'art, et encore moins des travaux du maître, mais, le jour de sa mort, sœur Veronica lui posa des questions sur le réfectoire.

— Quel rapport avec l'oméga ? insista Elena.

— Je vais vous le dire. Ce jour-là, Léonard se sentit vraiment offensé. Sœur Veronica l'avait accusé de minimiser l'importance du Christ dans *La Cène*. Et le maître se fâcha. Il lui répondit que Jésus était l'unique alpha de cette composition. Qu'il en était le principe, le centre, l'axe.

— D'ailleurs, observa Luini en s'efforçant de deviner la silhouette du Christ dans la pénombre, il est certain qu'il occupe la place dominante. Nous savons même que le point de fuite de toute perspective présente dans la composition se situe précisément sur son oreille gauche sous la chevelure. C'est là que Léonard a placé la pointe de son compas le premier jour. Je l'ai vu faire. Et depuis ce point sacré, il a travaillé tout le reste.

L'Augure fut surpris d'entendre Luini. Le son de sa voix lui parvenait pour la première fois. Il savait qu'il partageait les opinions hérétiques de Léonard en raison du thème de ses œuvres. Lui aussi peignait avec obsession les scènes de la vie de Jean. Sa rencontre, enfant, avec Jésus sur le chemin d'Egypte, son baptême dans le Jourdain, sa tête servie sur un plateau d'argent à Salomé, ces moments se répétaient sans cesse dans ses toiles et tableaux. Tous les pèlerins qui vénéraient la *Maesta* de Léonard le connaissaient bien. « Les loups, se dit l'Augure, inquiet, se déplacent toujours en meute. »

— Votre observation est correcte, maître Bernardino, dit Marco sans perdre de vue sa belle accompagnatrice qui commençait à distinguer les silhouettes des apôtres illuminées par la clarté de l'aube. Si vous regardez bien son corps, avec ses bras étendus devant lui, vous verrez qu'il a la forme d'un A. Un alpha qui naît exactement au centre des douze. Vous le voyez ?

— Oui, bien sûr. Et l'oméga ? s'obstina Elena.

— Eh bien, je crois que le maître veut dire par là qu'il se considère comme le dernier de ses disciples.

— Qui ? Léonard ?

— Oui, Elena. L'alpha et l'oméga, le début et la fin. Vous comprenez ?

Luini et la petite comtesse haussèrent les épaules. L'élève du peintre, avantagé, avait l'intuition, comme Marco, que ce mur cachait un message initiatique de grande importance. Si le maître les avait laissés arriver jusque-là sans leur en donner la clé de lecture, c'était sans aucun doute pour les mettre à l'épreuve. Ils se retrouvaient donc seuls face au plus grand mystère jamais dessiné par le Toscan. De leur habileté à trouver sa signification allaient dépendre leur accès à de plus grands secrets et, surtout, le salut de leur âme.

— Si Marco a raison, *La Cène* cacherait une sorte d'alphabet visuel.

Cette idée fit sursauter l'Augure.

— Comment cela ?

— Je sais que Léonard a étudié avec les dominicains de Florence l'« art de la mémoire ». Son maître, Verocchio, le pratiquait lui aussi et le lui a appris quand il n'était encore qu'un enfant.

— Il ne nous en a jamais parlé, dit Marco un peu déçu.

— Peut-être ne le jugea-t-il pas assez important pour votre formation. En fin de compte, il s'agit seulement d'artifices mentaux pour se souvenir d'une grande quantité d'informations en les enfermant dans des caractéristiques déterminées d'édifices ou d'œuvres d'art. L'information demeure à la vue de tous, mais elle est invisible pour qui n'est pas initié à sa lecture.

— Et où voyez-vous un alphabet ? insista d'Oggiono, intrigué.

— Comme nous venons de le constater, le corps de Jésus forme un A et il est l'alpha de la composition. Si Léonard prétend être l'oméga, vous conviendrez qu'il est logique de chercher un O dans son portrait, c'est-à-dire celui de Jude Thaddée.

Les trois visiteurs échangèrent un regard complice et s'approchèrent en silence de la table pascale. Le personnage de Thaddée, reconnaissable, regardait du côté opposé de là où se déroulait l'action. Penché en avant, il avait les bras croisés et les paumes levées au ciel. Il portait une tunique rouge sans broche. Rien dans son visage ne rappelait la lettre oméga.

— Mais l'alpha et l'oméga ont peut-être un lien avec Jean et Madeleine, murmura Bernardino en cachant sa déception.

— Que veux-tu dire ?

— C'est simple. Marco, toi et moi savons que cette fresque est secrètement consacrée à Marie Madeleine.

— Le nœud, se souvint le peintre, tu as raison ! Le nœud coulant à l'extrémité de la nappe.

— Je crois que Léonard a voulu nous mettre sur une fausse piste. Cela fait longtemps qu'il laisse courir la rumeur selon laquelle le nœud lui sert de signature. En langue romane, Vinci procède du mot *vincoli* qui signifie « lien » ou « chaîne ». Mais sa signification occulte ne peut être si grossière. Le nœud est forcément lié à la favorite de Jésus.

L'Augure remua dans sa cachette, mal à l'aise.

— Attendez un peu ! protesta Elena. Quel rapport avec l'alpha et l'oméga ?

— C'est dans les Ecritures. Si tu lis les Evangiles, tu verras que Jean le Baptiste a joué un rôle fondamental dans l'initiation de la vie publique du Messie. C'est lui qui a baptisé Jésus dans le Jourdain. Il a servi de point de départ, d'alpha, à sa mission sur la terre. Madeleine, par contre, fut déterminante au moment de la fin. Elle était présente quand le Christ a ressuscité de sa tombe. Et, à sa manière, elle aussi l'a baptisé en le couvrant d'onguents peu de temps avant cette dernière Cène en présence des apôtres. Vous ne vous souvenez pas de Marie de Béthanie dans l'épisode où elle lave les pieds[29] de Jésus ? Elle a agi à ce moment-là comme un véritable oméga.

— Madeleine serait l'oméga...

L'explication ne parvenait pas à convaincre la jeune fille. En principe, Jean et Thaddée n'étaient pas liés, si ce n'est par le seul fait que tous deux évitaient de regarder le Christ. Elena passa un moment à réfléchir à une autre interprétation possible. Elle parcourut la fresque du regard, d'un côté à l'autre, en essayant de trouver le sens de cette énigme. Bientôt, il ferait jour ; ils devaient se dépêcher s'ils voulaient réussir l'épreuve avant qu'arrivent les moines. S'il y avait un message secret à « lire » dans la *Cène*, ils devaient le trouver rapidement.

— Je crois que vous cherchez des sens trop compliqués, finit-elle par dire. Je connais peu Léonard de Vinci, mais je sais qu'il aime la simplicité avant tout.

Marco et Bernardino se tournèrent vers la jeune fille.

— S'il a fait un nœud d'une manière si évidente à l'extrémité de la nappe, et remarquez qu'elle est lisse de l'autre côté, c'est pour attirer l'attention du spectateur vers ce coin de la table. Il y a quelque chose à trouver ici, à cet endroit où lui-même s'est représenté.

Luini tendit la main vers le nœud et le caressa du bout des doigts. Ce lien était dessiné avec une grande virtuosité. Chaque pli du tissu lui conférait une sensation merveilleuse de réalité.

— Je crois qu'Elena a raison, admit-il.

— Comment ?

— Regardez bien, Marco : l'endroit que marque le nœud est celui où la lumière de la composition est la plus intense. Observez les ombres sur le visage des apôtres. Vous voyez ? Elles sont plus dures, plus fortes qu'ailleurs.

D'Oggiono explora le mur en comparant l'ample éventail de clairs-obscurs dans les vêtements et les visages des douze apôtres.

— Je crois en connaître la raison, continua Luini comme s'il réfléchissait à voix haute. Cette partie paraît plus illuminée que les autres parce que, pour Léonard, la connaissance procède de Platon. Le philosophe agit comme le soleil qui éclaire la raison. Et le disciple le plus brillant de tout l'ensemble est Simon, celui qui a le visage du Grec et porte le seul manteau blanc de la scène...

Cette nuance rappela un fait important à Luini :

— Et Matthieu, le disciple qui se trouve coude à coude avec Léonard, n'est autre que Marsile Ficin... Bien sûr ! s'exclama-t-il soudain. Ficin confia au maître les textes de Jean avant que nous quittions Florence. La voilà, la clé !

— De quelle clé voulez-vous parler ? demanda Elena, de nouveau perplexe.

— Je comprends maintenant. Les Anciens initiaient leurs adeptes en plaçant un Evangile inédit de Jean sur leur tête. En agissant ainsi, ils pensaient transmettre par contact l'essence spirituelle de l'œuvre dans l'esprit et le cœur du candidat au véritable christianisme. Ce livre de Jean contenait de grandes révélations sur la mission du Christ sur Terre et montrait le chemin que nous devions suivre pour atteindre un lieu dans le ciel.

Léonard... (Luini reprit sa respiration...) Léonard a substitué ce texte par une œuvre picturale en lui donnant ses symboles fondamentaux. C'est pour cette raison qu'il nous a envoyés ici pour t'initier, Elena. Il pense que son œuvre porte le secret mystique de Jean !

— Et vous pouvez m'initier sans savoir exactement ce que le maître a inscrit ici ? s'étonna la jeune fille d'un ton incrédule.

— Comme nous ne disposons pas de plus de pistes, oui. Autrefois, les novices non plus ne parvenaient pas à comprendre le livre de Jean, beaucoup ne savaient même pas lire. Pourquoi cette fresque ne devrait-elle pas agir de la même manière pour nous ? D'ailleurs, regardez bien le Christ. Il est à une hauteur suffisante sur le mur pour que vous puissiez vous placer en dessous et recevoir son imposition mystique des mains avec une paume protégeant votre tête et l'autre invoquant le ciel.

Elena regarda de nouveau la fresque. Bernardino avait raison. La scène du banquet était placée à une hauteur suffisante pour accueillir en dessous de sa nappe une personne d'une certaine taille. L'endroit était parfait et pourtant, avec son esprit pragmatique, Elena cherchait une interprétation plus rationnelle. Léonard était un homme pratique peu enclin à de vieilles élucubrations mystiques. Elena vacilla. Une intuition subite l'avait illuminée après s'être placée sous la protection de l'Alpha.

— Eh bien, moi, je crois savoir comment nous pouvons lire le message du *Cénacle*..., déclara-t-elle. Vous vous souvenez des attributions des apôtres que le maître vous fit apprendre par cœur pour faire le portrait des douze ?

Bernardino acquiesça d'un hochement de tête, perplexe. Les images du jour où la comtesse lui avait volé cette liste étaient encore vives dans sa mémoire. Il rougit.

— Quelle est la vertu qu'il attribuait à Jude Thaddée ?

— A Thaddée ?

— Oui, l'exhorta Elena, tandis que Luini cherchait à se souvenir.

— C'est *Occultator*, celui qui cache.

— Exactement, dit-elle en souriant. Un O. Vous comprenez ? Le voilà, notre O, notre oméga. Et ce n'est pas un hasard, j'en suis sûre.

# 38

— Par tous les diables !

Le cri de jubilation de Bernardino Luini résonna dans tout le réfectoire.

— Cela ne peut pas être si simple !

Concentré sur la découverte de la petite comtesse, le peintre commença à revoir la disposition des apôtres. Il dut reculer de trois pas pour s'assurer d'une vision plus large. En se situant à quelques mètres seulement de la paroi septentrionale, il était possible de les distinguer au complet, de Bartolomé à Jean, et de Thomas à Simon. Les apôtres étaient groupés par trois, tous avaient le visage tourné vers le Christ, sauf le disciple favori, Matthieu, et Jude Thaddée qui fermaient les yeux ou regardaient ailleurs.

Luini prit un carton au sol, frotta la poussière et, avec un fusain, commença à esquisser les profils de la scène sur son envers. Marco et Elena suivirent ses mouvements avec curiosité. Pendant ce temps, l'Augure, un étage au-dessus, s'impatientait de ne plus entendre aucun échange.

— Je sais enfin comment lire le message de *La Cène,*

annonça Luini. Et dire que nous l'avions sous les yeux depuis tout ce temps, sans le voir...

Le peintre se plaça à l'une des extrémités de la fresque. Bartolomé, leur rappela-t-il en montrant le personnage courbé et concentré, était *Mirabilis*, le prodigieux. Léonard l'avait peint avec les cheveux frisés et roux confirmant ainsi ce que Jacques de Voragine avait écrit de lui dans *La Légende dorée*, qu'il était syrien et de caractère enflammé comme tous les rouquins. Luini nota un M dans le carton près de sa silhouette. Puis il fit de même avec Jacques le Mineur, le plein de grâce, ou *Venustus*, que l'on confondait souvent avec le Christ lui-même et qui mérita ce surnom par ses œuvres. Un V s'ajouta au dessin. André, *Temperator*, celui qui prévient, dessiné avec ses mains devant lui comme le veut son attribut, devint bientôt un simple T.

— Vous voyez ?

Marco, Elena et le jeune peintre sourirent. La fresque commençait à prendre sens. « M-V-T », ces lettres semblaient être le début d'un mot. Une nouvelle frénésie s'empara d'eux quand ils virent que le groupe d'apôtres suivant formait une autre syllabe articulée. Judas Iscariote, l'abominable traître, se transforma en N de *Nefandus*. Sa position néanmoins était ambiguë. S'il était bien la quatrième tête qui apparaissait sur la gauche, la position particulière de Pierre, le bras armé au dos du traître, pouvait donner lieu à une erreur de comptage. Mais le N pouvait tout de même s'appliquer à Pierre, expliqua Luini, puisque ce dernier fut le seul à renier trois fois le Christ, le N pouvait s'entendre comme *Negatio* donc.

Elena protesta. Il fallait se laisser guider par l'ordre d'apparition des têtes des personnages et par les attributs de la leçon de Léonard, rien de plus.

En suivant cet ordre, Pierre était bien le suivant. Courbé vers le centre de la scène, il méritait le E de *Ecclesia* comme de *Exosus* que le Toscan lui avait assigné. La première signification aurait satisfait Rome. La seconde, qui veut dire « celui qui hait », reflétait le caractère de ce vieillard chenu au regard menaçant prêt à exécuter sa vengeance armé d'un couteau à la lame épaisse. Jean, comme endormi, la tête penchée et les mains serrées comme celles des dames dont Léonard faisait le portrait, rendait honneur à son M de *Mysticus*. « N-E-M » était donc le résultat déconcertant de ce trio.

— Jésus est le « A », se souvint Elena en arrivant au centre de la fresque. Poursuivons.

Thomas, le doigt levé comme pour indiquer l'apôtre qui serait le premier à mériter le privilège de la vie éternelle, alla rejoindre ses compagnons sur l'esquisse de Luini avec le L de *Litator,* celui qui apaise les dieux. Son attribution donna lieu à une brève discussion. Dans l'Evangile de Jean, c'était Thomas qui avait mis son doigt dans la plaie de Jésus et qui était tombé à genoux en s'écriant « Mon seigneur et mon Dieu [30] », apaisant ainsi la colère possible du ressuscité de n'avoir pas été reconnu tout de suite.

— En plus, insista Bernardino en développant sa théorie, c'est le seul portrait qui dessine sa lettre dans son profil.

— Comme l'alpha de Jésus.

— Sauf que, ici, la lettre ne se cache pas dans le corps de Thomas mais dans ce doigt qui s'élève vers le ciel. Vous voyez ? L'index forme clairement près de la base du poing et du pouce un L majuscule.

Les compagnons de Luini acquiescèrent, émerveillés. Ils contemplèrent avec soin Jacques le Majeur, mais furent incapables de trouver en lui aucun trait qui reproduise le O qui le représentait.

— Et pourtant, expliqua Bernardino, celui qui a étudié la vie de cet apôtre conclura que le O de *Oboediens* lui va comme un gant.

En effet. Jacques de Voragine écrivit de lui qu'il fut le frère charnel de Jean et que « tous deux prétendirent occuper dans le règne des cieux les places les plus proches du Seigneur et s'asseoir l'un à sa droite et l'autre à sa gauche ». Léonard avait donc recréé dans sa *Cène* une table divine extraite du monde de la perfection dans lequel vivaient les âmes pures. Jean et Jacques y occupaient les places que le Christ leur avait promises.

Ainsi, avec Philippe, le *Sapiens,* le seul qui s'indiquait lui-même en montrant où chercher le salut, Luini réussit à trouver une troisième et déconcertante syllabe : « L-O-S ».

Le dernier groupe d'apôtres fut résolu avec une rapidité identique. Matthieu le disciple dont le nom, selon Jacques de Voragine, signifiait don de la promptitude, avait été baptisé par Léonard comme *Navus,* le diligent, se souvint Luini en souriant. Sa lettre secrète ajoutée à l'oméga de Thaddée puis au C de Simon le *Confector* formaient « N-O-C ». Le résultat était éloquent : quatre groupes de trois lettres avec une voyelle au centre et un grand A présidant la scène. Elles pouvaient se lire comme une formule magique étrange et oubliée.

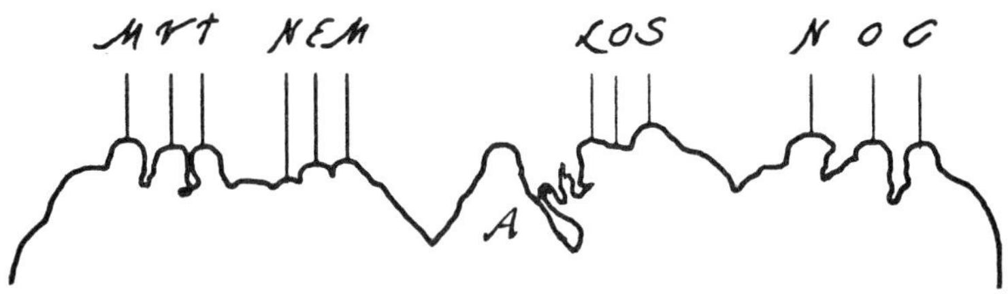

MUT NEM A LOS NOC

| | | |
|---|---|---|
| Bartolomé | *Mirabilis* | Le prodigieux |
| Jacques le Mineur | *Venustus* | Le plein de grâce |
| André | *Temperator* | Celui qui prévient |
| Judas Iscariote | *Nefandus* | L'abominable |
| Pierre | *Exosus* | Celui qui hait |
| Jean | *Mysticus* | Celui qui connaît le mystère |
| Thomas | *Litator* | Celui qui apaise les dieux |
| Jacques le Majeur | *Oboediens* | Celui qui obéit |
| Philippe | *Sapiens* | L'amant des choses élevées |
| Matthieu | *Navus* | Le diligent |
| Jude Thaddée | *Occultator* | Celui qui occulte |
| Simon | *Confector* | Celui qui mène à bien |

— Et maintenant ? demanda Elena en haussant les épaules.

Les deux hommes relurent la phrase sans lui trouver d'autre sens que celui d'une succession de monosyllabes qui ressemblait à une vieille litanie. Ils ne furent pas plus étonnés que cela. Ils avaient l'habitude, Léonard de Vinci aimait à ce qu'une énigme conduise à une autre plus grande. Il s'amusait à trouver ce genre de passe-temps.

— Mut, Nem, A, Los, Noc...

Quelques mètres au-dessus de leurs têtes, un homme répétait ces syllabes à voix basse. Il les murmura plusieurs fois avant de quitter, euphorique, son observatoire clandestin. « Quelle astuce ! » se dit-il.

Et, satisfait de sa découverte, il réfléchit au meilleur moyen de la faire parvenir à Rome...

## 39

*Rome, quelques jours plus tard*

— Nous devons nous dépêcher, il sera bientôt midi.

Giovanni Annio de Viterbe n'abandonnait jamais son petit palais situé sur la rive ouest du Tibre sans son carrosse et son fidèle secrétaire Guglielmo Ponte. C'était un des privilèges que lui avait accordés le pape Alexandre VI. Mais tout ce faste lui avait troublé la raison. Il ne soupçonna jamais que le jeune Guglielmo était non seulement un être cultivé et raffiné, mais aussi le neveu du père Torriani. Et encore moins qu'il fournissait à Béthanie des renseignements sur les activités d'un des personnages les plus ambigus et trompeurs de ce siècle.

— Douze heures ! s'exclama Annio. Tu as entendu les cloches, il est midi !

— Ne vous inquiétez pas, répondit Guglielmo d'un ton calme. Nous arriverons à temps. Votre cocher est très rapide.

Il n'avait jamais vu son maître aussi nerveux. Il était rare que cet homme illustre se dépêchât. Depuis qu'il s'était installé dans les environs des palais Borgia à la demande expresse du pape, Annio parcourait Rome comme si la ville lui appartenait. Il ne devait d'explications à personne. Ses heures d'entrée et de sortie ne souffraient aucun protocole. Tout ce qu'il faisait était considéré comme juste. Les mauvaises langues disaient qu'il avait gagné ces prérogatives grâce au désir du pape de voir illustrées ses très anciennes, très nobles et très divines origines familiales par des contes qui justifieraient sa grandeur. Et, il fallait bien le reconnaître, Annio avait su les lui raconter avec un talent inégalé. Il avait réussi à prédire des choses incroyables sur le pape de Valence. Il avait inventé qu'il était le descendant du dieu Osiris venu en Italie dans la nuit des temps pour enseigner à ses habitants à défricher leurs terres, à fabriquer de la bière, et même à élaguer les arbres. Il appuyait ses mensonges sur des textes classiques et récitait souvent des passages entiers de l'historien Diodore de Sicile afin de justifier son étrange obsession pour la mythologie des pharaons.

Ni Béthanie ni l'Inquisition ne purent jamais mettre fin à de telles fantaisies. Le pape adorait ce charlatan. Il partageait même avec lui une haine viscérale pour la splendeur des cours cultivées de Florence ou Milan, Annio voyant dans leurs bibliothèques une sérieuse menace à ses idées échevelées. Il savait que les traductions de Marsile Ficin de textes attribués au grand roi égyptien Hermès Trismégiste détruisaient la plupart de ses inventions. Nulle part on ne parlait de la venue d'Osiris en Italie, nulle part on ne liait les monts Appenins au dieu Apis, ni la ville de Osiricella à une lointaine visite de ce dieu aux alentours de Trévise.

Jusqu'à ce jour, Guglielmo croyait que seule la mention de Marsile Ficin était capable de faire sortir Annio de ses gonds. Mais la suite allait lui montrer qu'il se trompait.

— Tu as vu la décoration des appartements du pape ?

Guglielmo fit un mouvement de dénégation, distrait. Cela faisait un bon moment qu'il réfléchissait, bercé par le bruit des sabots sur les pavés, en essayant d'imaginer vers où se dépêchait son maître avec tant de hâte.

— Je te les ferai visiter, dit Annio, enthousiaste. Aujourd'hui, Guglielmo, tu vas connaître le grand secret de ces peintures.

— Vraiment ?

— T'ai-je déjà menti ? Si tu avais vu les scènes dont je te parle, tu comprendrais à quel point elles sont importantes. Elles montrent le dieu Apis, bœuf sacré des Egyptiens, comme le symbole prophétique des temps que nous vivons. Tu as remarqué bien sûr qu'un bœuf figurait sur le blason de notre pape ?

— Un taureau, il me semble.

— Peu importe ! Ce qui compte, c'est le symbole. Près d'Apis est aussi représentée la déesse Isis. Elle est aussi solennelle que la reine catholique d'Espagne et elle apparaît assise sur son trône céleste avec un livre ouvert sur son giron montrant à Hermès et Moïse les lois et les sciences. Tu imagines ?

Guglielmo ferma les yeux comme pour se concentrer sur les paroles de son maître.

— Ce que signifient ces fresques, mon cher, c'est que Moïse reçut d'Egypte tout son savoir et que nous, chrétiens, l'avons hérité de lui. Ces peintures sont l'œuvre d'un génie. Tu comprends maintenant la sublime sagesse de ce que je te dis ? Notre foi, cher Guglielmo procède de la lointaine Egypte, comme la famille de notre pape. Même les Evangiles disent que Jésus a fui ce pays pour se libérer d'Hérode. Tu vois, tout procède du Nil !

— La personne avec laquelle vous avez rendez-vous aussi, maître ?

— Non, pas du tout. Mais elle a beaucoup de connaissances sur ce pays. Elle m'a obtenu beaucoup d'objets venant de ce paradis de la sagesse.

Annio se tut. Parler des origines égyptiennes du christianisme suscitait des sensations contradictoires en lui. D'un côté, cela le réconfortait de savoir qu'il y avait de plus en plus de sages, comme ce Léonard de Vinci, qui connaissaient le secret et le mettaient en forme dans leurs œuvres, comme cette *Maesta* qui décrivait une rencontre possible entre Jean et Jésus lors de la fuite du pays des pharaons. D'un autre côté, une divulgation imprudente de ces vérités pouvait mettre en danger la stabilité morale de l'Eglise et lui faire perdre, à lui, ses privilèges. Comment réagirait le peuple quand il saurait que le Christ ne fut pas le seul homme qui revint d'entre les morts ? Est-ce qu'il ne poserait pas des questions difficiles en prenant connaissance des énormes parallélismes entre la vie de Jésus et celle d'Osiris ? Ne mettrait-il pas en question l'autorité du pape par des accusations gênantes montrant les pères de l'Eglise comme de vulgaires copistes d'une histoire sacrée qui ne leur appartenait pas ?

Nanni remua sur son siège.

— Tu sais, Guglielmo, tout le savoir occulte contenu dans les fresques du palais n'est rien comparé à ce que j'espère recevoir aujourd'hui.

L'assistant baissa les yeux en craignant que son maître ne découvre la curiosité que ses paroles éveillaient en lui.

— Si mon homme me donne ce que j'attends de lui,

je détiendrai enfin la clé de ce que je t'ai raconté. Je saurai enfin...

Annio se tut en remarquant que la voiture ralentissait. Il jeta un regard dehors en écartant les rideaux et vit qu'ils avaient quitté Rome et s'approchaient de leur destination.

— Je crois que nous arrivons, père Annio, annonça son assistant.

— Magnifique ! Tu vois quelqu'un qui nous attend ?

Guglielmo sortit la tête du carrosse pour examiner l'énorme façade chaulée du Géant vert, une auberge connue pour être le point de rencontre de pèlerins, mais aussi de ceux qui fuyaient la justice. Un cavalier solitaire emmitouflé sous une cape marron les saluait depuis la porte de l'établissement.

— Je vois un homme qui semble nous avoir reconnus, dit-il.

— Alors ce doit être lui. Oliverio Jacaranda. Il y a bien longtemps que je ne l'ai vu.

— Jacaranda ? s'exclama le jeune assistant. Vous le connaissez ?

— Oh ! oui. C'est un vieil ami, tu ne dois pas t'inquiéter.

— Avec tout le respect que je vous dois, maître, ce n'est pas un lieu suffisamment sûr pour vous. Si l'on venait à vous reconnaître, nous pourrions être agressés ou, qui sait, séquestrés...

Annio sourit, amusé. Guglielmo ignorait combien de fois il avait conclu des marchés à cet endroit même. Car, bien avant d'occuper sa charge protocolaire auprès du pape Alexandre VI, cette auberge avait été l'un de ses « bureaux » préférés. Les propriétaires le connaissaient bien et le respectaient. Il n'avait rien à craindre. Sur ces tables, statues, peintures, stèles antiques, écrits, vêtements, parfums et même mobilier funéraire complet avaient été échangés contre de lourdes bourses d'or du trésor pontifical. Jacaranda était un des meilleurs pourvoyeurs d'Annio. Les pièces qu'il lui avait achetées lui avaient fait grimper plus d'un échelon dans sa carrière. Donc, se disait Annio, si l'Espagnol était rentré à Rome et avait demandé à le voir en urgence, c'était parce qu'il avait quelque chose d'important à lui offrir.

En posant le pied par terre, Annio tremblait d'émotion. Aurait-il enfin obtenu cet ancien trésor tant convoité ? Il laissa libre cours à son imagination fertile. Tandis que Guglielmo ouvrait la portière du carrosse et l'invitait à descendre, son maître se réjouissait en pensant qu'il était près d'obtenir ce qui allait constituer le plus grand de ses succès. Pourquoi donc sinon son fidèle *conseguidor* l'aurait-il fait venir jusqu'ici ?

Jacaranda arrivait à un moment plus qu'opportun. La veille, dans l'après-midi, Nanni avait rencontré le maître général des Dominicains, le bougon Gioacchino Torriani, pour apprendre de sa bouche les dernières nouvelles sur l'affaire de *La Cène*. Lors d'une audience privée avec le pape, il avait admis avoir trouvé le message occulte caché derrière l'impressionnante fresque de Léonard de Vinci. « Ce dernier, avait-il dit, a caché une phrase parmi ses personnages, une invocation écrite dans une langue étrange que nous nous efforçons de déchiffrer. Une lettre envoyée par notre informateur à Milan nous a permis de résoudre le mystère. »

Torriani avait alors prononcé la phrase devant le pape et Annio, qui n'y avaient rien compris, bien sûr. Cependant, elle parut égyptienne aux oreilles de Nanni.

— *Mut nem a los noc,* murmura-t-il.

L'origine ne pouvait être plus claire ! La déesse Mut, épouse de Amon, reine de Thèbes, était citée en toutes lettres. Il était vraiment providentiel qu'Oliverio Jacaranda, expert confirmé, arrive presque en même temps que ce message. Comme si c'était Dieu lui-même qui l'avait envoyé pour qu'Annio puisse résoudre l'énigme et gagner ainsi le respect éternel du pape.

« Oui, se dit Annio, la providence est de mon côté. »

Jacaranda, venu à la rencontre d'Annio devant les écuries de l'auberge, baisa son anneau et l'invita à passer à l'intérieur de l'établissement. Annio prit place dans l'un de ses petits cabinets particuliers. La présence de Guglielmo, admis à écouter cette conversation, fut une chance inespérée pour Béthanie.

— Mon cher Nanni, dit l'Espagnol qui se servit un généreux verre de bière, j'espère ne pas vous avoir effrayé par cette visite soudaine.

— Pas du tout, vous savez que je les attends toujours avec impatience. C'est dommage que l'on ne vous voie pas plus souvent dans cette Cour où vous êtes si apprécié.

— Cela vaut mieux.

— Pourquoi ?

Oliverio préféra entrer dans le vif du sujet :

— Cette fois, je vous apporte des nouvelles qui ne vous plairont pas.

— Votre seule présence me satisfait. Que puis-je vous demander de plus ?

— L'objet que vous convoitez depuis si longtemps...

— Oui... ?

— Il m'échappe sans cesse.

Annio fit une grimace. Il savait qu'obtenir cette pièce ne serait pas facile. En fin de compte, son trésor était arrivé en Italie il y avait de cela plus de cent ans, et n'avait cessé depuis de passer de main en main, disparaissant aux moments les plus inattendus. Ce n'était pas un bijou ni une relique vénérable, ni rien qui puisse satisfaire les goûts coûteux d'un roi. Son trésor était un livre. Un vieux traité oriental relié en maroquin et attaché par des liens de cuir, grâce auquel il espérait trouver la vérité sur la résurrection du Messie et son lien avec la puissante magie égyptienne[31]. Léonard en était son dernier propriétaire. D'ailleurs, quelle meilleure preuve que la mystérieuse phrase trouvée dans sa *Cène* ? Une invocation égyptienne ne pouvait provenir d'une autre source.

— Vous me décevez, Oliverio. Si vous ne l'avez pas avec vous, pourquoi avoir demandé à me voir ?

— Je vais vous le dire. Vous n'êtes pas le seul à convoiter ce trésor, maître Annio. La princesse d'Este elle-même le recherchait avant de perdre la vie.

— Mais de l'eau a coulé sous les ponts depuis, protesta son interlocuteur. Je sais que la très ingénue a eu recours à vos services, mais elle est morte. Alors qu'est-ce qui vous retient ?

— Il y a quelqu'un d'autre.

— Un rival ? se fâcha Annio. (Le marchand parut intimidé.) Mais que voulez-vous, Jacaranda ? Plus d'argent, c'est ça ? On vous a fait une offre intéressante et vous venez augmenter vos honoraires ?

L'Espagnol secoua la tête. Ses yeux cernés dénotaient une gravité rare chez lui.

— Vous vous trompez, il ne s'agit pas d'argent.

— Mais de quoi, alors ?

— Je dois savoir à qui je suis confronté. Celui qui cherche votre trésor est prêt à tuer pour l'obtenir.

— Tuer !

— Il y a dix jours, il a assassiné un de mes intermédiaires, le bibliothécaire du monastère de Santa Maria delle Grazie, et ce bâtard a continué à éliminer tous ceux qui ont montré de l'intérêt pour votre trésor. Je suis venu vous voir pour que vous me disiez qui est mon ennemi.

— Un assassin..., répéta Annio à voix basse.

— Et pas un criminel ordinaire. Un homme qui signe ses basses œuvres et se moque de nous. Il a tué plusieurs pèlerins dans l'église de San Francesco en laissant chaque fois sur leurs cadavres un jeu du tarot Visconti-Sforza auquel il ne manque qu'une carte.

— Laquelle ?

— Celle de la prêtresse... Vous comprenez maintenant ?

Annio demeura muet.

— Eh oui, Nanni, la même carte que vous et la duchesse m'aviez remise pour m'aider à trouver le livre.

Oliverio but une nouvelle gorgée de bière. Sa gorge rafraîchie, il poursuivit :

— Vous savez ce que je pense ? Que l'assassin connaît notre intérêt pour le livre de la prêtresse. Je crois que le choix de cette carte n'est pas dû au hasard. Il nous connaît et nous éliminera si nous le gênons.

— C'est bien, c'est bien, dit Annio, troublé. Dites-moi, Oliverio, ces pèlerins assassinés, cherchaient-ils eux aussi mon trésor ?

— J'ai fait quelques vérifications auprès de la garde ducale, et je peux vous assurer que ce n'étaient pas des pèlerins ordinaires.

— Ah ?

— Le dernier, connu sous le nom de frère Giulio, était un ancien cathare. Je l'ai appris peu de temps avant mon départ. La garde est déconcertée. Ce Giulio a été réhabilité par l'Inquisition, il y a quelques années, après qu'il eut dirigé une importante communauté de parfaits à Concorezzo.

— Vous êtes sûr du nom de la ville ?

Jacaranda acquiesça d'un signe de la tête. L'antiquaire ne perçut pas l'intérêt soudain du vieil Annio. Le marchand ignorait que ce village situé en dehors de Milan, au nord-est de la capitale, avait été un des principaux refuges cathares en Lombardie, et le lieu où, selon toutes ses sources, on avait gardé pendant plus de deux cents ans le livre qu'Annio voulait récupérer. Tout concordait : les soupçons de Torriani sur la filiation cathare de Léonard, les parfaits assassinés à Milan, la phrase égyptienne dans *La Cène*. Si Annio ne se trompait pas, le point commun à l'origine de tout cela était son trésor : un texte d'une immense valeur théologique et magique, rempli de références occultes aux enseignements que le Christ avait remis à Marie Madeleine avant sa Résurrection. Un legs qui mettait en évidence les impressionnants parallélismes entre Jésus et Osiris, qui ressuscita grâce à la magie de son épouse Isis, la seule qui se trouvait auprès de lui au moment de son retour à la vie.

L'Inquisition avait essayé pendant de nombreuses années de mettre la main sur ce traité. Elle ne réussit à déterminer qu'une seule chose : une copie, la seule existante peut-être, était sortie de Concorezzo, et avait fini entre les mains de Côme de Médicis durant le concile de Florence en 1439. Elle n'était jamais réapparue. Seule une indiscrétion opportune d'Isabelle d'Este, sœur de Béatrice, durant les fastes du couronnement du pape Alexandre VI en 1492, lui avait appris que le livre s'était trouvé à Florence entre les mains de Marsile Ficin, le traducteur officiel des Médicis, et que ce dernier l'avait offert à Léonard de Vinci peu de temps avant qu'il parte à Milan. Il n'était pas improbable que les habitants de Concorezzo sachent tout cela et veuillent récupérer l'œuvre.

— Père Annio, demanda Jacaranda, pourquoi ne pas m'expliquer ce qui rend ce livre si dangereux ?

Annio lut le désespoir dans le visage fatigué de son vieil ami et comprit qu'il n'avait plus le choix.

— C'est une œuvre extraordinaire, lui expliqua-t-il. Elle recueille le dialogue qu'eurent Jean et le Christ dans les cieux sur l'origine du monde, la chute des anges, la création de l'homme et les voies, pour nous mortels, d'obtenir le salut de notre âme. Il fut écrit juste après la dernière vision que le disciple aimé eut avant de mourir. On dit que c'est une narration lucide, intense, qui montre des détails de la vie céleste et décrit l'ordre de la Création.

— Mais pourquoi intéresse-t-elle aussi Léonard de Vinci ? Il est pourtant connu pour son peu de goût pour la théologie...

— J'y arrive, mais ne m'interrompez pas. Le véritable titre du « livre bleu », cher Oliverio, fut révélé il y a deux cents ans par Anselme d'Alexandrie dans ses écrits. Il l'appela *Interrogatio Johannis* ou *La Cène secrète*[32]. Selon les informations dont je dispose, Léonard a utilisé les mystères contenus dans ses premières pages pour illustrer le mur du réfectoire des dominicains. Ni plus ni moins.

— Et c'est ce livre qui apparaît sur la carte de la prêtresse ?

Annio acquiesça, avant de reprendre :

— Son secret a été réduit par Léonard à une seule phrase que j'aimerais que vous me traduisiez.

— Une phrase ?

— En égyptien ancien. *Mut-nem-a-los-noc*. Cela vous dit quelque chose ?

Oliverio secoua la tête.

— Non, mais je vais y travailler, et je trouverai le sens, ne vous inquiétez pas.

# 40

Les interrogatoires de ce vingt-deuxième jour de janvier durèrent de l'aube au crépuscule. Le prieur, frère Benedetto et moi rencontrâmes les moines de Santa Maria un par un, en nous efforçant de trouver dans leurs paroles des pistes qui permettraient de résoudre nos énigmes. L'exercice se révéla surprenant. Tous avaient quelque chose à confesser. En tremblant, ils nous suppliaient d'absoudre leurs fautes et juraient que plus jamais ils ne douteraient de la nature divine du Christ. Les pauvres. Presque toutes leurs révélations étaient le fruit de leur absence d'éducation religieuse. Ils confondaient des faits minimes avec des péchés très graves et *vice versa*. Mais ce fut ainsi, petit à petit, à force de patients interrogatoires, que se dessinèrent clairement le profil des frères Alessandro et Giberto, et leur intention de contrôler de l'intérieur le lieu qui devait accueillir *La Cène*. Les quatre religieux les plus impliqués nous confessèrent séparément leurs motifs : l'œuvre du Toscan renfermait ce qu'ils définirent comme une « image talismanique », c'est-à-dire un tracé géométrique subtil, dessiné pour séduire les esprits peu cultivés, et graver dans leur mémoire une information que par malheur aucun d'eux ne put nous préciser autrement que par ces mots : « C'est la troisième révélation de Dieu. »

Nos quatre hérétiques provenaient de petits villages situés au nord de Milan, dans la région des lacs, et au-delà encore. Ils s'étaient unis aux dominicains peu après la fondation du couvent quand ils avaient appris les intentions du More de le transformer en mausolée familial. A la différence des autres, ces moines avaient reçu une formation et admiraient la célèbre maxime de saint Bernard, selon laquelle « Dieu est longitude, largeur, hauteur et profondeur ». Ils connaissaient Pythagore, ils avaient lu Platon et le tenaient en plus grande estime qu'Aristote, l'inspirateur de notre système théologique. Bientôt se détacha parmi eux frère Guglielmo Arno, le cuisinier. Non seulement il refusa de confesser ses péchés devant notre tribunal, mais nous accusa avec froideur de militer dans « la fausse Eglise ».

Le peu que je savais alors de lui était la grande amitié qui l'unissait à Léonard. Frère Alessandro fut le premier à m'en parler en m'expliquant que tous les deux étaient tentés par les mêmes plaisirs. Ils méprisaient entre deux éclats de rire les repas abondants du More, opposant aux rôtis de viande les pousses de chou, les cerises, les rondelles de carotte crues ou les gâteaux fermentés. Je sus aussi que Guglielmo et Léonard connurent leur heure de gloire lors de la Nativité de 1495 en inventant un biscuit qui avait l'aspect de la coupole bramantine de Santa Maria. Ils le présentèrent au banquet du duc, le 25 décembre[33]. Ce fut un tel événement que Béatrice elle-même les pria de lui révéler leur secret : qu'avaient-ils appliqué à la pâte pour la faire lever de cette manière ? Frère Guglielmo s'y refusa. La duchesse insista. Et nombreux sont ceux qui se souviennent encore du grossier refus du cuisinier qui lui valut cinq semaines d'arrêt et une sévère admonestation de la maison Sforza.

Frère Guglielmo n'avait pas changé et se montrait toujours aussi têtu. Sa véhémence, son animosité envers nous montraient qu'il préférait mourir plutôt que rétracter ses actes. Bandello donna l'ordre de l'enfermer tandis qu'il marmonnait ce qu'il pensait de son cuisinier.

— Il est incapable de maîtriser son mauvais caractère. On n'y peut rien. Même Léonard était incapable de contrôler ses humeurs quand il lui servit de modèle pour Jacques le Majeur.

Je le regardai, stupéfait.

— Comment ! s'exclama-t-il. Vous ne le saviez pas ! C'est peut-être la longue chevelure de l'apôtre qui vous a trompé, père Leyre, mais si vous regardez bien les traits du cuisinier, vous le reconnaîtrez. Léonard m'avait demandé de lui procurer un modèle doté de caractère qui gesticule comme le fait Jacques à table, et j'ai tout de suite pensé au cuisinier.

— Mais pourquoi le peintre voulait-il inclure un tel disciple parmi les apôtres ?

— Je lui ai posé la même question, et vous savez ce qu'il m'a répondu ? « La géométrie, tout est géométrie. » Il m'a expliqué que, pour dessiner un nu, il jugeait de la beauté du modèle en comparant la distance entre les seins avec celle qui sépare la poitrine du nombril et celle-ci avec les jambes. Quant à la colère, il m'assura qu'il était capable de la modeler en esquissant un simple regard. Quand vous retournerez voir *La Cène,* observez le regard de Jacques. Il évite le visage du Christ, le posant avec horreur sur la table comme s'il avait découvert là quelque chose de terrible.

— Que l'un de ses compagnons allait trahir le Messie...

— Non ! intervint le borgne comme si j'avais dit une bêtise. Cela, c'est ce qu'il a voulu nous faire croire. Mais les frères viennent de vous le dire, nous sommes face à un talisman. Dans une pièce de ce genre, les symboles ou leur absence sont fondamentaux pour son fonctionnement. Et dans notre tableau, ce qui horrifie Jacques, c'est le geste de Judas et Jésus qui se battent pour le même morceau de pain... A moins que ce ne soit l'absence de calice, le Graal.

Fine observation.

— Et vous verrez aussi que Jacques est du côté de la fresque où la lumière est la plus intense. Il est à côté des justes.

Frère Benedetto nous expliqua comment il avait eu l'occasion d'assister à certaines leçons que le peintre avait données dans le cloître de l'hôpital sur la distribution de l'espace et de la lumière. Ses discours étaient à la fois étranges et enivrants. Il apprenait comment la matière inerte, distribuée de manière harmonieuse, pouvait acquérir une vie propre. Il comparait souvent ce prodige avec les notes d'une partition : écrites sur le papier, elles n'étaient qu'une succession de traits statiques. Tamisées par l'esprit d'un musicien et transmises à leurs doigts ou poumons, ces traits vibraient, remplissaient l'air de nouvelles sensations et parvenaient même parfois à altérer notre âme. Pouvait-il exister quelque chose de plus vif que la musique ? Pour Léonard de Vinci, non.

Le *magister pictoris* considérait ses œuvres de la même façon. En apparence, ce n'étaient que des stucs ou des toiles couvertes de pigments et de colle. Cependant, interprétées par un observateur initié, elles prenaient une force démesurée.

— Et comment, à votre avis, Léonard a-t-il pu donner vie à quelque chose qui n'en a pas ? demandai-je.

— A travers la magie astrale. Je crois que vous savez déjà que cet hérétique de Léonard a étudié les textes de Ficin, n'est-ce pas ?

La question de frère Benedetto ressemblait à un piège. Le borgne devait connaître mes soupçons grâce au père Bandello. Je me contentai de hocher la tête prudemment.

— Eh bien, poursuivit-il, Ficin a traduit du grec ancien le *Asclepios,* une œuvre attribuée à Hermès Trismégiste[34] dans laquelle ce dernier enseigne de quelle façon les prêtres des pharaons donnaient vie aux statues de leurs temples.

— Vraiment ?

— Ils dominaient le *spiritus,* une science occulte grâce à laquelle ils dessinaient sur les images des signes cosmiques qui les reliaient aux étoiles. Des signes astrologiques. Léonard a appliqué ces techniques à *La Cène*[35].

Le prieur et moi nous regardâmes, déconcertés.

— Mais vous ne comprenez pas ? Douze apôtres, douze signes du zodiaque. Chaque disciple représente une constellation et Jésus, au centre, incarne l'idéal du soleil. C'est une œuvre talismanique.

— Calmez-vous, père Benedetto, ce ne sont que des suppositions.

— Pas du tout. Regardez bien la fresque. D'après mes connaissances des idées cathares, cette œuvre recueille à la perfection la plus importante des thèses hérétiques. Et constitue une espèce de Bible noire. Dans notre réfectoire !

— De quoi voulez-vous parler, Benedetto ?

— Du dualisme. Si je vous ai bien compris ce matin, le système de croyance des *bonshommes* se fonde sur l'existence d'une confrontation permanente entre un Dieu bon et un Dieu mauvais.

— C'est cela.

— Bien. Quand vous retournerez au réfectoire, regardez bien si la lutte entre le bien et le mal n'est pas représentée dans *La Cène*. Le Christ est placé au centre du tableau comme le fléau d'une balance à mi-chemin entre le monde spirituel et le monde charnel. A sa droite, c'est-à-dire à notre gauche, la zone des ombres, du mal, obscure, sans lumière. Ce n'est pas un hasard si c'est de ce côté que se trouve Judas Iscariote mais aussi Pierre avec la dague. Avec l'arme qui, selon vous, lui donne un caractère satanique...

Le borgne prit une inspiration avant de poursuivre son discours.

— A l'inverse, ajouta-t-il, du côté opposé se trouvent les apôtres que Léonard considère comme lumineux. C'est la zone éclairée de la table. Il s'y est dépeint, mais aussi Platon, à l'origine de bon nombre de doctrines hérétiques des cathares.

Je me rappelai soudain un fait :

— Ainsi que les frères Guglielmo et Giberto, ajoutai-je. Car vous m'avez bien dit que Giberto avait posé pour le profil de l'apôtre Philippe ?

Le borgne acquiesça.

— Mais, au fait, poursuivis-je en me souvenant de la disposition géométrique des apôtres, vous aussi, vous vous trouvez là. Sous les traits de Thomas, je crois...

Benedetto marmonna quelque chose, mal à l'aise, avant de protester avec énergie ensuite :

— Laissons là ces fariboles. Il est bon que nous nous efforcions d'interpréter la fresque de Léonard, mais ce qui compte vraiment, c'est de décider ce que nous allons faire de cette œuvre. Je ne vous le répéterai jamais assez : ou bien nous tranchons net le problème en recouvrant cette peinture, ou bien le contenu de la fresque va devenir un phare pour les hérétiques, et je vous laisse imaginer les problèmes qui s'ensuivront.

# 41

— Je ne comprends pas. Vous allez rester ainsi sans rien faire en attendant que l'on vous condamne ?

La stupéfaction de Bernardino Luini n'émut pas du tout Léonard. Cela faisait un bon moment qu'il affrontait le mauvais temps dans son jardin, concentré sur le développement de sa nouvelle machine, et il avait à peine remarqué le retour de ses disciples. D'ailleurs, au fond, il avait peu d'espoir qu'Elena, Marco et Luini reviennent du réfectoire illuminés par la sagesse qu'il avait si soigneusement confiée à sa *Cène*. Le maître était las d'attendre. Ces allées et venues de disciples incapables de comprendre son mode particulier d'écriture dans ses tableaux avaient fini par l'ennuyer.

Et puis, comme de coutume, ses élèves n'apportaient que des mauvaises nouvelles du monastère. Ils disaient que Santa Maria était sur le pied de guerre. Que le père Bandello avait décidé d'interroger les moines à la recherche d'hérétiques et qu'il avait ordonné l'isolement de son cher frère Guglielmo, le cuisinier, en l'accusant de conspiration contre l'Eglise.

Léonard écouta ces explications à son corps défendant, sans savoir quoi dire.

— Moi non plus, je ne vous comprends pas, maître, intervint d'Oggiono. Vous ne pouvez être indifférent à ce qui se passe ! Est-ce que vous ne craignez pas pour la vie de votre ami ? Etes-vous devenu à ce point insensible ?

Léonard leva ses yeux bleus de la boîte d'outils et regarda fixement Marco.

— Frère Guglielmo tiendra bon, dit-il. Personne ne pourra rompre le cercle qu'il représente.

— Arrêtez avec vos allégories ! Le danger est là, tout proche, vous ne comprenez pas qu'ils ne vont pas tarder à s'en prendre à vous ?

— La seule chose dont je me rends compte, Marco, c'est que tu ne m'écoutes pas, dit le peintre d'un ton sec. D'ailleurs, personne ne m'écoute.

— Un petit moment ! (La jeune Elena qui jusqu'alors était restée silencieuse, derrière Luini et d'Oggiono, fit un pas en avant pour s'interposer entre les trois hommes.) Je sais ce que vous voulez nous enseigner ! Maintenant, je comprends. Tout est dans votre fresque.

Léonard fronça les sourcils face à cette réaction inattendue. Elena poursuivit :

— Vous vous êtes servi de frère Guglielmo pour représenter Jacques le Majeur. De cela, il n'y a aucun doute. Et il incarne la lettre O, l'oméga, comme vous.

Luini haussa les épaules et regarda le maître en rougissant. En fin de compte, c'est lui qui avait enseigné cela à la jeune Crivelli.

— Cela ne peut vouloir dire qu'une chose, ajouta-t-elle : que frère Guglielmo et vous êtes les seuls en possession du secret que vous voulez que nous trouvions, et que vous êtes aussi sûr de sa discrétion que lui de la vôtre. Vous œuvrez pour le même plan.

— Admirable ! applaudit Léonard. Je vois que vous êtes aussi sagace que votre mère. Alors vous savez aussi pourquoi j'ai élu la lettre O...

— Oui, je crois..., dit-elle en hésitant.

Le Toscan la regarda, intrigué. Ses compagnons encore plus.

— Parce que l'oméga est la fin, le contraire de l'alpha qui est le début, dit-elle. De cette manière, vous vous situez à l'extrême fin d'un projet commencé avec le Christ, seul A de la fresque.

— Admirable ! répéta le maître. Admirable !

— Mais oui, je comprends, s'exclama soudain Luini. Frère Guglielmo et vous devez faire advenir l'Eglise de Jean ! Le voilà, le secret !

Le sage se pencha de nouveau sur l'étrange machine qu'il venait de dessiner pour sa parcelle en secouant la tête :

— Ce n'est pas tout, Bernardino, essaie d'aller plus loin.

Ce que Léonard avait devant lui était un engin terrible. Il s'était appliqué à sa réalisation peu après avoir échoué dans ses tentatives de mécaniser la cuisine de la forteresse des Sforza. Ses broches, son hachoir, ses énormes soufflets capables de raviver des marmites cyclopéennes, sa ramasseuse de miettes actionnée par l'air avaient provoqué un grand nombre d'accidents et s'étaient révélés totalement inefficaces pour les goûts gastronomiques barbares du More. Mais ce nouvel appareil allait être différent. Si tout allait bien, le duc ne se moquerait pas de sa machine géante à cueillir les radis qu'il lui proposerait comme arme future de la guerre contre les Français. L'inventeur savait que son premier essai s'était soldé par trois victimes, mais après quelques ajustements opportuns, la machine cesserait d'être aussi dangereuse.

— *Maestro*..., protesta Luini en constatant la distraction du peintre, nous avons fait un pas énorme dans la compréhension de votre *Cène*, et pourtant vous ne semblez pas du tout intéressé. Vous ne comprenez pas que l'heure de transmettre votre secret est arrivée ? L'Inquisition est en train de refermer le piège autour de vous. Il se peut que demain nous soyons tous arrêtés et interrogés. Votre projet sera alors perdu.

— Je t'ai écouté, Bernardino, avec la plus grande attention, dit le peintre sans lever les yeux de son engin. Et si je reconnais vos talents pour avoir trouvé les lettres cachées dans ma *Cène,* je constate aussi que vous n'êtes pas capables de les interpréter. Et si vous, qui avez su où chercher, ressemblez à des enfants incapables de lire, alors imaginez ce que ce sera pour ces moines qui me poursuivent, selon vous.

— Un livre. Tout se trouve là, n'est-ce pas, dans un livre où vous avez tout appris...

Le nouveau commentaire de Luini résonna comme un défi.

— Que veux-tu dire ?

— Allons, le temps des énigmes est passé ! Et vous le savez très bien. J'ai reconnu dans la fresque le visage de votre vieil ami Marsile Ficin. Est-ce que vous n'étiez pas convenu avec lui qu'un portrait de ce genre signalerait l'avènement de l'Eglise de Jean ? Est-ce qu'il ne vous a pas remis un livre destiné à être la nouvelle Bible de cette Eglise ?

Léonard laissa tomber ses outils près de la cueilleuse de radis en levant un nuage de poussière dans le jardin.

— Que sais-tu de cela ? protesta-t-il.

— Ce que vous m'avez appris : que, depuis le temps

de Jésus, deux Eglises s'affrontent pour le contrôle de nos âmes. La première, celle de Pierre, Eglise temporelle, utile pour montrer aux hommes le chemin, et réveiller leur esprit, est seulement le précurseur d'une autre construction plus glorieuse qui alimentera notre entendement quand nous saurons la recevoir. Pierre est l'Eglise du passé, celle qui a aplani le terrain de celle qui doit advenir, l'Eglise de Jean, la vôtre.

Le Toscan voulut l'interrompre mais son ancien disciple n'avait pas encore terminé :

— Cet homme, que vous avez peint en Matthieu dans *La Cène*, s'appelle Marsile Ficin. Il vous a confié un livre avec les textes de Jean pour que vous l'étudiiez. Je m'en souviens parfaitement. J'étais présent le jour où il vous l'a donné. Je n'étais alors qu'un enfant. Et si maintenant vous vous efforcez de faire son portrait, pour offrir à d'autres que nous l'accès à votre œuvre, c'est parce que vous croyez que le moment de la relève est arrivé. N'est-ce pas ? Voilà ce que signifie votre *Cène*. Admettez-le. Elle annonce la nouvelle Eglise !

Marco et Elena n'osèrent même pas lever les yeux. Léonard intima à Luini de se taire en signalant le ciel de son index comme s'il demandait à Dieu la permission de prendre la parole :

— Mon cher Bernardino, dit-il, en essayant d'apaiser la colère qui bouillonnait en lui. Il est certain que Ficin m'a fait le dépositaire de textes très précieux juste avant mon départ pour Milan. Et tes remarques sur les deux Eglises sont justes. Je ne nierai rien de tout cela. Cela fait des années que je peins Jean le Baptiste dans mes œuvres en espérant la venue d'un moment comme celui-là. Et je crois qu'en effet, il est arrivé.

— Qu'est-ce qui vous le fait croire, maître ?

— Comment ? répondit-il d'un ton plus calme. Est-ce

que tout le monde ne le voit pas ? Le pape a conduit l'Eglise temporelle à un degré de dépravation difficile à dépasser. Ses prêtres eux-mêmes, comme ce Savonarole à Florence, se retournent contre lui. Il est temps que l'Eglise de l'esprit, celle du Baptiste, prenne la relève de celle de Pierre et nous conduise au salut véritable.

— Mais le Baptiste ne figure pas dans *La Cène*...

— Non, en effet, reconnut Léonard en souriant à Marco, toujours attentif à ces détails, mais Jean, oui.

— Je ne comprends pas...

— Tout est dans les Ecritures. Si vous relisez les Evangiles avec attention, vous verrez que Jésus a commencé sa vie publique seulement après avoir été baigné dans les eaux du Jourdain par le Baptiste. Les quatre Evangiles ont eu besoin de justifier la mission de Jésus en se référant à Jean-Baptiste comme faisant partie de la préparation de Jésus comme Messie. C'est pour cette raison que je le peins toujours le doigt levé vers le ciel ; c'est ma façon à moi de dire que le Baptiste est arrivé le premier.

— Alors, pourquoi adorons-nous Jésus et non pas Jean ?

— Tout fait partie d'un plan soigneusement étudié. Jean fut incapable de transmettre à cette poignée d'hommes grossiers et incultes ses enseignements spirituels. Comment faire comprendre à quelques pêcheurs que Dieu est en nous et non dans un temple ? Jésus devait l'aider à endoctriner ces sauvages. Ils mirent en place une institution temporelle qui imitait l'Eglise juive, et une autre spirituelle, secrète, comme on n'en avait jamais vu sur Terre. Et ils confièrent ces enseignements à une femme intelligente, Marie Madeleine, et à un jeune garçon à l'esprit éveillé, qu'ils appelèrent aussi Jean... C'est ce Jean qui se trouve dans *La Cène*.

— Et Madeleine aussi ! s'écria Elena.

Le Toscan ne put cacher son admiration pour cette jeune fille impétueuse. Luini rougit en se voyant obligé d'expliquer la réaction de la petite comtesse : il lui avait dit que, chaque fois qu'elle verrait un nœud clairement dessiné, elle saurait que l'œuvre était liée à Madeleine comme c'était le cas dans *La Cène*.

— Laissez-moi vous expliquer une dernière chose, ajouta Léonard, un peu fatigué. Jean est beaucoup plus qu'un simple prénom. C'est ainsi qu'on appela à leur époque le Baptiste et l'Evangéliste, mais vous devez savoir que Jean est un titre. Il s'agit du *nomen mysticum* que portent tous ces dépositaires de l'Eglise spirituelle. Comme la papesse Jeanne, celle qui figure dans le jeu de cartes des Visconti.

— La papesse Jeanne n'est pas un mythe ? Une fable pour naïfs ?

— Quelle fable ne cache pas des faits réels, Bernardino ?

— Alors...

— Vous devez savoir que le créateur de ces cartes, Bonifacio Bembo, de Cremone, était un parfait. En voyant ses frères en danger, il décida de cacher, dans ce jeu de cartes destiné aux Visconti, quelques symboles fondamentaux de notre foi. Comme cette croyance selon laquelle nous sommes la descendance mystique de Jésus-Christ. Quel plus grand symbole de cette certitude qu'une prêtresse enceinte soutenant dans sa main la croix du Baptiste et indiquant ainsi, à qui savait lire, que de la vieille Eglise naîtrait bientôt la nouvelle ? Cette carte, ajouta le maître sur un ton révérencieux, est la prophétie précise de ce qui doit advenir...

# 42

Je ne sais pour quelle raison le père Bandello avait décidé de m'envoyer accomplir une tâche semblable. S'il avait eu le don de prophétie, et avait pu deviner ce qui allait m'arriver, il est certain qu'il m'aurait retenu à ses côtés. Mais le destin est imprévisible, et Dieu, dans cette journée de janvier, lança les dés de mon avenir, fidèle à ses voies impénétrables.

J'avoue que je n'acceptai cette tâche qu'à contrecœur, l'estomac soulevé.

Déterrer avec l'aide de Benedetto le borgne, Mauro le fossoyeur et frère Jorge le père Trivulzio dans son enveloppe funéraire suscita une forte réaction de dégoût qui me tordit les entrailles. Cela faisait plus de cinquante ans que l'Inquisition n'exhumait plus de cadavres de prisonniers pour procéder à leur crémation, et j'eus beau insister auprès du prieur pour que nous laissions les morts en paix, je ne pus empêcher que frère Alessandro ne retourne à la lumière du jour. Son corps dégageait une puanteur insupportable. Malgré toutes nos précautions — nous l'avions enveloppé dans un nouveau suaire bien serré — l'odeur nous poursuivit pendant tout le trajet. Heureusement, il n'en allait pas de même avec les restes du sacristain. Le feu qui l'avait consumé sur la place du marché avait sans doute détruit toutes ses parties corruptibles. Le borgne ne put s'empêcher de me contredire et de défendre sa propre théorie avec véhémence : le fait d'être resté dans la cour de l'hôpital sous des températures très froides avait fait évaporer les pires effluves du sacristain.

— En y réfléchissant bien, insistait le borgne en essayant de me convaincre, la même chose se produit avec les animaux. Est-ce que le cadavre d'un cheval sent dans un chemin enneigé ?

Nous arrivâmes à Santo Stefano sans avoir conclu notre conversation alors qu'il manquait une heure à peine pour les vêpres. Nous avions passé le contrôle militaire de la Porta della Corte all' Arcivescovado, sans avoir eu à fournir trop d'explications. La garde ducale était au courant de nos soucis et approuvait notre décision d'emporter les hérétiques bien loin de la ville. Le grand chariot couvert que nous conduisions, chargé de bois et de cordes, passa sans encombre toutes les inspections. Et nous arrivâmes ainsi à Santo Stefano, une clairière au milieu d'une forêt, solitaire et silencieuse, disposant d'un sol de roc ferme sur lequel il ne serait pas difficile d'empiler les fagots de bois que nous avions apportés pour faire brûler nos défunts.

Eu égard à son grand âge, Jorge dirigea les travaux.

Ce fut lui qui organisa l'entassement des fagots qui devaient permettre de réduire en cendres les corps et nous montra la meilleure manière d'élever un bûcher assez haut et efficace. Pour quelqu'un qui, comme moi, avait assisté à tant d'autodafés sans soulever ne serait-ce qu'une brindille, ce fut une expérience singulière. Jorge nous indiqua comment les placer dans un ordre inverse à leur taille. Il avait souvent vu comment l'on procédait. C'est lui qui nous apprit que les bois les plus fins devaient être situés à la base afin que leur ardeur embrase avec efficacité les pièces les plus épaisses. Une fois cette partie terminée, il nous demanda de tendre une grande corde autour de cette pile pour la consolider. L'une des extrémités devait servir à hisser les corps de nos frères jusqu'au sommet. Une fois accomplis les ordres du prieur, nous rentrerions avant la nuit et donc avant que les soldats du More ferment les portes d'entrée du bourg.

— Ce qu'il y a de bien dans ce travail..., se moqua frère Benedetto qui plaçait le corps de Giberto au sommet des troncs, tandis que le fossoyeur se préparait à hisser le fardeau de frère Alessandro et à le déposer à sa place. Ce qui est bien, frère Mauro, entendis-je grogner Benedetto, c'est qu'avec un peu de chance les cendres de ces malheureux tomberont sur les cathares qui se cachent dans ces montagnes.

— Des cathares, ici ! protesta Jorge, mais vous voyez le mal partout !

— Et vous leur supposez beaucoup de perspicacité, intervins-je à mon tour, tandis que j'ajustais la corde autour du corps de frère Alessandro. Vous les croyez vraiment capables de distinguer ces cendres de leurs propres bûchers ? Permettez que j'en doute...

Le borgne ne répliqua pas. J'attendis que la corde se tende pour hisser le bibliothécaire, mais aucun mouvement ne suivit. Jorge ne profita pas de l'occasion pour répliquer aux commentaires toujours amers de l'assistant du prieur. Un silence incommode et prolongé s'installa soudain dans la clairière.

Etonné, je reculai de quelques pas pour voir ce qui se passait là-haut. Frère Benedetto se tenait aussi immobile qu'une statue de sel, le visage tourné vers un endroit à la limite du bosquet. Il avait lâché la corde. Je voyais mal Mauro. Je ne pus que distinguer le tremblement léger de son menton. Il semblait paralysé lui aussi. Et puis je compris qu'il cherchait à m'indiquer quelque chose avec ses petits coups de menton. Je regardai alors dans la direction qu'il me montrait et faillis tomber à la renverse...

Je n'exagère pas.

Près de l'entrée du bois, à une vingtaine de mètres de l'endroit où nous nous trouvions, un groupe de quinze personnes encapuchonnées observait en silence nos mouvements. Nous ne les avions pas remarquées auparavant. Ces individus étaient habillés de noir des pieds à la tête, et avaient glissé leurs mains dans leurs manches. Cela faisait sans doute un bon moment qu'ils étaient là, à surveiller la clairière de Santo Stefano. Leur attitude ne semblait pas hostile pourtant. Ils ne portaient ni armes ni bâtons pour nous attaquer, mais je dois reconnaître que je ne me sentais pas vraiment tranquille. Ils nous regardaient sans dire un mot, sans faire mine de s'approcher. D'où étaient-ils sortis ? A ma connaissance, il n'existait aucun monastère ou ermitage dans les environs et aucun office particulier qui justifie la présence de ces moines dans ces lieux.

Mais alors qui étaient-ils ? Pour quelle raison étaient-ils venus assister à l'exécution *post mortem* de nos hérétiques ?

Mauro Sforza fut le premier à descendre du bûcher funèbre et à se diriger vers les silhouettes encapuchonnées, mais son geste fut accueilli avec indifférence. Aucun de nos visiteurs ne bougea un muscle.

— Dieu du ciel ! finit par s'exclamer le borgne. Ces habits !

— Quoi, ces habits ?

— Vous ne comprenez pas, père Leyre ? balbutia-t-il à la fois furieux et perplexe. Vous ne vouliez pas me croire, mais les voilà, recouverts d'habits noirs sans cordes ni ornements, comme les cathares qui aspirent à la perfection.

— Des cathares ?

— Ils ne sont pas armés, ajouta-t-il. Leur foi le leur interdit.

Mauro, qui nous avait écoutés, fit un autre pas vers les inconnus.

— Allez-y, frère, l'encouragea le borgne, vous ne risquez rien. Ils sont incapables de tuer un poulet, ils ne vous feront pas de mal !

— *Laudetur Jesus Christus* ! Ils sont venus pour leurs morts ! lança Jorge qui s'était collé à moi en tremblant dès qu'il avait compris ce qui se passait. Ils veulent que nous les leur rendions !

— Et cela vous fait peur ? Vous n'avez pas écouté frère Benedetto ? murmurai-je en essayant de le calmer. Ces gens sont incapables de la moindre violence.

Je ne sus jamais si frère Jorge avait réussi à me répondre parce que, à ce moment précis, les intrus entonnèrent un *Pater Noster* qui fit trembler la clairière. Leurs timbres virils remplirent le lieu et nous laissèrent sans voix. Jorge s'était trompé. Les *bonshommes* n'étaient pas venus récupérer les corps de leurs coreligionnaires. Jamais ils ne feraient une chose pareille. Ils haïssaient l'enveloppe charnelle. Ils la considéraient comme la prison de l'âme, un obstacle diabolique qui les éloignait de la pureté de l'esprit. S'ils s'étaient déplacés jusque-là en risquant leur liberté, c'était parce qu'ils avaient décidé de prier pour les âmes de leurs frères.

— Maudits soient-ils ! (Telle fut l'imprécation de frère Benedetto qui leva ses poings.) Maudits mille et une fois !

La réaction du borgne nous étonna. Stupéfaits, nous le vîmes sauter à terre et s'élancer vers les intrus, hors de lui, le visage rouge de colère, les veines de son cou gonflées, prêtes à éclater. Benedetto bouscula avec violence le premier inconnu qui se trouva sur son chemin. L'homme tomba par terre. Le borgne, saisi de folie, s'agenouilla en tirant un couteau qu'il sortit d'on ne sait où.

— Vous devriez être morts, tous autant que vous êtes ! Vous n'avez pas le droit d'être là !

Avant que nous ayons pu l'arrêter, notre frère avait plongé son arme jusqu'au manche dans le corps de sa victime. Un cri de douleur résonna dans la clairière.

— Allez en enfer ! hurla alors Benedetto.

Ce qui se passa ensuite demeure encore confus pour moi.

Les hommes encapuchonnés se regardèrent avant de se lancer sur Benedetto. Ils l'écartèrent de leur frère blessé à l'épaule, le sang coulant à flots, et le maintinrent appuyé contre un arbre. Le borgne, qui continuait à proférer des malédictions contre ceux qui le détenaient, avait les yeux injectés de sang. Ce fut la dernière image que j'eus de lui.

Quant à mes autres compagnons, je m'en souviens encore moins bien. Jorge s'enfuit en détalant comme un lapin vers la ville. Je n'aurais jamais pensé qu'à son âge il eût conservé tant d'agilité. Par contre, je ne pus voir frère Mauro. L'un des inconnus me jeta un sac sur la tête et l'attacha autour de mon cou avec une corde. Ce tissu devait être particulier car, peu de temps après, je me sentis perdre conscience. En quelques secondes, je cessai d'entendre les cris de l'homme blessé, et une extraordinaire sensation de légèreté s'empara de moi.

Avant de m'évanouir cependant, j'eus le temps de percevoir une voix qui murmura des mots que je ne réussis pas à comprendre :

— Maintenant, père Leyre, je pourrai enfin éclaircir vos doutes.

# 43

Je me réveillai avec des nausées et une forte migraine sans savoir combien de temps j'étais resté évanoui. Tout tournait autour de moi et mon esprit était plus confus que jamais. C'était la faute de cette pression constante sur les tempes. Une douleur cyclique revenait régulièrement envahir mon crâne de gauche à droite, en perturbant mes sens. Ces piques étaient si fortes que, pendant un bon moment, je gardai les yeux fermés sans oser faire le moindre geste. Je palpai ma tête en cherchant une blessure mais ne trouvai rien. La douleur était interne.

— Ne vous inquiétez pas, père Leyre, vous êtes entier. Reposez-vous. Vous retrouverez bientôt vos forces.

Une voix aimable, la même que celle qui m'avait parlé avant mon évanouissement, me fit sursauter. Elle s'adressa de nouveau à moi sur un ton serein, familier, comme si elle me connaissait depuis longtemps :

— L'effet de notre huile durera seulement quelques heures. Ensuite vous vous sentirez mieux.

— Votre... huile ?

Désorienté, affaibli, les bras et les pieds attachés, je parvins à réunir assez de forces pour parler. Je déduisis qu'on m'avait emmené dans un lieu fermé, car mes vêtements étaient secs et le froid moins intense que dans la clairière de San Stefano.

— La toile dont nous vous avons recouvert était imprégnée d'une huile qui provoque le sommeil. Une vieille recette. Un secret des sorciers de ces environs.

— Du poison..., murmurai-je.

— Pas exactement, répondit l'inconnu. Il s'agit d'un onguent que l'on extrait d'un mélange d'ivraie, de jusquiame, de ciguë et de pavot. Cela marche très bien. Il suffit de l'appliquer en petites doses sur la peau pour que son pouvoir léthargique soit immédiat. Mais ses effets se dissiperont bientôt, n'ayez crainte.

— Où suis-je ?

— En sécurité.

— Donnez-moi à boire, je vous prie.

Je pris à tâtons la cruche que l'inconnu plaça entre mes mains. C'était du vin chaud. Un bouillon amer qui revigora mon corps mal en point. Je m'agrippai au pot en faisant des provisions de forces avant de tourner les yeux et de jeter un coup d'œil sur l'endroit.

Mon instinct ne m'avait pas trompé. Je ne me trouvais plus à San Stefano. Et si j'ignorais qui étaient mes ravisseurs, ils m'avaient séparé de Jorge, Mauro et Benedetto, et isolé dans une pièce fermée, sans fenêtres, une sorte de cachot improvisé dans une maison de campagne isolée. Je supposais que j'avais dû passer une éternité sur ce lit de paille. Ma barbe avait poussé et quelqu'un avait osé retirer mes habits de dominicain. A la place, je portais une grossière bure de laine. Depuis combien de temps étais-je ici ? Impossible de le calculer. Où avaient disparu mes frères ? Qui était responsable de mon enlèvement et pour quelle raison m'avait-on emmené ici ?

Une sensation d'angoisse s'empara de moi.

— Où... suis-je ? répétai-je.

— En sécurité, je vous l'ai dit. Vous vous trouvez à Concorezzo, père Leyre, et je suis heureux de vous voir récupérer si vite. Nous avons beaucoup de choses à nous dire. Vous vous souvenez de moi ?

— Comment le pourrais-je ? balbutiai-je.

Je voulus me tourner pour voir mon interlocuteur mais un nouvel élancement m'obligea à m'arrêter.

— Allons ! Notre huile vous a endormi, mais ne vous a pas ôté la mémoire. Je suis l'homme qui ne ment jamais, vous vous souvenez ? Celui qui jura de résoudre une certaine énigme qui vous tracassait...

Un coup de fouet sembla soudain secouer mon cerveau. Bien sûr ! Il était certain que j'avais déjà entendu ce timbre de voix... Mais où ? Je dus faire un grand effort pour finir de me relever et chercher le visage de celui qui me parlait. Je le vis enfin. Un visage jeune, des yeux vert émeraude clairs et vifs... C'était Mario Forzetta, cela ne faisait aucun doute.

— Vous vous souvenez de moi.

Je hochai la tête.

— Je suis désolé d'avoir dû recourir à ces méthodes pour vous amener jusqu'ici, père Leyre, mais croyez-moi, nous n'avions pas le choix. Vous ne seriez jamais venu de vous-même, ajouta-t-il en souriant.

Ce pluriel me déconcerta.

— « Nous » ? Mais de qui parlez-vous, Mario ?

Le visage du jeune homme s'éclaira en m'entendant prononcer son prénom.

— Les hommes purs de Concorezzo, père Leyre. Notre foi nous interdit d'utiliser la violence, mais pas la ruse.

— Tu es un *bonhomme*... ? Toi ?

— Vous êtes horrifié, je le sais. Vous avez libéré un hérétique sans le savoir. Mais avant que vous ne me jugiez à la hâte, je vous prie de m'écouter. J'ai tant de choses à vous raconter.

— Qu'as-tu fait de mes compagnons ?

— Nous les avons laissés dans la clairière. A cette heure, s'ils ne sont pas congelés, ils seront déjà retournés à Milan avec une migraine identique à la vôtre.

Mario avait meilleur aspect que la dernière fois que je l'avais vu. On remarquait encore la cicatrice que Jacaranda lui avait infligée au visage, mais il s'était laissé pousser la barbe et son teint était hâlé par le soleil. Il ne ressemblait presque plus au jeune homme pâle avec lequel j'avais parlé dans le palais des Jacaranda. Il avait pris du poids et son visage irradiait le bonheur. Se savoir débarrassé et hors de portée de don Oliverio lui avait fait du bien. Ce que je ne parvenais pas à comprendre, c'était pourquoi il avait décidé de me retenir. Et pourquoi moi précisément alors que je lui avais rendu sa liberté...

— Avec mes compagnons, nous avons beaucoup hésité avant de franchir ce pas, m'expliqua Mario qui s'assit par terre à côté de moi. Je sais que vous êtes un inquisiteur, et que votre ordre a passé plus de deux cents ans à poursuivre des familles comme la mienne parce qu'elles avaient une manière différente d'approcher Dieu.

— Mais...

— En vous voyant hier à San Stefano, j'ai compris que c'était un signe envoyé par Dieu. Vous êtes apparu juste au moment où je venais d'obtenir les réponses que j'avais juré de vous donner. Vous vous souvenez ? C'est bien un miracle, non ? J'ai convaincu notre parfait qu'il me laisse vous emmener afin que je puisse m'acquitter de ma dette envers vous.

— Il n'y a pas de dette.

— Mais si, père Leyre. Dieu a permis que nos chemins se croisent pour une raison que Lui seul connaît. Peut-être pas pour que je vous aide à résoudre vos énigmes, mais pour qu'ensemble nous nous confrontions à l'ennemi que nous avons en commun.

Cette affirmation me déconcerta, et je lui demandai plus d'explications.

— Vous vous souvenez de l'énigme que vous m'avez confiée le jour où vous m'avez libéré ?

Je hochai la tête. *Oculus ejus dinumera* continuait à défier mon intelligence. J'avais presque oublié que Forzetta aussi connaissait ces vers.

— Après vous avoir quitté, je me suis réfugié dans l'atelier de Léonard de Vinci. Je savais que sa maison était le seul lieu de Milan qui m'accorderait asile. Et ce fut le cas. Naturellement, je parlai avec le maître. Je lui racontai ma rencontre avec vous, lui décrivis votre infinie générosité, et lui demandai de m'aider. Je ne voulais pas seulement qu'il me protège de la colère de Jacaranda, mais aussi qu'il comprenne que je tenais à vous montrer ma reconnaissance pour m'avoir permis de sortir du cachot.

— Mais vous n'êtes plus le disciple du peintre, n'est-ce pas ?

— Non, pas dans les faits, mais, en réalité, je n'ai jamais cessé de l'être. Léonard considère ses élèves comme ses fils, et même si certains ne se montrent pas toujours à la hauteur pour poursuivre son art, il leur conserve son affection. En fin de compte, son enseignement transcende le pur métier d'artiste.

— Je comprends. Donc tu es allé te réfugier sous l'aile protectrice du peintre. Et que t'a-t-il dit ?

— Je lui ai remis votre énigme. Je lui ai dit qu'elle renfermait le nom d'une personne que vous recherchiez. Et il a trouvé la solution.

Quelle ironie du sort ! Léonard avait déchiffré la signature de l'inconnu qui avait écrit à Béthanie en cherchant à provoquer sa ruine ! Plein de curiosité, j'essayai de surmonter ma nausée et pris les mains de Mario :

— Il l'a donc découverte ?

— En effet, et je peux même vous donner le nom que vous recherchiez.

Mario déposa ensuite la carte de la prêtresse par terre :

— Il s'est montré très étonné quand je lui ai montré votre énigme, poursuivit-il, il m'a même dit qu'il la connaissait très bien. Qu'un moine de Santa Maria la lui avait déjà apportée quelque temps auparavant, et qu'il l'avait résolue pour lui.

— Il s'agissait de frère Alessandro ?

Je me souvins alors des vers *Oculus ejus dinumera* écrits au dos de la carte trouvée près du cadavre du bibliothécaire. Et je compris alors. L'Augure avait assassiné frère Alessandro en se voyant démasqué par lui, et concocté ensuite un plan pour discréditer Léonard de Vinci. Assassiner un religieux obscur dut lui paraître facile, mais il ne pouvait agir ainsi avec le peintre favori de la Cour.

Mario reprit :

— Oui, en effet, frère Alessandro. Léonard me l'a dit très clairement : la carte de jeu et les vers étaient intimement liés. Votre énigme latine était incompréhensible sans l'image de la prêtresse ; sans elle, impossible de trouver la clé du nom que vous cherchiez. C'était comme la face et l'envers d'une même pièce.

Je priai Mario de s'expliquer davantage. Le jeune homme me montra alors les vers latins qu'il avait notés sur le papier que je lui avais remis à Milan et les plaça juste devant l'arcane du jeu des Visconti-Sforza. Une fois de plus, je revis ces sept maudites lignes devant moi :

*Oculos ėjus ḋinumera*
*ṡed voli nolum ȧdspicere.*
*In latere nominis*
*Mei notam rinvenies.*
*Contemplari et contemplata*
*aliis ṫradere.*

*Veritas*

— En réalité, c'est une énigme qui comporte trois niveaux, m'expliqua Mario. Le premier concernait l'identification de la carte. « Compte ses yeux mais ne regarde pas son visage. » C'est très simple : si vous regardez bien, vous verrez que, dans cette carte, il n'existe qu'un seul œil possible en dehors du visage de la femme.

— Lequel ?

Mario paraissait s'amuser.

— Dans la ceinture voyons. Vous ne le voyez pas ? L'œil du nœud par lequel passe la corde qui attache la ceinture de la femme. Il s'agit d'une métaphore utilisée avec une grande habileté par votre homme.

— Mais ce n'est pas tout, poursuivit-il. Le vers « Le chiffre de mon nom tu trouveras dans son flanc » laisse ouverte une grande inconnue. Est-ce du côté gauche ou droit qu'il s'agit ? En fait, c'est à droite.

*Détail de l'« œil » dans la ceinture.*

— Comment pouvez-vous en être aussi sûr ?

— Léonard a trouvé la réponse grâce à un détail stéganographique.

— Que signifie ce mot ?

— Comme vous le savez sans doute, les Grecs étaient passés maîtres dans l'art de dissimuler des messages secrets dans leurs écrits ou dans leurs œuvres d'art. *Steganos* signifie « écriture occulte ». Et c'est ce que nous devions chercher. Un errata nous donne la clé : *rinvenies* s'écrit sans « r ». Un homme aussi méticuleux que votre messager n'a pu laisser passer une telle faute. J'ai relu avec soin vos vers pour découvrir que, en plus de cette erreur, il existait cinq lettres marquées d'un point. Elles ne vous ont sans doute pas échappé : dans les mots *ejus, dinumera, sed, adspicere* et *tradere,* les lettres « e », « d », « s », « a », et « t » ont un point au-dessus d'elles.

« Vous voyez ? insista-t-il. En réunissant ces lettres avec le « r » qui n'est pas à sa place, on obtient le mot *destra* qui signifie « droite ». C'est l'éclaircissement qui nous manquait.

C'était admirable. Léonard avait fait ce qui ne nous

était pas venu à l'esprit : mettre en relation la carte de la prêtresse avec le rébus envoyé à Rome. Intuition ou vision géniale ? Me sentir si près de la solution me donna le vertige.

— Le reste coule de source, reprit Mario. Selon les leçons de l'*Ars Memoriae,* dans n'importe quelle composition, ce sont les mains qui donnent toujours les chiffres. Dans cette carte, les deux mains de la prêtresse montrent un nombre de doigts différents. Si votre homme nous dit que nous devons choisir la main droite, c'est parce qu'elle comporte cinq doigts.

— Tu connais donc ce traité, toi aussi ?

— C'est une des leçons préférées de Léonard.

— Je suppose donc que je dois chercher un moine dont le nom a cinq lettres ?

— Ce n'est pas nécessaire, dit Mario plus fier que jamais, Léonard l'a déjà trouvé. Ce religieux s'appelle Benedetto[36]. C'est le seul à Santa Maria dont le prénom possède cette valeur.

— Benedetto ?

Je suppose que mon visage dut se transformer en entendant cette révélation, car Mario demeura silencieux. Benedetto ! Le borgne, l'homme avec un seul œil comme l'oculus de la ceinture de la prêtresse ? Je me sentis désarmé. Comment n'avais-je pas été capable de le deviner auparavant ? Comment ne m'étais-je pas aperçu que l'homme de confiance du prieur avait accès à tous les secrets du monastère, et était le seul suffisamment violent pour oser s'attaquer à Léonard de Vinci ? Cette révélation ne correspondait pourtant pas au profil que j'avais tracé de l'Augure et qui le désignait comme un disciple renégat du peintre. A moins que son visage figurant dans *La Cène* où il incarnait l'apôtre Thomas soit la preuve irréfutable de son ancienne filiation à l'ordre de Léonard de Vinci.

J'embrassai Mario pour le remercier sans savoir très bien qui je devais poursuivre, l'assassin de frère Alessandro ou ces chrétiens dévoyés ?

# 44

Frère Benedetto éternua une nouvelle fois, et cracha du sang. Il avait très mauvaise mine. Depuis qu'il était resté évanoui plusieurs heures, soumis aux intempéries de la plaine de San Stefano, pieds nus sur la neige, le borgne n'avait pas retrouvé sa respiration habituelle. Il toussait, ses poumons lui semblaient pleins de boue, et il lui était de plus en plus difficile de faire le moindre mouvement.

Ce fut le prieur qui décida de l'envoyer à l'hôpital où il fut maintenu isolé des autres malades. On lui ordonna des vapeurs aromatiques et des saignées quotidiennes, et l'on pria avec ferveur pour sa guérison. Mais Benedetto dormait mal. La fièvre grimpait, inexorable, et tous craignaient pour sa vie.

Le dernier jour de janvier, épuisé, le plus bourru des moines de Santa Maria demanda qu'on lui administrât l'extrême-onction. Il avait passé l'après-midi à délirer en proférant des phrases incompréhensibles et en exhortant ses frères à brûler le réfectoire s'ils voulaient encore sauver leurs âmes.

Nicola Zessatti qui, avec cinquante ans de service dans la communauté, était le doyen, et un vieil ami de

Benedetto, lui imposa les saintes huiles. Il lui avait proposé de se confesser auparavant, mais le borgne avait refusé. Il ne voulait rien dire de ce qui s'était passé à San Stefano. Toutes les tentatives de son compagnon furent inutiles. Ni lui ni le prieur ne purent lui arracher un seul mot sur le lieu où je me trouvais et encore moins sur les hommes qui nous avaient attaqués.

Je sais que ce furent des jours de grand trouble. Aussi étrange que cela puisse paraître, frère Jorge ne leur fut d'aucune aide, lui non plus. L'aumônier se souvenait à peine de ces étranges moines habillés de noir qui étaient apparus soudainement. Il avait une mauvaise vue et son âge le trahissait. Et quand il se mit à raconter que le borgne avait attaqué l'un d'eux à coups de couteau, on le prit pour un fou. Jorge fut interné dans l'hôpital de Santa Maria, dans la même aile que Benedettto, les mains brûlées par le gel. Par miracle, il mit peu de temps à se remettre.

Quant à mon troisième compagnon, Mauro, il demeura sans parler. Sa jeune constitution avait assez bien supporté l'attaque du froid, mais depuis son retour au monastère personne ne l'avait vu sortir de sa cellule. Ceux qui lui avaient rendu visite s'horrifièrent de son regard perdu. Le moine se nourrissait à peine et il était incapable de rester attentif quand on lui parlait. Il avait tout l'air d'avoir perdu la raison.

Ce fut donc frère Jorge qui vint prévenir le prieur que l'état de Benedetto empirait. L'aumônier trouva le père Bandello dans le réfectoire où il devisait avec Léonard de Vinci des derniers progrès de *La Cène*.

Après l'enterrement de la duchesse et ma disparition, le Toscan s'était remis au travail avec un élan inhabituel. Il paraissait soudain pressé de terminer son œuvre. D'ailleurs, il venait juste de donner les derniers coups de pinceau au visage adolescent de Jean qu'il montrait, très fier de lui, au prieur qui le regardait avec méfiance.

L'apôtre était magnifique. Il arborait une longue chevelure blonde qui lui tombait sur les épaules, un regard languide, les yeux mi-fermés, et la tête penchée vers sa droite dans une attitude de soumission. Son visage rayonnait de lumière avec un éclat surnaturel, magique, qui invitait à la contemplation et à la vie mystique.

— On m'a dit que vous vous étiez servi d'une jeune fille comme modèle pour ce visage.

Le reproche du prieur fut la première chose qu'entendit Jorge en entrant dans le réfectoire. De sa position, il ne put voir le sourire du peintre.

— Les rumeurs vont vite, dit ce dernier avec ironie.

— Et plus loin que vos oiseaux de bois.

— C'est bien, prieur, je ne le nierai pas, mais avant que vous ne vous fâchiez, sachez que je ne me suis servi d'elle que pour apporter certaines touches finales au disciple aimé.

Jorge reconnut là l'humour acerbe du maître.

— Jean était un homme doux, père Bandello, poursuivit le peintre. Vous savez que c'était le plus jeune des disciples, et Jésus l'aimait comme un frère. Comme un fils même. Et vous savez aussi que je n'ai pas réussi à trouver dans votre communauté un seul moine doté de cette candeur décrite dans les Evangiles. Quelle importance si j'ai choisi une jeune fille innocente pour compléter ce portrait ? Que voyez-vous de mal dans le résultat que je vous présente ?

— J'aimerais connaître le nom de cette demoiselle.

— Bien sûr, mais je doute que vous la connaissiez. Elle s'appelle Elena Crivelli. Elle est d'une noble famille lombarde. Elle a visité mon atelier accompagnée du maître Luini, il y a quelques jours seulement. En l'apercevant, j'ai compris que Dieu me l'envoyait pour m'aider à terminer ma *Cène*.

Le prieur le regarda de biais.

— Ah ! si vous pouviez la rencontrer ! poursuivit le peintre. Sa beauté est captivante, pure, parfaite pour le visage de Jean. C'est elle qui m'a offert cette impression de béatitude que suggère notre jeune apôtre.

— Mais il n'y eut pas une seule femme dans la cène pascale.

— Comment en être sûr ? Quoi qu'il en soit, d'Elena je n'ai pris que les mains, le regard, la moue abandonnée de ses lèvres, et les pommettes. Ses attributs les plus innocents.

— Révérend père...

L'interruption de frère Jorge, qui attendait avec impatience une pause dans la conversation, empêcha Bandello de répondre. Après une génuflexion pressée, le moine lui murmura à l'oreille les mauvaises nouvelles sur le borgne.

— Vous devez venir, dit-il, les médecins pensent qu'il ne lui reste plus beaucoup de temps à vivre.

— Que lui arrive-t-il ?

— Il peut à peine respirer et sa peau perd sa couleur par moments.

Léonard observa avec curiosité les mains bandées de Jorge et en déduisit qu'il devait s'agir d'un de ces moines qui s'étaient fait attaquer hors des murs de la ville.

— Si mon avis vous intéresse, dit le peintre, sûr de lui, je crois que votre compagnon souffre des écrouelles. Une maladie mortelle sans remède. Cela correspond aux symptômes que vous avez décrits. Si vous le voulez, je peux mettre à votre disposition mes connaissances médicales pour alléger ses souffrances. Je connais suffisamment le corps humain pour vous proposer un traitement efficace.

— Vous, mais je croyais que vous le détestiez...

— Voyons, comment souhaiter le mal à un homme envers lequel j'ai une dette ? N'oubliez pas que frère Benedetto a posé pour mon Thomas. Pourrais-je haïr Elena qui m'a illuminé pour peindre Jean ou le bibliothécaire qui prêta son visage à Judas ? Non ! Je dois à votre compagnon le visage d'un des apôtres les plus importants du *Cénacle*.

Le prieur le remercia d'un geste de la tête sans s'apercevoir de l'ironie que renfermaient ces paroles. Il était certain que l'apôtre Thomas réunissait toutes les caractéristiques d'un frère Benedetto rajeuni. Le peintre s'était efforcé de le peindre de profil pour masquer sa grave difformité. Mais Bandello savait que le maître et Benedetto ne s'entendaient pas bien depuis longtemps.

Muni de l'approbation du prieur, Léonard ramassa à toute vitesse ses pinceaux, referma les flacons avec les derniers mélanges de couleurs et sortit d'un pas léger vers l'hôpital voisin. En chemin, ils passèrent prendre frère Nicola qui portait déjà le récipient contenant l'eau bénite, un pot avec les saintes huiles et un goupillon d'argent.

Ils trouvèrent frère Benedetto allongé sur un lit à baldaquin recouvert d'un grand tissu de lin, au second étage, dans une des rares chambres indépendantes du lieu. Léonard demanda aux moines de l'attendre dans le jardin. Il leur expliqua que la première phase de soins requérait une certaine intimité et qu'ils étaient peu nombreux les hommes qui, comme lui, étaient protégés contre les effluves mortelles des écrouelles.

Quand Léonard se retrouva seul face au lit du borgne, il écarta la toile qui les séparait et contempla le vieil homme malade. « Pourquoi n'ai-je pas encore inventé une machine qui me délivre de mes ennemis ? » pensa-t-il. Faisant contre mauvaise fortune bon cœur, le géant secoua doucement le malade pour le réveiller.

— Vous ? s'écria frère Benedetto en se redressant sous le choc de cette apparition. Mais que diable faites-vous ici ?

Léonard observa le moribond avec curiosité. Son état était pire qu'il ne l'avait supposé. L'ombre grisée qui s'était installée sur ses joues ne présageait rien de bon.

— On m'a dit que vous avez été attaqué, je le regrette sincèrement.

— Vous êtes un pharisien, Léonard ! (Il toussa de nouveau.) Vous savez aussi bien que moi ce qui s'est passé.

— Si c'est ce que vous pensez...

— C'étaient vos frères de Concorezzo, n'est-ce pas ? Ces bâtards qui renient Dieu et refusent la nature divine du Fils de l'Homme ! Sortez d'ici ! Laissez-moi mourir en paix !

— Je suis venu vous parler dès que j'ai appris votre mal, Benedetto. Je crois que vous précipitez votre jugement. Comme toujours. Ces gens dont vous parlez ne renient pas Dieu. Ce sont des chrétiens purs qui vénèrent le Sauveur comme le firent les premiers apôtres.

— Cela suffit ! Je refuse de vous écouter ! Taisez-vous... Allez-vous-en !

Le borgne était rouge de colère maintenant.

— Si vous réfléchissiez un instant, vous verriez qu'en ne vous ôtant pas la vie ces bâtards, comme vous les appelez, ont montré leur infinie miséricorde envers vous. Surtout en sachant que vous aviez tué plusieurs des leurs de sang-froid.

La colère du moine se transforma en stupéfaction :

— Comment osez-vous ?

— Parce que je sais en quoi vous vous êtes converti. Et je sais aussi que vous avez tout fait pour m'arracher de ce lieu, et laisser dans l'ombre la foi de toutes ces personnes. D'abord vous avez tué frère Alessandro. Ensuite vous avez poignardé frère Giulio en plein cœur. Vous avez étourdi de vos histoires les frères qui se dirigeaient vers le chemin de la pureté...

— De l'hérésie, vous voulez dire ! l'interrompit le malade, son œil unique grand ouvert.

— Et vous avez envoyé des lettres anonymes à Rome prédisant l'Apocalypse, signées d'un *Augur dixit*, uniquement pour provoquer une enquête secrète contre moi tout en vous permettant de rester en marge.

— Je vous maudis, Léonard ! s'exclama le moine, la poitrine déchirée par une nouvelle quinte de toux.

Le peintre, impassible, défit de sa ceinture l'escarcelle de toile blanche dont il ne séparait jamais et la posa sur le lit. Elle paraissait plus pleine que de coutume. Il en défit soigneusement le nœud et en tira un livre à la couverture bleue qu'il posa sur le drap.

— Vous le reconnaissez ? demanda-t-il avec un sourire moqueur. Vous avez beau me maudire, je suis venu vous pardonner et vous apporter le salut. Nous sommes tous des âmes de Dieu et le méritons.

La pupille du borgne s'agrandit d'excitation en voyant ce livre à portée de sa main.

— C'était bien cela que vous cherchiez, n'est-ce pas ? dit Léonard.

— *Inte... rrogatio Johan... nis,* déchiffra Benedetto en lisant le titre gravé sur la tranche. Le testament final de Jean ! Le livre comportant les réponses que le Seigneur donna à son disciple aimé dans une cène secrète, déjà au royaume des cieux.

— *La Cène secrète,* en effet. Le livre que j'ai décidé d'offrir au monde.

Benedetto allongea un bras pour toucher la couverture.

— Vous achèverez la chrétienté si vous le faites, dit-il en s'arrêtant pour prendre une profonde inspiration. Ce livre est maudit. Personne dans ce monde ne mérite de le lire... Et dans l'autre, celui du Père éternel, personne n'en a besoin. Brûlez-le !

— Et pourtant, il fut un temps où vous auriez tout fait pour l'avoir entre vos mains.

— Oui, grogna-t-il, mais je me suis aperçu du péché de vanité que cela impliquait. Voilà pourquoi j'ai renoncé à cette entreprise. Et arrêté de travailler pour vous. Vous m'avez rempli la tête de fadaises comme les frères Alessandro et Giberto, mais j'ai compris à temps votre stratagème.

Le borgne, qui avait pâli, porta sa main à la poitrine avant de poursuivre d'une voix rauque :

— Je sais ce que vous voulez, Léonard. Vous êtes venu à Milan, la catholique, plein de conceptions extravagantes... Vos amis, Botticelli, Raphaël, Ficin, vous ont rempli l'esprit d'idées vaines sur Dieu. Et maintenant vous voulez donner au monde la recette pour communiquer directement avec Dieu sans besoin d'intermédiaires ni d'Eglise.

— Comme Jean le fit en son temps.

— Si le peuple croyait en ce livre, s'il savait que Jean a parlé avec le Seigneur dans le royaume des cieux, et est revenu pour écrire, pourquoi aurait-on besoin des ministres de Pierre ?

— Je vois que vous avez compris.

— Comme je comprends que le More vous a soutenu pendant tout ce temps parce que... (Il toussa.) Parce que, en fragilisant Rome, vous le rendez plus fort. Vous voulez changer la foi des bons chrétiens avec votre œuvre. Vous êtes un diable, un fils de Lucifer.

Le peintre sourit. Ce moine moribond parvenait à peine à imaginer la méticulosité de son plan : cela faisait des mois que Léonard permettait à des artistes de France et d'Italie de s'approcher de *La Cène* pour la copier. Emerveillés par sa technique et la disposition inédite de ses personnages, des peintres comme Andrea Solario, Giampietrino, Bonsignori, Buganza et tant d'autres avaient déjà imité son dessin et commençaient à le diffuser dans toute l'Europe. De plus, sa technique discutable de peinture *a secco* rendait nécessaires les copies de son œuvre. *La Cène*, aussi merveilleuse fût-elle, était destinée à disparaître par vœu exprès du peintre, et seul un effort continu, méticuleux et planifié pour le reproduire et le diffuser pouvait sauver son véritable projet... Et disséminer son secret bien au-delà de ce qu'avait obtenu une œuvre d'art dans toute l'Histoire.

Léonard ne répliqua pas. C'était inutile.

Ses mains sentaient encore la peinture et le vernis. Celui qu'il venait d'appliquer au pinceau sur le visage de Jean. L'auteur de cet Evangile qui était ouvert sur le lit du borgne et que les Visconti-Sforza, ducs de Milan, avaient fait représenter, fermé, entre les mains de la prêtresse de leur jeu de cartes. Le même qui apparaissait sur le giron de Santa Maria dei Fiore juste au-dessus de l'entrée de la cathédrale de Florence. Un livre hermétique que Léonard de Vinci voulait désormais dévoiler aux yeux du monde.

Sans un mot, le peintre prit le volume et l'ouvrit à

la première page. Il demanda à Benedetto de se souvenir du repas du Seigneur dans le réfectoire afin de comprendre son plan. Ensuite, d'un ton solennel, il commença à lire :

*Moi, Jean, qui suis votre frère et qui partage l'affliction pour avoir accès au royaume des cieux, tandis que je reposais sur le sein de Notre-Seigneur Jésus-Christ, je lui dis : « Seigneur, qui te trahira ? » Et il me répondit : « Celui qui met la main avec moi dans l'assiette. Alors Satan entra en lui, et lui cherchait déjà la manière de me livrer. »*

Benedetto fut bouleversé :

— Mais c'est exactement ce que vous avez peint dans votre *Cène*... Dieu béni !

Léonard acquiesça d'un hochement de tête.

— Maudite vipère ! s'exclama le malade avant d'être pris d'une toux violente.

— Ne vous trompez pas, Benedetto, mon œuvre est bien plus qu'une simple scène de cet Evangile. Jean a posé neuf questions au Seigneur. Deux sur Satan, trois sur la création de la matière et l'esprit, trois sur le baptême de Jean et une dernière sur les signes qui précéderont le retour du Christ. Des questions de lumière et d'ombre, de bien et de mal, des pôles opposés qui meuvent le monde...

— Et tout cela renferme un sortilège, je le sais.

— Vous le savez ?

La surprise se lut sur le visage du maître. Ce vieillard qui résistait à la mort avait l'esprit encore bien vif.

— Oui..., se moqua-t-il. *Mut-nem-a-los-noc*... Et ils le savent aussi à Rome. Je le leur ai dit. Bientôt, Léonard, ils découvriront vos stratagèmes, et détruiront ce que vous avez tramé avec tant de patience. Ce jour-là, je mourrai enfin satisfait.

# 45

*Douze jours plus tard*
*Milan, 12 février 1497*

— *Mut-nem-a-los-noc...*

J'entendis pour la première fois cette étrange phrase deux semaines après que frère Benedetto eut rendu l'âme dans l'hôpital de Santa Maria au milieu d'une de ses terribles quintes de toux. Dieu avait puni sa vanité. L'Augure n'eut pas le temps de voir Rome décharger sa colère sur Léonard et ruiner son projet. La détérioration de son état fut rapide. Les médecins qui le surveillaient nuit et jour s'avouèrent vaincus quand le moine perdit la voix et que des pustules apparurent sur son corps.

Benedetto mourut l'après-midi du mercredi des Cendres, seul, fiévreux, et répétant sans cesse mon nom dans une tentative désespérée de me faire venir à son chevet et me prévenir contre les agissements de son ennemi. Malheureusement pour lui, je devais encore tarder plusieurs jours avant de revenir de ma réclusion parmi les « hommes purs ».

Avec le recul, je crois que Mario Forzetta avait attendu ce moment précis pour me rendre à Milan. Jamais, pendant les semaines où je demeurai à Concorezzo, il ne m'avait parlé de la maladie du borgne et ne m'avait poussé à agir contre lui ou à informer le Saint-Siège de ses péchés contre le cinquième commandement. Et jamais il ne raviva le feu de la haine contre lui. Son attitude m'émerveilla. Grâce à lui, j'avais réussi à démasquer le père Benedetto et sa signature compliquée. Mais son étrange morale lui interdisait toute vengeance pour l'assassinat de ses coreligionnaires. Quelle étrange foi que la sienne...

Je finis par croire que les habitants de Concorezzo me retiendraient pour toujours. Je compris que leur respect extrême pour la vie les empêchait d'en finir avec moi, mais je n'ignorais pas que tous, dans ce hameau, savaient que s'ils me libéraient ils mettraient leurs vies en danger.

Ce débat se prolongea pendant des journées entières. Une période dont je profitai pour me mêler à eux et apprendre leurs coutumes. Je fus surpris de découvrir qu'ils n'entraient jamais dans une église pour prier. Ils préféraient une grotte ou un champ ouvert. Je pus avoir confirmation de beaucoup de choses que je savais sur eux, comme le fait qu'ils ne reconnaissaient pas la croix ou répudiaient les reliques, les considérant comme des souvenirs impurs du corps matériel et satanique qui abrita un jour l'âme de grands saints. Mais je découvris des choses qui m'émerveillèrent. Par exemple, leur joie face à la mort. Chaque jour, ils célébraient le fait de s'approcher du moment où ils se déprendraient de leur enveloppe charnelle et se joindraient à l'esprit lumineux de Dieu. Eux qui s'appelaient les « vrais chrétiens » me regardaient avec miséricorde, et faisaient de grands efforts pour me faire participer à leurs rites.

Un jour, pourtant, Mario apparut dans ma chambre et me réveilla, très agité. Il me demanda de m'habiller rapidement et me fit descendre la montagne vers le chemin pierreux qui menait à porte Vercellina. J'étais stupéfait. Le jeune parfait avait pris une décision qui compromettait toute sa communauté : il allait rendre au monde un inquisiteur qui avait vu vivre de l'intérieur une communauté cathare, qui avait assisté à leurs prières et connaissait parfaitement les points faibles des derniers « hommes parfaits » de la chrétienté. Et, en dépit de tout, il prenait le risque de me remettre en liberté. Pourquoi, et pourquoi ce jour-là et avec tant de hâte, je n'allais pas tarder à le découvrir...

En nous approchant de la voie qui m'emmènerait vers les terres du duc, Mario changea le ton de la conversation pour la première et dernière fois. Il s'était habillé de blanc avec une bure qui lui couvrait les genoux et un bandeau sur les cheveux. Il semblait me conduire vers un ultime rituel.

— Père Leyre, déclara-t-il d'un ton solennel, vous connaissez maintenant les véritables disciples du Christ. Vous avez pu constater de vos propres yeux que nous ne prenons pas les armes et n'offensons pas la nature. Parce que les disciples originels de Jésus n'auraient jamais accepté que nous vous privions de liberté, nous ne pouvons vous retenir davantage. Vous appartenez à un monde différent du nôtre. Un univers de fer et d'or dans lequel les hommes vivent en tournant le dos à Dieu...

Je voulus répondre mais Mario m'en empêcha. Il me regardait avec tristesse comme s'il faisait ses adieux à un ami.

— A partir de maintenant, continua-t-il, notre destin repose entre vos mains. Vos croisés ne l'auraient pas mieux dit : *Deus lo volt,* à la grâce de Dieu. Ou vous nous pardonnez et entrez dans nos rangs en vous convertissant en un parfait, ou vous nous dénoncez et cherchez notre mort et la ruine de nos enfants. Mais au moins, vous aurez fait votre choix en toute liberté. Nous, par malheur, nous sommes habitués à être poursuivis. C'est notre destin.

— Vous me rendez la liberté ?

— En réalité, vous ne fûtes jamais prisonnier.

Je le regardai sans savoir quoi dire.

— Mais avant que vous ne nous livriez au Saint-Siège, je vous demande seulement de vous souvenir que Jésus lui aussi fuyait la justice de son temps.

Mario se jeta alors dans mes bras et me serra contre lui. Ensuite, tout en surveillant la faible clarté qui annonçait l'aube, il me donna un petit sac avec du pain et des fruits et me quitta sur ces mots :

— Allez directement au réfectoire, m'ordonna-t-il. Pendant votre absence, de nombreux événements se sont produits qui vous concernent. Méditez et décidez ensuite quelle voie sera la vôtre. J'espère que nous nous reverrons un jour et que nous pourrons nous regarder en face comme frères de la seule et unique foi.

Je marchai quatre heures durant avant de distinguer dans l'horizon la silhouette fortifiée de la ville. A quelle étrange épreuve me soumettait la divine providence ? Mario me rendait-il à la cour du duc pour que j'élimine son ennemi, frère Benedetto, ou pour une autre obscure raison ?

En m'approchant du poste de garde, je m'aperçus combien le séjour à Concorezzo m'avait changé. Le soldat me salua à peine. A ses yeux, je n'étais plus le respectable dominicain que le bois de Santo Stefano avait englouti un mois auparavant. Je ne pus le lui reprocher. Tout le monde croyait que cet homme avait péri dans une embuscade. Personne ne m'attendait. Mon aspect était commun, sale, j'étais habillé comme un berger avec mes chausses noires et mon épaisse peau de mouton. Mon visage était recouvert de barbe. Et même ma tonsure avait disparu. Je n'avais plus rien d'un moine.

Je traversai le poste sans regarder personne et enfilai les ruelles qui devaient me conduire au monastère de Santa Maria. Bien qu'il n'y eût pas de soleil et que nous fussions un samedi, la ville avait un certain air festif. Les alentours du monastère avaient été décorés de fleurs, de rubans et de bannières. De nombreuses personnes flânaient dans la rue. Le duc venait de passer, comme je l'appris, alors qu'il se dirigeait vers une célébration importante.

J'entendis des lèvres d'une femme la raison de toute cette agitation. Léonard de Vinci avait terminé sa *Cène* et le duc se dépêchait pour aller la contempler et l'admirer dans toute sa splendeur.

— *La Cène* est terminée ?

La femme me regarda, amusée :

— Mais d'où sortez-vous ? se moqua-t-elle. Toute la ville va défiler pour la voir. Toute ! On dit que c'est un miracle. Qu'elle paraît réelle. Les moines ouvriront leur couvent pendant un mois pour que tous puissent l'admirer.

Un étrange malaise s'empara de moi. Le Toscan avait conclu une entreprise qui lui avait pris trois années de travail, mais avait-il aussi complété le terrible projet auquel l'Augure voulait mettre fin à tout prix ? Et le prieur, avait-il lui aussi succombé au sortilège de cette œuvre ? Ne devais-je pas le prévenir tout de suite de la véritable identité de son secrétaire personnel ? Mais comment allais-je me présenter devant lui ? Et que lui dirais-je de mes ravisseurs ?

Je terminai en haletant mon ascension jusqu'au cours Magenta et parvins à me glisser dans l'énorme queue qui entourait le couvent pour contempler, pétrifié, le spectacle. Le duc avait fait disposer une grande estrade sur laquelle, habillé d'un pourpoint de velours et coiffé d'un chapeau au ruban d'or, il bavardait avec quelques gentilshommes de la ville. Parmi eux, je reconnus Luca Pacioli, le mathématicien, l'air détendu. J'appris qu'il venait de remettre au More son livre *De divina proportione* dans lequel il dévoilait les mystérieuses mathématiques de la Création. Antonio Billi, chroniqueur de la Cour, était là également et paraissait submergé par ces somptueux décors.

Je distinguai aussi Léonard de Vinci, qui se tenait au second plan, et commentait quelque chose, entouré d'un petit groupe d'admirateurs qui buvaient ses paroles. Ils étaient tous habillés avec élégance, mais semblaient nerveux et regardaient d'un côté et de l'autre comme s'ils attendaient l'arrivée de quelqu'un ou savaient que quelque chose dans cette cérémonie ne se déroulerait pas comme prévu.

J'étais si occupé à essayer de lire sur leurs lèvres que je ne remarquai pas la disparition d'un des convives qui, en se frayant un passage parmi la foule, se dirigeait droit sur moi.

— Mais, bon sang ! s'exclama-t-il en arrivant à ma hauteur et en me touchant l'épaule. On vous croyait mort, père Leyre.

Cet homme trapu, au béret violet surmonté d'une plume d'oie, l'épée à la taille et chaussé de bottes de cavalier, n'était autre qu'Oliverio Jacaranda. Son accent étranger le trahissait parmi tous ces Lombards.

— Je n'oublie jamais un visage et encore moins le vôtre.

— Don Oliverio...

L'Espagnol me dévisagea sans comprendre pourquoi je ne portais pas mes habits de dominicain. Lui-même se trouvait là pour admirer l'œuvre de Léonard. Sa condition d'antiquaire lui garantissait un accès privilégié au lieu et lui permettait d'être au centre du plus grand acte social de la ville depuis l'enterrement de *donna* Béatrice.

— Mais..., hésita-t-il, père Leyre, m'expliquerez-vous ce qui s'est passé ? Vous avez mauvaise mine. Et que faites-vous vêtu de la sorte ?

J'essayai de trouver une excuse crédible qui ne trahît pas ma situation singulière. Je ne pouvais pas lui dire que j'avais passé plus de deux semaines sous le toit d'un homme qui avait été son prisonnier. J'aurais considéré cela comme un manque de loyauté, et Dieu seul savait comment aurait réagi cet homme au tempérament vif devant une telle révélation.

— Vous vous souvenez de mon goût pour les énigmes ?

Jacaranda hocha la tête.

— Je suis à Milan en mission, sur ordre supérieur. Pour la mener à bien, j'ai dû disparaître un certain temps. Maintenant je reviens incognito pour poursuivre mon enquête. Et je vous demande la plus grande discrétion.

— Ah ! ces moines ! Toujours avec vos secrets ! sourit-il. Ainsi vous avez fait semblant de disparaître pour continuer à mener une enquête sur les crimes de San Francesco il Grande, c'est cela ?

— Mais qu'est-ce qui vous fait penser cela ? demandai-je, abasourdi par sa conclusion.

— Votre tenue, voyons. Je vous ai dit un jour que peu de choses m'échappent dans cette ville. Elle me rappelle celle de ces malheureux que l'on a retrouvés assassinés sous la *Maesta* des franciscains.

— Mais...

— Il n'y a pas de « mais », me coupa-t-il. J'admire vos méthodes. Jamais je n'aurais eu l'idée de me faire passer pour une victime afin d'attirer l'assassin...

Je gardai prudemment le silence. Je m'étais imaginé tant de fois que, si je le rencontrais de nouveau, notre conversation serait forcément désagréable, que je fus surpris de le voir soudain préoccupé par mon état de santé. En fin de compte, je m'étais immiscé dans ses affaires, j'avais libéré un de ses prisonniers et je ne l'avais pas suivi dans ses tentatives pour inculper Léonard de l'assassinat de frère Alessandro. Il était évident que don Oliverio avait des choses plus importantes en tête. Il me parut préoccupé. Il ne commenta presque pas la fugue de Forzetta qu'il se dépêcha d'excuser en croyant qu'elle faisait partie de ma stratégie pour enquêter sur les meurtres des moines et des pèlerins. On aurait dit que ma tenue de parfait l'intéressait plus que tout le reste.

— Vous êtes revenu depuis longtemps ? lui demandai-je en cherchant à détourner la conversation.

— Cela fait une dizaine de jours. Et je vous ai cherché dès mon retour. On m'avait dit que vous aviez péri dans une embuscade. Je suis ravi que cela soit faux.

— Dites-moi, pourquoi me cherchiez-vous ?

— J'ai besoin de votre aide, annonça-t-il d'un ton plaintif. Vous vous souvenez de ce que je vous ai dit sur Léonard de Vinci, le jour de notre rencontre ?

Je jetai un coup d'œil derrière moi vers l'estrade où j'avais vu le Toscan pour la dernière fois. Je n'aurais pas aimé qu'il entende une fausse accusation d'assassinat comme celle que Jacaranda s'apprêtait sans doute à faire. Puis je hochai la tête pour lui faire signe de continuer :

— Eh bien, apprenez que je suis allé à Rome et qu'un confident proche du pape m'a communiqué le secret que le peintre a voulu cacher dans sa fresque.

— De quoi voulez-vous parler ?

L'Espagnol fronça les sourcils devant mon ton soupçonneux :

— Ce secret qu'a emporté dans la tombe le bibliothécaire, père Leyre. Celui qu'il dut extraire du « livre bleu » que la duchesse me chargea d'acquérir pour elle et que je ne pus lui remettre. Vous vous en souvenez ?

— Oui.

— Ce secret, père Leyre, est désormais entre mes mains. Et c'est encore une de ces maudites devinettes du Toscan. Comme je sais que vous êtes expert dans la résolution d'énigmes, et que votre position vous rend peu suspect de complicité, j'ai pensé que vous pourriez m'aider à le déchiffrer.

Oliverio dit ces mots avec une rage contenue. Je devinai à son ton son désir de venger son vieil ami, frère Alessandro. Et bien qu'il se trompât d'objectif, j'étais intrigué par la révélation que lui avait faite son confident. Je ne savais pas alors, et n'aurais pu l'imaginer, que Béthanie aussi possédait ce secret et faisait l'impossible depuis des jours pour me retrouver et me le faire parvenir.

— J'accepte, mais vous devez m'en dire un peu plus.

— Seulement devant *La Cène*, père Leyre.

# 45

Quelle étrange sensation…

Vêtu de mes oripeaux, je traversai le porche du monastère de Santa Maria sans qu'aucun moine ne me reconnût. L'odeur d'encens me fit hésiter comme si je pénétrais dans une église pour la première fois. Cette profusion de motifs floraux, de losanges bleus et rouges, de dessins géométriques qui ornaient le plafond me parut impropre dans la maison de Dieu. Je n'avais jamais remarqué cet excès avant ce jour, mais soudain, il me gênait.

Sans voir mon malaise, Oliverio m'entraîna vers l'abside, m'obligea à tourner à gauche et à m'avancer vers l'énorme file de fidèles qui chantaient et priaient en attendant de pouvoir entrer dans le réfectoire.

Frère Adriano de Treviglio, que je n'avais rencontré qu'à deux reprises durant mon séjour dans le couvent, salua l'Espagnol et prit d'un air satisfait les pièces de monnaie que ce dernier avait déposées dans sa main. Il me lança un regard méprisant, sans me reconnaître. Et c'était mieux ainsi. Ce réfectoire qui, dans mon souvenir, était froid et inerte, bruissait maintenant d'une activité fébrile. Il était toujours aussi vide, mais on l'avait lavé et aéré en profondeur. Il ne restait presque plus trace d'odeur de peinture, et la fresque que le peintre venait de terminer brillait de toute sa splendeur.

— *La Cène secrète*..., murmurai-je.

Oliverio ne m'entendit pas. Il me poussa vers le centre de la salle, puis se fraya un passage dans la foule avant de me dire, dans un mélange d'espagnol et de lombard, ces paroles que je ne sus pas alors mesurer à leur juste valeur :

— Le mystère de ce lieu a un lien avec l'Egypte antique. Les disciples sont placés par groupe de trois comme la triade des dieux du Nil. Vous voyez... ? Mais le véritable secret, c'est que chaque personnage de cette scène représente une lettre.

— Quel type de lettre ? demandai-je en me souvenant de ce que j'avais entendu sur l'*Ars Memoriae*.

— Seule l'une d'entre elles est bien claire. Regardez ce grand A que dessine la silhouette de Notre-Seigneur. C'est la première piste. Mais si on l'ajoute aux autres, par déduction des attributs des douze apôtres décrits dans *La Légende dorée* de Jacques de Voragine, ils forment une étrange psalmodie écrite en égyptien antique ; j'espère que vous m'aiderez à la déchiffrer...

— Une psalmodie..., répétai-je troublé.

Oliverio hocha la tête, satisfait de mon étonnement.

— Enfin, pas tout à fait, mais en joignant les lettres que Léonard a assignées à chaque disciple, on obtient la succession de syllabes suivante : *Mut-nem-a-los-noc*.

Mut.

Nem.

A.

Los.

Noc.

Je répétai l'une après l'autre les syllabes en essayant de les mémoriser.

— Et vous dites qu'il s'agit d'un texte égyptien ?

— Je crois, oui. Mut est une divinité de cette civilisation, épouse de Amon « l'occulte », le grand dieu des pharaons. Léonard en a certainement entendu parler par Marsile Ficin. Vous n'avez pas oublié que le maître avait son livre dans sa *bottega* ?

Comment l'aurais-je pu ? Ficin, Platon, frère Alessandro, le borgne, ils étaient tous là, devant moi, et ils se regardaient comme s'ils complotaient pour préserver leur mystère et empêcher ceux qui ne le méritaient pas de le connaître. Tous avaient été représentés comme de véritables disciples du Christ. De *bons hommes*, en somme.

— Et si l'égyptien n'était pas l'idiome de cette phrase ?

Mon doute exaspéra l'Espagnol. Il s'approcha de mon oreille et, en essayant de se faire entendre malgré le brouhaha des curieux et la rumeur des prières, il s'efforça de m'expliquer ce qu'il avait appris de ces apôtres réduits à des lettres par Annio de Viterbe. Je contemplai l'un après l'autre ces disciples si vivants. Bartolomé, les mains appuyées sur la table, observait la scène telle une sentinelle. Jacques le Mineur essayait de calmer les esprits de Pierre. André, impressionné par la révélation qu'un traître se cachait parmi eux, élevait ses paumes en signe d'innocence. Judas. Jean. Et Thomas qui indiquait le ciel. Et l'aîné des Jacques dont les bras croisés semblaient annoncer le futur supplice du Messie. Philippe. Matthieu. Jude Thaddée qui tournait le dos au Christ. Et Simon, les mains tendues, comme pour inviter à contempler la scène de nouveau... La contempler de nouveau...

Par le Christ ! Ce fut comme un éclair déchirant la nuit. Comme si soudain une des langues de feu qui illuminèrent les disciples le jour de la Pentecôte était tombée sur moi !

Dieu tout-puissant ! Il n'y avait aucune énigme là-dedans. Léonard n'avait caché aucun message dans sa *Cène*. Rien du tout... Je fus envahi par une émotion singulière comme j'en avais rarement éprouvé durant toutes ces années passées à Béthanie.

— Vous vous souvenez de ce que vous m'aviez dit sur l'étrange façon d'écrire de Léonard ?

Oliverio me regarda sans comprendre où je voulais en venir.

— Vous voulez parler de sa manie de tout écrire à l'envers ? Encore une de ses excentricités. Ses disciples ont recours à un miroir pour pouvoir lire ce que le maître leur écrit. Il le fait avec tout : notes, inventaires, reçus, lettres et même ses listes de courses, vous imaginez ! Il est fou.

— Peut-être...

L'ingénuité d'Oliverio me fit sourire. Ni lui ni Annio de Viterbe ne s'étaient aperçus de rien alors que la réponse se trouvait sous leurs yeux.

— Dites-moi, Oliverio, par où avez-vous commencé à lire votre litanie égyptienne ?

— Par la gauche. Le M de Bartolomé, le U de Jacques le Mineur, le T...

Il se tut soudain. Il tourna sa tête vers l'extrême droite du tableau et tomba sur Simon qui, les bras tendus, paraissait l'inviter à entrer dans la scène. Comme si cela ne suffisait pas, c'était là aussi que se trouvait le nœud de la nappe qui indiquait de quel côté il fallait commencer à lire.

— Dieu du ciel, il faut lire à l'envers !

— Et que lisez-vous, Oliverio ?

L'Espagnol, doutant de ce qu'il était en train de voir, et sans parvenir à en comprendre le sens, prononça pour la première fois le véritable secret de *La Cène*. Il lui suffit de lire les syllabes de cet étrange *Mut-nem-a-los-noc* comme le faisait Léonard de Vinci depuis trois ans, c'est-à-dire à l'envers :

*Con-so-la-men-tum*

## Post-scriptum
## Note finale du père Leyre

Cette révélation transforma ma vie.

Cela ne se fit pas d'une manière brusque, mais par une altération lente et imparable, semblable à celle que vit une forêt à l'approche du printemps. Au début, je ne m'en rendis pas compte et, quand je voulus réagir, il était déjà trop tard. Je suppose que mes conversations à Concorezzo et la confusion dans laquelle je me trouvais durant ces premières journées à Milan opérèrent ce miracle.

J'attendis que s'achèvent ces journées où les portes de Santa Maria delle Grazie étaient ouvertes au public pour retourner voir la fresque de Léonard de Vinci et me placer sous les mains du Christ. J'avais décidé de recevoir la bénédiction de cette œuvre vive qui palpitait et que j'avais vue croître presque imperceptiblement. Je ne sais pas encore très bien pourquoi j'agis ainsi. Ni pourquoi je ne m'étais pas encore présenté au prieur pour lui raconter où j'avais été, et ce que j'avais découvert pendant ma captivité. De manière imperceptible, un changement s'était opéré en moi. Qui finit par enterrer à jamais Agustín Leyre, prêcheur dominicain, membre de la secrétairerie d'Etat du Saint-Siège, inquisiteur et théologien.

Une illumination ? Un appel divin ? La folie peut-être... ? Il est probable que je mourrai dans cette grotte escarpée de Djebel el-Tarif sans savoir comment nommer cette impulsion.

Mais cela n'a plus aucune importance aujourd'hui.

La seule chose dont je suis certain, c'est qu'en voyant le sacrement des cathares exposé à la contemplation et à la vénération du public au centre même de la maison des dominicains, patrons de l'Inquisition et gardiens de l'orthodoxie de la foi, je fus profondément bouleversé. Je découvris que la vérité évangélique s'était frayé un passage entre les ténèbres de notre ordre pour s'ancrer dans ce réfectoire comme un phare puissant pour éclairer la nuit. Elle présentait une vérité bien différente de celle à laquelle j'avais cru pendant quarante-cinq ans : jamais Jésus n'avait instauré l'eucharistie comme unique voie pour communiquer avec Lui. A l'inverse, ses leçons à Jean et à Madeleine montraient comment trouver Dieu en nous sans avoir besoin de recourir à des artifices extérieurs. Jésus, né juif, ne connaissait que trop bien le contrôle que les prêtres du Temple avaient exercé sur Dieu en l'enfermant dans le tabernacle ; et il avait lutté contre cela. Quinze siècles plus tard, Léonard de Vinci, converti au secret de cette révélation, s'en sentait responsable, et l'avait confiée à sa *Cène*.

C'était peut-être de la folie, je l'admets, mais tout se passa comme je l'ai décrit.

Trois décennies se sont écoulées depuis ces événements. Abdul, qui vient de m'apporter mon dîner comme tous les soirs, m'a annoncé une étrange nouvelle : un groupe d'ermites disciples de saint Antoine est arrivé au hameau avec l'intention de s'installer non loin de là. J'ai scruté les alentours du Nil en essayant de les repérer, mais mes yeux fatigués n'ont pu distinguer leur campement. Ces hommes représentent, je le sais, mon dernier espoir. Si l'un d'eux se montre digne de ma confiance alors que je sais mes jours comptés, je déposerai entre ses mains ces feuillets, et lui ferai comprendre la nécessité de les conserver dans un endroit adéquat jusqu'à ce que vienne enfin l'heure de les faire connaître. Mes forces s'affaiblissent, cependant, et je ne sais si je serai capable de descendre de ce rocher et de m'approcher d'eux.

D'ailleurs, même si j'y arrivais, leur serait-il possible de me comprendre ?

Oliverio Jacaranda, par exemple, ne parvint jamais à saisir le secret du *Cénacle* alors qu'il l'avait sous les yeux. Que ses treize personnages incarnent les treize lettres du *Consolamentum*, c'est-à-dire de l'unique sacrement admis par les hommes purs de Concorezzo, un sacrement spirituel, invisible, intime, ne lui évoquait pas grand-chose. Il ignorait que ce symbole était lié à son regretté « livre bleu », cet écrit sur lequel il ne réussirait jamais à mettre la main. Et, par conséquent, il fut incapable de soupçonner que son serviteur, Mario Forzetta, l'avait trahi à cause de ce même ouvrage. Des générations l'avaient utilisé lors de cérémonies cathares pour plonger les néophytes dans l'Eglise de l'esprit, celle de Jean, et les initier à la recherche du Père par leurs propres voies.

Je sais qu'Oliverio rentra en Espagne, s'installa près des ruines de Tarraco et continua à exploiter son commerce avec le pape Alexandre VI. Léonard confia *La Cène secrète* à son disciple, Bernardino Luini, qui à son tour la remit à un artiste du Languedoc, qui finit par l'emmener à Carcassonne où elle fut interceptée par le Saint-Siège qui ne sut jamais l'interpréter. Luini ne peignit jamais une hostie de toute sa vie. Pas plus que Marco d'Oggiono ou aucun des chers disciples de Léonard de Vinci.

Elena, que je n'ai pas connue en personne, eut un destin curieux. Après avoir posé pour le maître, l'intelligente petite comtesse comprit que l'Eglise de Jean ne parviendrait peut-être jamais à s'instaurer. Elle s'éloigna donc de la *bottega*, cessa de poursuivre de ses assiduités le malheureux Bernardino, et entra dans un couvent de clarisses situé près de la frontière française. Léonard, surpris par son intelligence éveillée, lui révéla le grand secret auquel était lié son lignage. Marie Madeleine, son ancêtre, vit Jésus ressuscité, fait de lumière, sortir de la tombe que Joseph d'Arimathie avait préparée pour lui. Pendant des siècles, l'Eglise refusa d'écouter son récit complet. Ce jour-là, il y a presque quinze siècles, Madeleine vit Jésus vivant mais non dans son corps mortel. Son cadavre, froid et inerte, reposait encore dans sa tombe, quand elle découvrit son « corps de lumière ». Impressionnée, elle décida de voler les restes du Galiléen et de les cacher dans sa maison où elle les embauma avec soin, avant de les emmener en France alors que commençaient les persécutions du sanhédrin.

Tel était le secret, cela seul, et rien d'autre : le Christ n'a pas ressuscité dans un corps mortel, mais en lumière, montrant ainsi le chemin vers notre propre transmutation quand notre heure viendrait.

Je sus qu'Elena, impressionnée par cette révélation, demeura cinq ans avec les clarisses, jusqu'à ce qu'un beau jour elle disparaisse de sa cellule sans que personne ne la revoie jamais. On dit qu'elle accompagna

Léonard de Vinci dans son exil en France, qu'elle s'installa à la cour de François Ier comme dame de compagnie de la reine, et qu'elle posait encore parfois pour le peintre. On prétend aussi que le Toscan la fit appeler à son chevet le jour de sa mort, et qu'il se servit de son visage et de ses mains pour compléter le portrait inachevé d'une demoiselle connue sous le nom de *La Joconde*. Tous ceux qui ont vu ce portrait remarquent des similitudes éloquentes entre le Jean de *La Cène* et la femme représentée dans ce petit tableau. Moi, malheureusement, je ne peux en juger.

Nous ne saurons jamais si Elena eut connaissance de cette Eglise de Jean et de Madeleine. Elle emporta ses secrets avec elle, dans sa tombe. Car avant mon départ vers ce pays qui sera mon dernier refuge, Elena mourut de fièvres.

Il ne me reste plus qu'à expliquer pourquoi j'ai choisi l'Egypte pour finir mes jours et écrire ces lignes. Et pourquoi je n'ai jamais dénoncé la communauté de parfaits établie à Concorezzo et liée au peintre Léonard de Vinci.

La faute en revient encore une fois à ce géant aux yeux bleus vêtu d'habits blancs.

Je n'eus pas l'occasion de le revoir une fois *La Cène* présentée au public. Après avoir découvert la signification occulte de la fresque, je rentrai à Rome et frappai à la porte de la Maison de la Vérité à Béthanie, où je me remis au travail sans que personne me pose trop de questions. Ce fut ainsi que j'appris que le peintre quitta Milan l'année suivante alors que les troupes françaises renversaient les défenses du duc et prenaient le contrôle de la ville. Il se réfugia d'abord à Mantoue, puis à Venise, et enfin à Rome où il se mit au service de César Borgia, le fils du pape Alexandre VI. Il travailla comme architecte et ingénieur général. Il occupa peu de temps ces fonctions, juste assez pour rencontrer enfin le responsable du Palazzo Sacro, Annio de Viterbe.

Annio fut très affecté par cette rencontre. Son secrétaire, Guglielmo Ponte, informa ponctuellement Béthanie de la réunion qui prit place au printemps de l'année 1502. Léonard et Annio parlèrent de la fonction suprême de l'art, de ses applications pour préserver la mémoire, et de son influence toute-puissante sur l'esprit du peuple. Mais ce furent deux phrases du Toscan qui, selon frère Guglielmo, impressionnèrent le plus son maître :

— Tout ce que j'ai découvert sur le véritable message de Jésus n'est rien en comparaison de ce qui reste à dévoiler. Et de même que j'ai puisé aux sources égyptiennes et ai eu accès aux secrets géométriques que traduisirent Ficin ou Paciolo, en les mettant aux services de mon art, je vous prédis que l'Eglise n'a pas fini de puiser dans les Evangiles qui reposent encore sur les rives du Nil.

Giovanni Annio de Viterbe mourut cinq jours plus tard, sans doute empoisonné par César Borgia.

Un mois après, bouleversé par ce que je venais d'apprendre et craignant de souffrir bientôt les représailles de ceux qui avaient peur du retour de cette Eglise de Jean, je quittai Béthanie à la recherche de ces Evangiles.

Je suis sûr qu'ils se trouvent non loin d'ici mais je ne les ai pas encore découverts. Je sais que je les chercherai jusqu'à la fin de mes jours.

En 1945, dans un lieu proche du village égyptien de Nag Hammadi situé en Haute-Egypte, furent découverts treize codex recouverts de cuir. Ils étaient écrits en copte et relataient des enseignements de Jésus inédits en Occident. Cette découverte, bien plus considérable que celle des célèbres rouleaux de la mer Morte, à Qumrán, prouve l'existence d'un important courant du christianisme primitif qui attendait l'avènement d'une Eglise fondée sur la communication directe avec Dieu et les valeurs de l'esprit. Ces textes sont aujourd'hui connus sous le nom d'Evangiles gnostiques. Il est avéré que certains de ces écrits d'origine grecque parvinrent en Europe à la fin du haut Moyen Age et eurent une influence sur certains milieux intellectuels.

La grotte de Djebel el-Tarif, où mourut le père Leyre en août 1526, se trouvait à une trentaine de mètres seulement du site de la découverte de ces manuscrits.

# NOTES*

1. Avant Côme l'Ancien, les constructeurs des cathédrales gothiques avaient déjà connaissance de ces secrets ; ils les avaient appris en Orient bien avant qu'ils soient exportés à Florence. Dans un roman antérieur *Las Puertas templarias* (Martinez Roca, 2000), j'explique comment s'est opéré ce transfert de savoir ancestral.

2. La Bible, traduction française par Emile Osty, Le Seuil, 1973. *(N.d.T.)*

3. En 1208, le pape Innocent III donna l'ordre d'éradiquer l'hérésie cathare et créa une force militaire pour exterminer les hétérodoxes du Languedoc. S'il est communément admis qu'en 1244 s'éteignaient les derniers hérétiques sur le site de Montségur, de nombreux historiens rappellent que des familles entières de « bons hommes » se réfugièrent en Lombardie, près de Milan. Ils y demeurèrent longtemps à l'abri des persécutions de Rome et persévérèrent dans leur foi d'origine.

4. Du latin : « Compte ses yeux/ mais ne regarde pas son visage/ Le chiffre de mon nom/ tu trouveras en son flanc/ Contempler et donner aux autres/ le résultat de notre contemplation/ Vérité. »

5. Centres de formation dominicains dans lesquels on étudie la théologie ou les célèbres *Trivium* (grammaire, rhétorique et

* Sauf indication contraire, les notes sont de l'auteur.

dialectique) et *Quadrivium* (arithmétique, géométrie, astronomie et musique).

6. « L'amour me fait jouir. »

7. Zacharie, 4, 10.

8. Apocalypse, 5, 6.

9. Terme courant par lequel on désigne *La Cène* à Milan.

10. En 1582, sous le pape Grégoire XIII, le calendrier julien subit un nouvel ajustement qui donna naissance à l'actuel calendrier grégorien.

11. Petits cahiers de notes.

12. Ce tableau se trouve actuellement au musée des Offices de Florence. *(N.d.E.)*

13. *La Vierge aux rochers*, actuellement au Louvre. *(N.d.E.)*

14. Il existe une preuve historique de cette pratique de Léonard, une lettre de frère Vicenzo Bandello à Ludovic le More écrite pendant la semaine sainte de 1496 : « Mon seigneur, cela fait déjà plus de douze mois que vous m'avez envoyé le maître Léonard pour réaliser cette tâche et de tout ce temps il n'a pas laissé une seule marque sur notre mur. En même temps, mon seigneur, les réserves du prieuré ont subi une grande diminution et sont presque vides maintenant car le maître Léonard insiste pour essayer tous les vins jusqu'à trouver le bon pour son œuvre maîtresse. Et il n'en acceptera aucun autre. Et pendant tout ce temps, mes moines ont faim car le maître dispose de nos cuisines jour et nuit confectionnant les repas qu'il affirme nécessaires à sa table. Mais il ne se montre jamais satisfait. Et ensuite deux fois par jour, il fait asseoir ses disciples et servants pour manger de tout. Mon seigneur, je vous prie de presser maître Léonard pour qu'il finisse son œuvre car sa présence et celle de sa troupe menacent de nous laisser dans la misère. »

15. Hibou : c'est ainsi qu'on désignait les moines qui passaient des nuits blanches ou ne semblaient nullement ennuyés de se lever à matines.

16. « Majesté. » Tel était le nom original de *La Vierge aux rochers* peinte par Léonard de Vinci.

17. Jean, 13.

18. Cette œuvre ne fut réellement imprimée qu'en 1542 par

le Parisien Claude Célestin qui la grava en lettres de moule. Elle circulait auparavant dans des cercles restreints sous forme manuscrite. Une copie fut gardée dans la bibliothèque de Santa Maria delle Grazie.

19. Canaux artificiels qui traversent Milan. A l'époque du More, ils servaient au transport de marchandises. *(N.d.E.)*

20. Luini se réfère à la célèbre conjuration des Pazzi qui essaya de mettre fin aux jours de Laurent le Magnifique dans la cathédrale de Florence. Ce dernier réussit à s'échapper mais pas son frère Julien qui reçut vingt-sept coups de couteau. La répression qui suivit ce crime fut une des plus violentes du XVe siècle.

21. Marsile Ficin (1433-1499), théologien italien et philosophe platonicien, fonda l'Académie platonicienne de Florence avec l'humaniste byzantin Gemisthe Plethon. *(N.d.T.)*

22. Il s'agit du tableau connu sous le nom de *La Belle Ferronnière* qui se trouve actuellement au Louvre.

23. En français dans le texte. *(N.d.T.)*

24. Il existe aux Offices de Florence un buste attribué au sculpteur grec Silanion. C'est à notre connaissance le seul qui fît le portrait du philosophe de son vivant sur l'ordre du roi Mithridate en 325 av. J.-C. Il est probable que le buste florentin auquel font allusion ces lignes soit celui-là ou une copie puisque en effet il présente une ressemblance extraordinaire avec l'apôtre Simon dépeint sur *La Cène*.

25. En français dans le texte. *(N.d.T.)*

26. En français dans le texte. *(N.d.T.)*

27. « Epée et maître de la foi pour avoir brûlé les cathares comme ils le méritaient. »

28. Genèse 14, 20. Amos 4, 4. Macchabées 3, 49.

29. Marc 14, 3-9. Jusqu'au XIXe siècle, l'Eglise a tenu pour légitime l'interprétation qui identifiait Marie de Béthanie avec Madeleine, et qui donc la rendait parente de Marthe et de Lazare, protagoniste de l'épisode de la Résurrection que raconte Jean dans son Evangile.

30. Jean, 20, 28.

31. Cela fait des années que Javier Sierra enquête sur ce lien particulier entre les résurrections de Jésus et d'Osiris. Une par-

tie de ses découvertes est exposée dans son précédent roman *El Secreto egipcio de Napoléon. (N.d.E.)*

32. Ce texte apocryphe est réédité et commenté dans *Le Livre secret des cathares* d'Edina Bozoki, publié aux éditions Beauchesne en 1980. *(N.d.T.)*

33. Aujourd'hui le *panettone* est célèbre dans le monde entier ; certains pensent qu'il fut inventé par Léonard de Vinci aux dates indiquées. *(N.d.E.)*

34. Au XII^e siècle, l'introduction et l'essor de la tradition hermétique dans l'Occident latin se manifestent par de nombreuses traductions ainsi que par une vaste diffusion de textes mis sous le patronage d'Hermès Trismégiste, prophète et inventeur des arts magiques et divinatoires. Le *corpus hermeticum* fut traduit du grec par Marsile Ficin dans son intégralité en 1463. (*N.d.T.* à partir du *Dictionnaire du Moyen Age*, PUF, « Quadrige », 2002.)

35. L'étude la plus récente et sérieuse sur la correspondance entre les signes du zodiaque et les figures des douze apôtres est l'œuvre de Nicola Sementovsky-Kurilo. Il assure que les disciples du *Cénacle* sont regroupés par trois pour représenter les quatre éléments de la Nature et il assigne même à chacun d'eux un signe zodiacal précis. Ainsi Simon qui est à l'extrémité droite de la table est Bélier ; Thaddée, Taureau ; Matthieu, Gémeaux ; Philippe, Cancer ; Jacques le Majeur, Lion ; Thomas, Vierge ; Jean, Balance, ce qui est symboliquement important pour l'auteur, le jeune Jean étant comme l'élément d'équilibre de la future Eglise. Judas est Scorpion ; Pierre, Sagittaire ; André, Capricorne ; Jacques le Mineur, Verseau et Bartolomé, Poissons.

36. La valeur numérique de ce prénom s'obtient en additionnant les valeurs des lettres de l'alphabet latin qui le composent. Il faut tenir compte de la particularité suivante : cet alphabet ne possède pas certaines lettres comme le J, U, W ou Z. Cela donne la table de correspondance suivante :

| A | B | C | D | E | F | G | H | I | K | L | M | N | O | P | Q | R | S | T | V | X |
|---|---|---|---|---|---|---|---|---|---|---|---|---|---|---|---|---|---|---|---|---|
| 1 | 2 | 3 | 4 | 5 | 6 | 7 | 8 | 9 | 10 | 11 | 12 | 13 | 14 | 15 | 16 | 17 | 18 | 19 | 20 | 21 |

De cette manière « Benedetto » fait 86 que l'on peut réduire comme suit : 8 + 6 = 14 et de nouveau 1 + 4 = 5. Mais comme si cela ne suffisait pas, il existe un autre 14 (et donc un 5) dans la carte de la prêtresse. Il est dans les 14 tours que font les quatre nœuds de sa ceinture. Un nombre atypique ; il eût été plus logique d'avoir 13 qui correspond aux treize blessures que reçut le Christ sur la Croix.

*Cet ouvrage a été imprimé par la*
*SOCIÉTÉ NOUVELLE FIRMIN-DIDOT*
*Mesnil-sur-l'Estrée*
*pour le compte des Éditions Plon*
*76, rue Bonaparte*
*Paris 6e*
*en octobre 2005*

La photocomposition de cet ouvrage
a été réalisée par
GRAPHIC HAINAUT
59163 Condé-sur-l'Escaut

*Imprimé en France*
Dépôt légal : octobre 2005
N° d'édition : 13959 - N° d'impression : 75979